SARAH McCARTY
La Promesa de un Beso

Editado por Harlequin Ibérica.
Una división de HarperCollins Ibérica, S.A.
Núñez de Balboa, 56
28001 Madrid

© 2012 Sarah McCarty. Todos los derechos reservados.
LA PROMESA DE UN BESO, N° 34 - 1.5.13
Título original: Caden's Vow
Publicada originalmente por HQN.

Todos los derechos están reservados incluidos los de reproducción, total o parcial. Esta edición ha sido publicada con permiso de Harlequin Enterprises II BV.
Todos los personajes de este libro son ficticios. Cualquier parecido con alguna persona, viva o muerta, es pura coincidencia.
® Harlequin y logotipo Harlequin son marcas registradas por Harlequin Books S.A.
® y ™ son marcas registradas por Harlequin Enterprises Limited y sus filiales, utilizadas con licencia. Las marcas que lleven ® están registradas en la Oficina Española de Patentes y Marcas y en otros países.

I.S.B.N.: 978-84-687-2778-3
Depósito legal: M-6301-2013

Al personaje real en el que se inspira Caden.

Ojalá la frase «y vivieron felices para siempre» se presente de buenas a primeras en tu vida y te dé pronto un mordisco bien femenino en el trasero. Porque eso no podría ocurrirle a un hombre mejor, o que se lo mereciera más. Como estoy segura de que todas las damas que disfrutan con *La promesa de un beso* estarán de acuerdo.

Capítulo 1

El Ocho del Infierno había conseguido llenar de orgullo a Tia. Caden Miller no pudo reprimir una sonrisa mientras contemplaba el habitualmente tranquilo jardín que Tia había plantado en el rancho y que seguía manteniendo con la ayuda de Sally Mae, la mujer de Tucker, lleno en aquel momento hasta los topes de toda la gente que había acudido a celebrar la boda de Tia con Ed.

Diez años atrás nadie habría dado un centavo por la posibilidad de que Caine pudiera hacer realidad su sueño. Pero Caden, al igual que todos los demás, lo había ayudado en aquella empresa. Y la férrea determinación de Caine por alcanzar el éxito resultaba ahora visible en los solidos edificios del rancho, las igualmente cuidadas viviendas y el contento reflejado en las caras de los asistentes a la fiesta. En cuando a los Ocho del Infierno, más que contentos, estaban radiantes. Se estaban estableciendo, casando, teniendo hijos, hundiendo sus raíces en el Este de Texas. De los originarios ocho, solo él, Ace y Luke permanecían solteros y sin compromiso. Algo que debería haber complacido a Caden, pero que, en lugar de ello, le provocaba una cierta punzada de... ¿envidia? Maldijo para sus adentros. ¿Desde cuándo sentía envidia por algo que ni siquiera quería? Él no era un hombre de raíces. Siempre había sido tan inquieto como su padre. Como antes lo habían sido los Ocho del Infierno.

Contemplando aquel jardín, con las mesas llenas de comida, las parejas sonrientes, las caras de felicidad en las que antes solo había visto esfuerzos y sufrimiento, Caden volvió a experimentar aquel extraño nudo en el estómago. Los Ocho del Infierno estaban cambiando. La implacable rabia que los había dominado durante años había ido perdiendo fuerza hasta convertirse en algo igual de duradero solo que mucho más... reposado. Flexionó los hombros. A él no le gustaba, pero la tranquilidad parecía sentar muy bien a los más destacados componentes del grupo. Shadow, Tracker y Tucker, tres de los hombres más temidos de la región, conocidos por sus temerarias hazañas, estaban ahora ocupados con sus respectivas mujeres, en su papel de amorosos maridos. Caine y Sam, hombres audaces famosos en otra época por no hacer ascos a ninguna clase de misiones, se mostraban en ese momento tan sosegados como prósperos banqueros. Al menos para aquellos a los que les hubiera pasado desapercibida la leve tensión de sus músculos o la mirada alerta de sus ojos, que hablaba de hombres acostumbrados a sobrevivir a fuerza de agallas. Por no hablar de los revólveres que llevaban atados al muslo y los cuchillos que portaban al cinto... Maldijo de nuevo para sus adentros. Los tipos se estaban ablandando, y él también acabaría por ablandarse si se quedaba allí.

Caden suspiró y bebió un trago del champán que Desi había encargado de Chicago para la boda de Tia y de Ed. Le supo a orín de gato, pero... ¿qué sabía él de las cosas refinadas? Era hijo de un nómada irlandés, un soñador. Un hombre que había creído ver una fortuna esperándolo siempre en el próximo horizonte, a la vuelta del siguiente recodo del camino. Caden visualizó en aquel instante una fugaz imagen del rostro de su padre: rígido de determinación, como cuando le ordenó que se escondiera antes de que el ejército mexicano asolara su pueblo. Caden tenía en aquel entonces siete años, casi ocho: dos días le habían faltado para recibir el arma que su padre le había prometido como regalo de cumpleaños. No había querido esconderse. Había querido luchar, pero su padre no le había dado oportunidad de hacerlo. Lo había empujado al interior de una trampilla disimulada bajo el suelo de la cocina, y después de gruñirle un «recuerda quién eres, hijo», había vuelto a colocar las tablas para dejarlo en la más absoluta oscuridad. Aquellas eran las últimas palabras que le había dirigido su padre. A su madre no la había encontrado hasta... después. La llegada del ejército la había sorprendido en la tienda del pueblo.

Caden bebió otro trago de champán, lamentando que no fuera una bebida más fuerte. Había ocasiones en que un hombre necesitaba algo con que ahogar el ruido del pasado, pero el champán no era whisky, y los recuerdos seguían acudiendo a su mente. Había permanecido bajo aquellas tablas del suelo durante lo que le habían parecido horas, escuchando los gritos y los chillidos, esbozando muecas de horror al estruendo de los tiros, intentando escuchar la voz de su padre, enfermo de miedo y de impotencia hasta que no pudo soportarlo más.

Para cuando salió del agujero, la batalla ya había terminado. Nunca olvidaría el olor que lo asaltó: a pólvora, humo y... sangre, como tampoco la carnicería que vio esparcida por el suelo. Cadáveres de amigos y vecinos cubrían la carretera como hojarasca dejada por el viento, dando a la calle un aspecto macabro. Encontró el cuerpo de su padre en el umbral de la tienda todavía humeante, la cabeza ladeada hacia la derecha y un charco de sangre en la espalda. Tenía fuego en las piernas para cuando Caden consiguió arrastrarlo como pudo hasta la calle. El tufo a carne quemada quedó para asociado para siempre al recuerdo de aquel día, mientras apagaba con las manos desnudas el fuego que consumía el cuerpo de su padre. No llegó a sentir el dolor, no sintió nada. Y cuando alzó la mirada y vio a Sam, descubrió que su expresión de estupor era un reflejo exacto de la suya. Casi al instante descubrió lo que Sam ya sabía. Todo aquello que había constituido sus vidas había muerto. El pueblo. Sus padres. Su infancia.

Los únicos supervivientes de la masacre eran los ocho amigos. Por común acuerdo, ninguno enterró a sus propios padres, sino cada uno los de los otros. Pensaron que eso podría consolarlos: no fue así. Y, también por común acuerdo, juraron vengarse. Mientras se fueron haciendo mayores, tomaron venganza de los asesinos uno a uno, ganándose con ello el apodo de los Ocho del Infierno. Caden no sabía qué habría sido de ellos si Tia no los hubiera sorprendido aquel mismo día, muertos de hambre, robando aquella tarta, para terminar acogiéndolos bajo su protección. Estaba completamente seguro de que no se habrían convertido en rangers de Texas. Tia era única en el mundo: la fortaleza y la dulzura fundidas en una sola persona. Si alguna vez llegaba a conocer a una mujer como ella, se casaría sin dudarlo.

Sintió unos dedos en su brazo. No necesitó bajar la mirada para saber quién lo estaba tocando con tanta compasión y ternura. Maddie. La pobre y maltratada Maddie. Nacida para prostituta. Criada en un burdel. Manoseada durante toda su vida por los hombres, hasta que Tracker la llevó a casa después de una de sus fallidas excursiones en busca de Ari. Maddie era tan inquieta como un rayo de sol: de repente, sin previo aviso, se quedaba como ida, refugiándose en su propio mundo de fantasía. Sintió que sus dedos se tensaban ligeramente sobre su brazo, y le sonrió de manera automática. A pesar de las desgracias que había vivido, había algo en Maddie que permanecía incólume, capaz de arrancar una sonrisa a cualquiera. Aquella tentadora ilusión de inocencia probablemente había hecho de ella una prostituta condenadamente buena...

Caden se arrepintió de aquel pensamiento tan pronto como Maddie le sonrió, toda confiada. Sus ojos verdes tenían el mismo tono que las hojas del peral del jardín, y su roja y ondulada melena pareció recoger toda la luz del sol cuando algunos mechones escaparon de su moño para acariciarle las mejillas. Las pecas espolvoreaban su nariz como levísimos besos. Y su sonrisa... aquella dulce y delicada sonrisa capaz de capturar la esperanza del mundo siempre le hacía sentirse culpable. Aquella sonrisa tan confiada cuando no tenía razón alguna para confiar en nadie, y menos que nadie en él. Era, en suma, uno de aquellos seres especiales que hacían de puente entre este mundo y otro mágico, desconocido.

–Tia parece una reina, ¿verdad? –comentó Maddie con una ternura capaz de aliviar la tensión de cualquier hombre. Pese a sus diferencias, Caden siempre experimentaba una gran paz en su compañía.

–Y que lo digas –estaba contento por Tia y por Ed. Ed había tardado siete años en convencerla de que no tenía intención de marcharse de allí. Y Tia.... Tia se merecía lo mejor de todo. Y no solo porque hubiera acogido a ocho harapientos críos para convertirlos en hombres hechos y derechos, sino por ser quien era. Se hallaba en ese momento al lado de su marido, bajita y rechoncha pero elegante con su vestido de seda dorada, el cabello que empezaba a encanecer recogido en un moño y su preciosa mantilla de encaje colocada con mucho arte. Viéndola, Caden experimentó aquella familiar punzada de inquietud que siempre asociaba a la idea de establecerse y sentar cabeza.

Las voces se alzaron de pronto a su alrededor, como en un ambiente irreal, y el momento quedó congelado con súbita claridad. Todos estaban sentando cabeza. Caine tenía a su Desi. Tucker tenía a su Sally Mae. Sam tenía a su Bella. Tracker a su Ari, y Shadow a su Fei. Los chicos malos de las praderas se estaban convirtiendo en los forjadores del futuro. Los Ocho del Infierno habían constituido el puntal de la vida de Caden desde que tenía memoria, pero viendo el rancho que él había ayudado a construir, tenía la creciente y cada vez más incómoda sensación de que aquello no era lo suyo. Sentía un cosquilleo en la planta de los pies y un hormigueo de impaciencia bajo la piel. Había formado parte de los Ocho del Infierno durante veintidós años, y sin embargo en aquel momento sentía que no pertenecía ya a ese lugar.

–¿Te preocupa que Tia vaya a quererte ahora menos que a Ed? –bromeó Maddie, entrelazando los dedos con los suyos y apretándoselos.

Era un gesto completamente inapropiado, que consiguió sin embargo aliviar su inquietud. Intentó apartar la mano, pero ella no lo soltó.

Maldijo para sus adentros. Aquella mujer lo incitaba a aprovecharse de ella. Su dulce naturaleza y el hecho de que las más de las veces se encerrara en su mundo de fantasía, donde nada ni nadie podía tocarla, la convertían en un fácil objetivo. Todo el mundo deseaba que fuera más fuerte, pero desaparecer en su propio mundo constituía precisamente la defensa de Maddie contra todo lo que le había pasado en su vida. Caden pensaba que lo que tenían que hacer los demás era dejarla en paz. El mundo era un lugar duro de por sí, y mucho más para alguien que se había criado en un burdel. Demasiados hombres se habían aprovechado de la mujer inocente y optimista que habitaba en Maddie. Él no quería ser uno de ellos. Esa vez sí que logró liberar su mano.

–No estoy preocupado, Maddie mía.

El cariñoso posesivo se le escapó. Lo miró sorprendida.

–Si *soy* tuya, ¿qué necesidad tienes de mentirme?

¿Cómo se suponía que tenía que responder a eso? Al otro lado del jardín, sonrió a Tia y a Ed antes de levantar su copa a modo de silencioso brindis. Tia le devolvió la sonrisa, pero Caden supo por la tensión de su boca que sabía ya que se iba a marchar. Detestaba estropearle el día, pero él era quien era. Un Miller nunca daba tiempo a que la hierba creciera bajo sus pies: siempre estaba en camino. Bebió otro trago de champán, lamentando de nuevo que no fuera whisky.

–Por costumbre, supongo.

–A los otros nunca les mientes.

Porque los otros podían aceptar la verdad. Maddie seguía con la mirada levantada hacia él, las puntas de los dedos posadas sobre su antebrazo. La fijeza con que lo miraba le hacía sentirse incómodo, como si realmente tuviera poderes y pudiera ver más que los demás.

–Me marcho, Maddie.

Vio que parpadeaba lentamente. Tuvo la extraña impresión de que se había quedado sin aliento.

–¿Cuándo volverás?

Delineó con un dedo el rizo que le había caído sobre una sien. Siempre resultaba demasiado fácil tocar a Maddie.

–No lo sé.

–¿Adónde irás?

–Son demasiadas preguntas.

–¿No quieres responder?

Maddie podía llegar a ser sorprendentemente directa.

–No –admitió con un suspiro.

Ladeando la cabeza sin dejar de mirarlo, se acercó todavía más hasta que las faldas de su nuevo vestido de cuadros azules rozaron sus botas. Frunciendo el ceño, continuó acariciándole el antebrazo hasta llegar a la muñeca.

–Estás enfadado.

Al otro lado del jardín vio que Tia se fijaba en la familiaridad de aquel gesto, frunciendo también el ceño. Caden se encogió de hombros. Ya podían echarle a Maddie todos los sermones del mundo sobre lo apropiado o inapropiado de su comportamiento, que nunca conseguían nada. Los escuchaba, seguro, pero Maddie era Maddie. Su radiante alegría y optimismo disimulaban toda una vida de dolor. Su conducta era tan volátil como su anclaje en la realidad. Aunque jamás la había visto declararse a un hombre, a menudo daba la impresión de que anhelaba hacerlo. Y era una pena, porque tenía un corazón de oro y se merecía ser amada y venerada por alguien.

Los leves acordes de la música se mezclaban con el murmullo de las conversaciones. Cuatro de los vaqueros de Sam rasgueaban sus guitarras. El rumor de las voces fue creciendo conforme la gente se iba acercando al centro del jardín, donde el terreno de baile estaba señalizado con cintas y guirnaldas de flores. Tia había dicho que mayo era el mes perfecto para una boda, y Caden no había podido menos que mostrarse de acuerdo. El día era hermoso, el tiempo perfecto y los novios felices. No había una sola nube en el horizonte. Caden vio que Ed tomaba la mano de Tia y se la llevaba a los labios con una galante reverencia que resultaba insólita en un viejo vaquero como él. Cuando Tia sonrió a su marido con una expresión rebosante de amor, los últimos resabios de incertidumbre que podía albergar Caden desaparecieron de golpe. Ahora sí que podía marcharse tranquilo. Tia estaba feliz y en buenas manos. La última de sus deudas estaba saldada. Pero la reacción de entusiasmo que había previsto no terminaba de llegar.

—No estés triste —le dijo Maddie, acariciándole la cara interior de la muñeca.

—Los Miller nunca estamos tristes.

—Puedo sentir...

—Creo que todavía queda algo de tarta —la interrumpió

Caine, apareciendo de pronto a su lado con un vaso de whisky en cada mano.

Su habitual voz bronca había adoptado un tono suave, casi dulce. Todo el mundo utilizaba aquel tono con Maddie. Resultaba imposible evitarlo. Tenía esa manera de ser que hacía que uno temiera siempre hacerle daño, como si un solo movimiento en falso fuera a hacer que saliera corriendo a esconderse. Pura y llanamente, las palabras duras y violentas hacían temblar el frágil anclaje de Maddie a la realidad.

–A lo mejor quieres un poco antes de que el goloso de Tucker le hinque el diente –añadió Caine.

Maddie soltó el brazo de Caden y se volvió hacia la mesa de la tarta. Efectivamente, Tucker se dirigía a probarla.

–Es como una nube de langostas, devorándolo todo a su paso –musitó ella.

La comparación arrancó una sonrisa a Caden. Tucker era un hombre prudente y reflexivo, a veces demasiado, pero los dulces le enloquecían.

Como si le hubiera leído el pensamiento, Caine comentó:

–Al hombre le gusta la tarta.

A Maddie también. Teniendo en cuenta la manera en que se había criado, hasta los catorce años no probó su primer dulce. Robado, por cierto. Desde que llegó al rancho los Ocho del Infierno, había estado compensando el tiempo perdido. No contenta con probar todo lo que Tia horneaba, estaba aprendiendo a hacer sus propios dulces. Cuando un día Caden le preguntó por qué, ella le contestó en un relámpago de absoluta lucidez que si aprendía a hacerse las cosas que necesitaba, nunca volvería a estar necesitada de nada.

Y a él no le gustaba que estuviera necesitada o privada de algo. Le había pedido a Tia que le consiguiera ingredientes para hornear. Nadie se había quejado después de que Maddie les demostrara que podía hacer verdaderas maravillas en el horno. Ella nunca comía de lo que horneaba, sin embargo. Eso sí que no podía entenderlo Caden. Y ella tampoco le había explicado el porqué. Lo cual no hacía sino resaltar el misterio que significaba Maddie, la complejidad que escondía su aparente sencillez.

Maddie fulminó en ese momento a Caine con la mirada, convencida de que se estaba riendo de ella.

—No por eso tiene que comérsela toda...

Caden le dio la razón en silencio.

—Tia declaró barra libre después de servir la primera ronda.

Maddie se mordió el labio, revelando sus blancos dientes con la leve separación de sus incisivos superiores. Siempre estaba intentando disimular aquel presunto defecto. Personalmente Caden lo encontraba demasiado atractivo, y de alguna manera demasiado sexual. La vio vacilar, claramente indecisa entre dirigirse a la mesa de la tarta o quedarse con él. Aquello le dio pena. Maddie quería probar aquella tarta, y en ese momento él necesitaba darle alguna satisfacción porque quizá llegara a pasar algún tiempo antes de que volviera a verla. Para cuando regresara, quizá estaría algo más arraigada en el mundo. Quizá incluso casada. Resistió el impulso de acariciar con las yemas de los dedos las pecas que salpicaban sus pómulos.

Caden dejó su copa de champán sobre la mesa que tenía al lado.

—Ve a por tu tarta, Maddie.

Aun así vio que vacilaba, alzando la mirada hacia él con un brillo de temor en sus ojos verdes.

—¿No te marcharás antes de que vuelva, verdad?

—No —pero se marcharía esa misma noche. Había llegado el momento de irse.

—Será mejor que te des prisa —le aconsejó Caine.

Maddie miró ceñuda a Caine. Parecía un gatito desafiando a un puma mientras ordenaba:

—Y tú no le cuentes historias malas. No duerme bien cuando lo haces, y necesita descansar.

Caden maldijo para sus adentros. Maddie hablaba de él como si fuera un flojo, y eso no le gustaba nada. Lo cual no le pasaba desapercibido a Caine, a juzgar por la sonrisa que saltaba a sus labios.

—Ni en sueños.

Caden tomó a Maddie de los hombros y la hizo volverse hacia la multitud que se apiñaba ya ante la mesa de la tarta.

—Anda, Maddie, ve antes de que sea demasiado tarde y no te quede nada.

Así lo hizo, levantándose las faldas y mostrando una indecente porción de tobillo en su apresuramiento por adelantarse a Tucker. Tenía unos tobillos muy bonitos.

—Ni siquiera voy a preguntarte cómo sabe ella si duermes bien o no —se lo quedó mirando Caine, con una ceja levantada.

Y él tampoco iba a decírselo. Cruzó los brazos sobre el pecho.

—Yo no me he liado con ella.

Caine hizo un gesto de indiferencia con una mano, haciendo que el whisky chapoteara en el vaso de cristal tallado. Caden recordó cuando solían beberlo directamente de la botella.

—Diablos, eso ya lo sé, pero es que esa mujer te profesa un enorme afecto.

—Es como una niña.

—Quizá cuando llegó, sí. ¿Pero te has fijado en que últimamente está más aquí que allá?

—Se está curando.

—Desi dice que está olvidando.

Caden tomó uno de los vasos de Caine.

—¿Cómo diablos puede olvidar una mujer que ha sido obligada a prostituirse desde la infancia?
—¿Una mujer que sabe escaparse de la realidad para refugiarse en su mundo de fantasía? —Caine hizo un gesto con su mano libre—. ¿Cómo voy a saberlo yo?
—¿Entonces por qué has sacado el tema?
—Porque Sally Mae le dijo a Desi que debía hacerlo.

«Por supuesto», pensó Caden, suspirando, y agitó su vaso de whisky.

—La vida era muchísimo más fácil antes de que las mujeres invadieran este lugar.

La expresión de Caine se suavizó visiblemente mientras contemplaba a su esposa. Rubia y menuda, llevaba la rizada melena recogida en un moño. Desi era el amor y el consuelo de la dura vida que había llevado Caine, y él era el suyo. Si dos personas podían llegar a encajar tan bien como las piezas de un puzzle, esas eran Desi y Caine.

—Pues resulta que a mí me gusta esa invasión —rezongó Caine.

Caden no lo dudaba, pero los hombres de la familia Miller no tenían esa misma suerte en los asuntos del corazón. Eran buscadores de oro, aventureros, pioneros. Bebió un trago de whisky. Lo único que los Miller podían aportar a las mujeres era soledad y decepción.

—Ya lo sé.
—¿De veras vas a intentar recuperar esa mina de oro de Fei?

Caden saboreó el ardor del whisky. La sensación le gustaba. Con whisky suficiente podía cauterizarse cualquier herida.

—Ajá.
—Sam dijo que Fei la hizo volar.
—Lo cual solo sirve para aumentar el desafío.
—Un desafío demasiado grande para un solo hombre.

Caden sonrió y bebió otro trago.

—¿Alguna vez se han arredrado los Ocho del Infierno ante un desafío?

—Nunca —Caine agitó el whisky en su vaso—. ¿Es por eso por lo que sientes ese hormigueo en los pies? ¿Ya no te quedan desafíos por aquí?

Eran muchos los desafíos que les esperaban a los Ocho del Infierno. Pero que ellos hubieran sentado la cabeza no significaba que él tuviera que hacerlo también.

El rostro de su padre relampagueó por un instante en su mente. Congelado en el tiempo. «Recuerda quién eres...» Había cumplido su deber para con los Ocho del Infierno y para con Tia. Pero había llegado la hora de hacer lo mismo para con su familia.

—Se trata más bien de una promesa que cumplir.

—¿Qué promesa? —le preguntó Caine.

—Ninguna que tenga que ver contigo.

—Si tiene que ver contigo —replicó Caine—, tiene que ver con los Ocho del Infierno.

La lealtad de Caine hacia aquellos a los que tenía por su familia resultaba demasiado conmovedora. Caden apuró el vaso y lo dejó al lado de la elegante copa de champán. Tanta elegancia donde antaño no había habido ninguna... Se volvió.

—No es el momento.

—Y un cuerno.

Caden le sostuvo firmemente la mirada.

—Hablo en serio.

—Al menos deja que te acompañe Ace o Luke.

Caden podía ver a Maddie sirviéndose su pedazo de tarta. Vio que sonreía tímidamente a Tucker cuando este fingió quitárselo. Algo se le removió por dentro, provocándole una sensación de... ¿furia? Procuró ahuyentarla.

—No os sobran brazos.

—Nos sobran los que tú necesites —repuso Caine.

Caden conocía el estado del rancho tan bien como

cualquiera. Conocía bien las amenazas. Acababan de expandirse: hasta el último hombre era necesario. Y en ese momento, con la caballería de vuelta en el Este debido a las discordias entre el Norte y el Sur, había que sumar también la renovada amenaza de ataques de los indios.

–Demasiada gente llamaría la atención...

–Dos no son demasiados –lo cortó Sam apareciendo entre ellos, con un vaso de whisky en una mano y una botella en la otra. Detrás de él estaba Ace–. No tienes ni para empezar con la tarea que hay. Recuerda que yo vi cómo quedó esa mina después de que Fei la hiciera volar. Esa mujer sabía lo que se hacía.

Caden sabía que acabaría necesitando ayuda, probablemente mucha, pero en ese momento no la deseaba.

–Tengo que hacer esto solo.

–¿Por aquella promesa que le hiciste a tu padre? –le preguntó Ace. La oscura crencha caída siempre sobre una ceja le daba un aspecto jovial, despreocupado.

Hasta que uno se acercaba y le veía los ojos. A nadie con una mínima capacidad para juzgar a los hombres podían pasarle desapercibidas la frialdad y determinación que ensombrecían aquellos ojos de color castaño claro. Ace podía degollar a un hombre con el mismo aplomo con que hacía aquellos trucos de cartas de los que tanto le gustaba alardear. Y con una sonrisa en los labios. No era que Ace disfrutara matando, pero en caso necesario, no tenía ningún escrúpulo en hacerlo. Caden suspiró, advirtiendo que Tracker y Shadow se acercaban también. Aquello tenía todo el aspecto de una bienintencionada emboscada. Maldijo para sus adentros.

–¿Alguien os ha invitado sin que yo me haya enterado?

–Más bien es una fiesta improvisada –sonrió Sam.

–¿Qué fue lo que le prometiste a tu padre? –inquirió Caine con aquella tenacidad que ponía en todo lo que hacía.

—Nada —Caden fulminó a Ace con la mirada. De los ocho, de quien más cerca se sentía era de Ace, lo que explicaba la confesión sobre su padre que le había hecho años atrás, borracho como una cuba. Una confesión que nunca debió haberse producido.

Ace se limitó a sacudir la cabeza.

—No vayas a darnos la sorpresa. Ya eres mayorcito. Pero puedes llegar a ser muy estúpido cuando quieres.

—Desde luego que sí.

—Déjalo ya, Caine —se cansó por fin Caden.

—Y un cuerno.

Sam se estiró para servir más whisky en el vaso no tan vacío de Caine.

—Bébete esto.

—Si me bebo esto, me emborracharé.

Sam se encogió de hombros y ofreció la botella a Ace antes de replicar:

—Al menos así tendrás una excusa para escupir tonterías.

—Todo esto es absurdo. Esa mina de oro está en pleno territorio indio, y Culbart no se prestará a ayudarlo si allí se le tuercen las cosas.

Eso era cierto. La mina no era lo único que Fei había hecho volar. Cuando el padre de Fei vendió a su sobrina a Culbart, aquella decidió tomar cartas en el asunto. Un buen lote de dinamita había servido para liberar a Lin. Lo que significaba que el único hombre blanco que se hallaba lo suficientemente cerca de Caden como para poder acudir a la mina en su ayuda no simpatizaba con nadie que fuera del rancho Ocho del Infierno. Caden se encogió de hombros mentalmente. Se había enfrentado a peores situaciones.

—Culbart es un tipo duro, pero estúpido no es —dijo Ace—. Si los Ocho del Infierno le piden ayuda, él acudirá. No puede permitirse no hacerlo con ese rancho suyo justo en pleno territorio indio.

—Yo pensaba, además, que parte de los problemas con

Culbart venían de que el tipo pensó que Lin había sido secuestrada... –dijo Caden.

–Él tiene razón, Caine –reconoció Ace–. Nos guste o no Culbart, la verdad es que Lin no sufrió ningún daño mientras estuvo con él. Y cualquier hombre cabal habría salido en pos de una mujer que le hubiera sido robada... aunque el responsable del robo fuera uno de nosotros.

Caine frunció el ceño y bebió un largo trago de whisky. Sus ojos verdes se entrecerraron.

–Ese hombre aún sigue molesto con nosotros. Perdió sus buenos hombres por culpa de ese «malentendido».

–Habría sido más fácil que Fei hubiera negociado un poco antes de llevarse a su prima –intervino Sam, irónico–. Así se habría ahorrado problemas.

–El propio Culbart no le dejó mucha elección a la chica –murmuró Caine, bebiendo otro trago–. Había perdido un buen dinero en el trato. Retener a Fei era su oportunidad de poder recuperarlo.

–O al menos eso pensó él –Ace sacudió la cabeza–. Fei hizo un buen trabajo al convencerlo de que su padre se había vuelto loco de remate. No puedes echar toda la culpa a Culbart.

–Hablas como si te cayera bien –le dijo Caine a Ace, enarcando una ceja.

–Es que me cae bien –Ace se encogió de hombros–. Es terco como una mula, pero posee un firme sentido de la justicia –bebió un trago de whisky–. Para no hablar de su curioso sentido del humor...

–¿Dónde le has visto tú el sentido del humor al tipo? –le espetó Caden. La impaciencia lo estaba poniendo irritable. Quería marcharse de una vez, en lugar de quedarse allí sentado hablando de las presuntas buenas cualidades de Culbart.

–Cuando Caine, aquí presente, me envió para aclararle las cosas.

—Se suponía que tenías que intimidarlo –le recordó el aludido.

—Decidí socializar primero.

Caden sacudió la cabeza. Al parecer, Ace había sido capaz de convertir a un enemigo en aliado.

—No puede decirse que sea un amigo –precisó Ace–. Pero no es hostil.

Caden se irguió. Era él quien iba a correr el riesgo, así que al diablo con Culbart y al diablo con la conversación. Si eso molestaba a alguien, peor para él.

—Bueno, si Culbart está resentido, por mí que lo siga estando.

—Maldita sea, Caden –rezongó Caine–. ¿Por qué tienes que hacer esto ahora, cuando estamos tan mal de brazos?

Porque sí. Giró sobre sus talones y se alejó sin responder, pasando por delante de Shadow y de Tracker e ignorando el sorprendido gesto de Tucker. Cuando llegó a la verja del jardín, oyó a Caine preguntar una vez más:

—¿Puede alguien decirme qué promesa es esa?

—Es algo personal. No es importante –mintió de manera descarada Ace, algo que le agradeció Caden.

—Pues a mí me parece que es suficientemente importante que el tipo que nunca rompe sus promesas esté rompiendo ahora mismo una para cumplir otra.

Ace soltó un juramento.

—Diablos.

«Maddie», pensó Caden. Caine estaba hablando de Maddie.

Caden le había prometido que no abandonaría la fiesta antes de que ella volviera. La vio por el rabillo del ojo sonriendo y contemplando a los bailarines, ligeramente apartada de los demás, bella e invitadora como un rayo de sol después de una tormenta. Vio que Luke se dirigía hacia ella y maldijo entre dientes. Sabía que superaría ese desengaño.

Empujó la verja y siguió caminando. Mientras la puerta se cerraba a su espalda, la oyó gritar su nombre. La sorpresa y la decepción se mezclaban en un tono que le recordó al que demasiadas veces había oído a su madre.

Maldijo de nuevo para sus adentros.

Al fin y al cabo, él había salido a su padre.

Capítulo 2

Se marchaba. Maddie permanecía de pie, medio escondida detrás del peral contemplando los capullos que asomaban entre sus hojas, sintiendo cómo sus esperanzas se marchitaban a la vez que florecía el árbol. Nuevas flores y frutos que había imaginado llegarían a simbolizar un nuevo comienzo para ella. En unos meses aquellas diminutas y casi invisibles flores se convertirían en frutos. Había planeado recoger aquellas nuevas peras para Caden, pero ahora resultaba que se marchaba. La dejaba. Dejaba el Ocho del Infierno. Se marchaba sin despedirse. De ella al menos.

Al igual que todos aquellos a los que había querido. El hombre que había pensado era su padre. Su madre. Sus amigos. Todos se habían marchado. Y ella se había quedado, como siempre. Siempre con la esperanza de que las cosas mejoraran. Ya desde el momento en que aceptó la oferta de Tracker de acudir al Ocho del Infierno, se había estado aferrando a alguna clase de esperanza. Esperanza de que su vida mejorara. De que alguien pudiera amarla. De tener un marido. Un hogar. Hijos.

Y allí estaba ahora, rodeada de desconocidos a los que trataba como amigos, doliéndose por la partida de un hombre que no podía verla ni como mujer ni como prostituta. Viéndolo despedirse de los demás, preparándose para soportar su ausencia, la horrible incertidumbre de no saber si estaría vivo o muerto durante las interminables semanas que se avecinaban. Se estremeció, cerrado su estómago por un nudo helado. Amaba tanto a Caden... Pero más allá de una sonrisa cada vez que la veía, o de alguna que otra palabra cariñosa que nada significaba, él ni siquiera parecía registrar su existencia. Lo cual no cambiaba el hecho de que era el amor de su vida y que se marchaba.

El grito de protesta empezó en los confines de su mente, sutil pero insistente, para ganar fuerza como una tormenta que se desplazara por las praderas, tanto más sonora cuanto más se acercaba. El alarido se disolvió en una multitud de voces del pasado, amables algunas y crueles la mayoría, diciéndole lo que tenía que hacer y de qué manera, como si el dolor no fuera nada. Como si *ella* no fuera nada. El impulso de esconderse aún más profundamente en el follaje hasta desaparecer torturaba sus nervios.

Hundió las uñas en los antebrazos, dejando que el dolor ahogara aquella cacofonía de voces. Caden era un hombre fuerte. Él respetaba a las mujeres fuertes. Todas las mujeres de los Ocho del Infierno lo eran. Sally Mae, con sus convicciones pacifistas, su medicina natural y su actitud desafiante a las convenciones sociales. Desi, con su fogoso carácter. Ari, con aquella dulzura suya que disimulaba una fortaleza interior que jamás la abandonaba. Bella, que era pura vida. Fei, con su impulso y su determinación. Todas formaban la clase de mujeres que Caden admiraba. La clase de mujeres a la que ella necesitaba pertenecer.

Estiró el cuello para mirar a Tia al lado de su Ed, con su mantilla aleteando por la brisa y una sonrisa radiante en los ojos. Tia, que había perdido a su marido y a sus hijos, y que sin embargo había acogido a ocho chiquillos, salvajes y llenos de odio, para convertirlos en hombres admirables. ¿Por qué Dios no le había enviado a una mujer como ella?

Se humedeció los labios y desvió la mirada hacia el lugar por donde Caden había desaparecido. Quizá el buen Dios no le había enviado a una Tia cuando era una niña y sollozaba contra su almohada por las noches, pero al menos le había dado una manera de escapar de la realidad, un escape. En ese momento, sin embargo, parecía que se lo estaba quitando, y Maddie no podía evitar pensar que no era ninguna coincidencia que precisamente cuando su escape hacia la fantasía había perdido eficacia, su amor por Caden hubiera en cambio aumentado. Ella creía sinceramente que Dios la había enviado al Ocho del Infierno, y que ese era por tanto su destino. Pero no creía que la hubiera enviado allí para que estuviera sola. La había enviado allí para estar con Caden. Porque aunque se mostrara inquieto y distante, Caden era un hombre que necesitaba amor, que necesitaba ternura, y ella había esperado durante toda su vida para darle su amor a alguien. Y ahora él se marchaba.

Sacudió la cabeza. No podía dejar que aquello sucediera. De repente oyó un ruido cerca y alzó la mirada. Bella estaba a su lado, por una vez sin su apuesto Sam, con su abultado vientre y aquella sonrisa suya tan llena de vida. Maddie había pasado mucho tiempo estudiando lo que tanto atraía a aquellos hombres de aquellas mujeres. En el caso de Sam era el carácter de Bella, que tanto adoraba.

–Te has escondido otra vez, Maddie –era tanto una acusación como una pregunta, pronunciada con aquel melodioso acento suyo capaz de convertir las palabras en música. Incluso las más exasperadas.

Maddie se encogió de hombros.

–Estaba mirando qué cosas había que hacer.

Bella sacudió la cabeza.

–Solo estabas mirando una cosa, amiga mía.

Como siempre, el uso por parte de Bella de la palabra «amiga» la hizo estremecerse por dentro. Maddie nunca había tenido una amiga verdadera. Durante mucho tiempo había soñado con lo que sería sentirse querida, pero conforme habían ido pasando los años, la verdad se había hecho evidente y había aprendido a dejar de tener esperanzas. Aunque las mujeres de los Ocho del Infierno eran muy amables con ella, nunca llegaba a sentirse del todo cómoda con sus atenciones. Ella era una prostituta. Había escapado de aquella vida, sí, pero todos los testimonios de amistad del mundo no podían lavar aquella mancha. Era fácil fingir que aquel pasado nunca había existido, protegida como estaba allí, en el Ocho del Infierno. Allí el mundo no podía tocarla, cierto, pero algún día tendría que marcharse. Y, cuando lo hiciera, querría ser como Bella. Una mujer segura y confiada. Atrevida. De réplica fácil y directa. Que jamás se escondía.

Pero no era como Bella. Aún no. No tenía fuego. No tenía familia. No tenía convicciones. Había sido una niña perdida y en ese momento era una mujer perdida, aunque iba a encontrar su camino. El cura decía que Dios no mandaba a la gente al mundo sin una misión, un propósito determinado, lo que significaba que ella también tenía uno. La primera vez que se lo oyó decir, fue la única idea que no entendió de su sermón. Pero con el tiempo se le quedó grabada, y lentamente había ido echando raíces. Hasta el momento, encontrar ese propósito era precisamente su propósito en la vida.

—No sé a qué te refieres.

Bella sonrió y miró la verja por la que Caden acababa de salir.

—Es fácil ver a quién pertenece tu corazón.

Maddie se humedeció los labios, sintiendo de nuevo aquella punzada de dolor. Amar a alguien era perderlo, provocar su muerte. De manera instintiva había tirado siempre hacia la fantasía, pero ya no podía encontrar aquel difuso lugar donde lo real y lo imaginado se confundían con tanta facilidad. Ari decía que era una buena señal, pero ella no estaba tan segura.

–Los corazones de papel y las flores quedan preciosos en las bodas... –el comentario aparentemente absurdo e incongruente solo era medio fingido. Siempre le resultaba mucho más fácil actuar como si no sintiera nada.

Bella suspiró y cruzó los brazos bajo su ancho busto, sobre su vientre.

–Con los demás puedes practicar esas tonterías. Yo sé que no estás *loca* –utilizó la palabra en español.

A Maddie le había gustado tener esa misma seguridad.

–¿Tan segura estás?

–Hay mucho más en ti que tonterías.

Maddie parpadeó asombrada. Nadie le había dicho nunca eso antes.

–Soy solamente unos muslos dulces, unos senos suaves y placer para un hombre –había pronunciado tantas veces aquella frase que se la sabía de memoria.

Bella resopló indignada.

–Eres pasión y temperamento, y cuando pongas de una vez los pies en la tierra, el único hombre al que darás placer será el que tú misma elijas.

–¿Crees que llegaré a elegir?

Bella, siempre tan perceptiva, y siempre también tan brusca, le tocó una mano provocándole un nuevo estremecimiento, ya que nadie la tocaba nunca. El contacto significaba para Maddie algo malo. Doloroso. Mortal.

–Sí.

Retiró la mano y al momento se sintió mal por ello. Le gustaba Bella.

–Tú formas parte ya del Ocho del Infierno, Maddie –sonrió Bella–. Eso ya es algo.

–Porque Tracker me trajo aquí.

Bella volvió a sonreír y miró al hombretón que estaba hablando con Ed. El viento lo despeinaba, descubriendo la profunda cicatriz que lucía en una mejilla.

–A todas nos trajeron aquí.

Para Maddie, Tracker era un hombre aterrador con aquella cicatriz que le cruzaba la cara, aquellos músculos de gigante y aquella piel tan oscura, mientras que para Ari era el sol, la luna y las estrellas, lo que demostraba que la ternura vivía en todas partes. Caden no era tan grande como Tracker, pero sus manos eran lo suficientemente fuertes para golpear duro y romper huesos.

En ese momento Bella soltó un gruñido y se llevó la mano al estómago.

–Te juro que si este niño no para de darme patadas, dejaré que su papá lo críe solo.

Maddie se la quedó mirando.

–Es una niña.

–¿Cómo lo sabes?

Habría sido un falta de tacto confesarle que, a lo largo de sus dieciocho años de su vida, había visto tantas mujeres embarazadas en el burdel que podía saber a simple vista si una mujer portaba un niño o una niña. Así que, en lugar de ello, se encogió de hombros y dijo:

–Hay cosas que una mujer sabe sin más.

Bella enarcó las cejas e hizo un elocuente movimiento con las manos.

–¿Lo ves? *Ya está* –dijo en español–. Cuando no piensas en cómo van a reaccionar los demás, dices lo que tienes en la cabeza, y no esas tonterías de frases.

–Una mujer debe ser vista, que no escuchada.

Bella resopló indignada.

–Son los idiotas los que deben ser vistos y no escuchados.

Maddie no pudo evitar un estremecimiento que Bella se apresuró a aliviar tomándole la mano, arrepentida. Bella siempre estaba tocando a la gente. A Maddie ya no le molestaba tanto como al principio.

–Perdona, Maddie. Ya sabes que yo no pienso que seas idiota.

Y sin embargo eran tantos los que lo pensaban... Desvió la mirada hacia el camino que Caden había tomado. Esa vez Bella no le soltó la mano, sino que se la apretó al ver que hacía ademán de irse.

–¿Maddie?

–¿Sí?

–¿Crees que yo la verdad siempre digo?

Maddie asintió, habituada a la particular manera de hablar de Bella. Era, de hecho, muy bonita y algo disparatada, como una música singular que sonara bajo sus palabras.

–Te creo –volvió a tirar con intención de soltarse.

Bella le sujetó la mano con fuerza.

–¿Crees que yo nunca haría nada que te hiciera daño?

Maddie asintió de nuevo.

–¿Crees que yo no soy... convencional?

Maddie volvió a asentir.

–Me creo todo lo que me dices. Tú eres una buena persona. Nunca me mentirías.

–La gente buena miente todo el tiempo –gruñó Bella–. Y yo también. Mentiría para salvar a alguien que quiero. Pero no mentiría a alguien que quiero si no es por una buena razón.

–Sí –Maddie podía comprender eso.

Bella sacudió la cabeza.

–Voy a hablarte ahora claramente, con palabras que quiero que escuches.

Maddie se agarró a una rama del árbol y se preparó para lo peor. Solo las cosas malas empezaban de esa manera.

Bella rodeó el tronco del peral hasta quedar frente a

ella, con su abultado vientre rozando los pliegues de su falda. Maddie quiso correr y esconderse, pero en realidad no importaba lo que ella pudiera querer o no. Bella estaba determinada a decirle lo que tenía que decirle, y rápido, porque Maddie podía ver a Sam buscando ya a su esposa, lo que significaba que en unos minutos estaría allí. Personalmente prefería no relacionarse demasiado con los hombres del Ocho del Infierno. No era que fueran malos, pero eran hombres, y los hombres le hacían sentirse incómoda.

–Te escucho.

–Perdona que sea tan... bruta, pero tú estás enamorada de Caden.

Maddie esbozó una mueca, apretando con fuerza la rama. Las hojas se agitaron y un leve aroma a fruta impregnó el aire.

–Un hombre así no es para mí.

Bella resopló.

–Es un hombre como cualquier otro, que necesita una mujer que lo ame.

–Mujeres no le faltan.

–Como a ti tampoco podrían faltarte hombres.

Maddie sacudió la cabeza. Solo una ingenua podía creerse aquello.

–Soy como una mercancía de segunda mano, hecha para la cama y para nada más. Nadie me querría.

Bella hundió las uñas en su muñeca.

–Que no se te ocurra volver a decir eso. Tú eres mi amiga. Estuviste a mi lado cuando Sam se marchó y lo pasé tan mal. Te sentaste conmigo y me hiciste té. Te paseas por este rancho como si no fueras nadie y sin embargo haces de todo, ayudas a todo el mundo, te preocupas de que Sally Mae tenga todo lo necesario para la boda, organizas, traficas...

–Soy buena *vendiendo* –la interrumpió Maddie, corrigiéndola.

—Eso, vendes. Pero ayudas en todo a aquellos a los que quieres. Eres como una fuerza tremenda en segundo plano, capaz de hacer posible cualquier cosa. Has cambiado muchísimo desde que llegaste al Ocho del Infierno, y sin embargo tú no ves nada de todo esto. No te valoras en nada. Te consideras únicamente buena para la cama.

Maddie desvió la vista, pero Bella le puso un dedo bajo la barbilla para obligarla a volver el rostro.

—Si quieres a Caden, tienes que dejar de pensar así. Necesitas creer en ti misma. Necesitas creer en la fuerza que te ha mantenido viva durante todos estos años. Necesitas creer en esa parte de ti misma que te convierte en la única mujer a la que él sonríe cada vez que te ve.

Maddie detestaba la esperanza que sentía aflorar en el pecho, y a la que sin embargo se aferraba.

—Tú no sabes...

Bella sacudió la cabeza.

—No. No sé nada de seguro, pero sé que cuando ves a Caden, tú sonríes, y que él sonríe cuando te ve a ti. Eso no determina el final de nada, pero a mí me parece un buen comienzo.

Maddie podía ver a Caine y a Ace discutiendo, supuestamente sobre Caden. Evidentemente Caine no quería que se marchara. Caine pensaba que tenía mucho poder sobre los hombres del rancho, pero Caden era muy testarudo. Y ella entendía mejor que Caine que Caden también era un hombre que necesitaba abrirse camino por sí solo.

—¿Y qué querrías que hiciera? Un caballero no busca a su princesa entre la basura.

—Mi Sam no quería tener nada que ver conmigo la primera vez que me vio.

Eso Maddie sí que *no* podía creérselo.

—Pero si tú eres la princesa de Sam...

—Yo era más bien un grano en su... —Bella sonrió al tiempo que se daba una palmadita en el trasero, dejando la palabra sin pronunciar–. Él pensaba que yo era demasiado buena para él, que solo me traería problemas. Sam negaba nuestro amor, la atracción que sentíamos y nuestra capacidad para ser felices.

–Pero estáis juntos.

–Sí. Lo estamos. Pero tuve que perseguir a ese hombre por medio país. Tuve que luchar por él.

–Tú no puedes obligar a alguien a que te ame. Eso me lo dijo Sally Mae.

–Y Sally Mae tiene razón. Pero sí que puedes impedir que alguien siga huyendo de lo que siente. O retenerlo al menos el tiempo suficiente para que se dé cuenta de ello.

¿Quién se creía que era Bella para intentar despertar tanta esperanza a una desesperada como ella?, se preguntó Maddie. No tenía ningún derecho a hacer eso.

–Quizá sea demasiado estúpida para entender esas cosas.

Bella le soltó la mano y retrocedió un paso.

–Quizá seas demasiado estúpida para estar con un hombre como Caden, que lo tiene todo excepto la ternura que necesita. Quizá seas demasiado estúpida para saber lo que es bueno y lo que es malo, y cómo deberían ser las cosas entre un hombre y una mujer. Y quizá también seas demasiado estúpida para muchas otras cosas porque estúpidamente te crees lo que la gente mala dice de ti –Bella cortó el aire con un brusco gesto–. Pero yo no lo creo. Yo he visto cómo has cambiado. Yo he visto cómo has crecido, así que cuando te digo todo esto, sé que estoy hablando con la Maddie que ha llegado a formar parte del Ocho del Infierno, no con la Maddie que no se valora en nada a sí misma. Ha llegado la hora de que te marches de aquí –le señaló la verja–. La hora de que sigas a tu corazón.

–¿Por qué?

La expresión de Bella se suavizó.

–Porque si quieres a Caden, Maddie, entonces tienes

que hacer todo lo que haga falta para que él vea lo que eres y lo que podrías ser. Algo grande. Y nadie puede hacer eso por ti –dicho eso giró sobre sus talones para marcharse.

Maddie se quedó donde estaba, aferrada al árbol y como vencida por el peso de la absurda idea que Bella acababa de sugerirle.

–¡Espera!

Bella sacudió la cabeza y alzó una mano.

–No. Es hora de que decidas quién quieres ser.

Maddie experimentó el desquiciado impulso de salir tras ella para que le dijera lo que tenía que hacer pero... ¿qué sentido tenía? Bella tenía razón. Ella misma había decidido que había llegado el momento de dejar de ser una niña.

Caden se marchaba como si eso no fuera a importarle a nadie. El hombre no parecía entender que iban a echarlo de menos. O quizá no le importaba. A veces resultaba difícil saberlo. Bella le había aconsejado que hiciera lo que le dictara su corazón. ¿Tendría el coraje de hacer algo tan grande, tan importante en su vida?

Caden le había dicho que no se marcharía sin despedirse. La furia que sentía era muy fuerte. Tanto como su determinación. Estaba harta de que la abandonaran. Cada mañana, cuando se levantaba, se dejaba llevar por la vida. Al día siguiente tomaría las riendas de esa vida.

Los efectos personales de Maddie estaban ya bien guardados en una alforja, junto con dos mudas de ropa, antes de que empezara a clarear. Caden se había marchado una hora antes. Maddie había oído el crujido de los escalones del porche trasero cuando se escabulló, y vislumbrado la luz en las cuadras. Ya era hora de que ella se marchara también.

Bajando sigilosamente la escalera, se escabulló por la misma puerta que Caden, pero evitó el tercer peldaño para no hacer ruido. Aunque nadie protestaría por la marcha de Caden, por lo esperada, la suya, en cambio, causaría todo un escándalo. Su perro, un sabueso de pelaje rojizo, gimió y alzó la cabeza. Maddie sonrió y le hizo una seña: el animal acudió inmediatamente. Le dio un trozo de carne de las sobras de la cena. El sabueso lo engulló y, al ver que no iba a seguirle otro, bajó la cabeza y las cejas con expresión tristona. Tenía el mismo aspecto que su padre, Boone, solo que era la desesperación de la manada de Tucker. Hasta le habían puesto «Inútil» de nombre, porque aunque podía rastrear tan bien como su padre, nunca ladraba ni alertaba sobre sus presas.

El día en que Tucker lo separó de la camada, Maddie lloró por él. Y cuando oyó el nombre que le habían puesto, fue la gota que colmó el vaso. Había adoptado al perro esperando que alguien protestara. Nadie dijo una sola palabra. Había intentado cambiarle el nombre, pero el animal se negaba a responder a otro.

Seguía poniéndola nerviosa tener un amigo, aunque fuera un perro, pero ya no había vuelta atrás. Inútil la había reclamado como ella lo había reclamado a él. Hasta el momento habían sido amigos: a partir de esa noche se convertiría en su compañero. Eso esperaba ella, al menos. Palmeándose el muslo, lo llamó para que se acercara.

Llevaba arrugada en el bolsillo la nota de disculpa que había escrito. Flor era una yegua de carácter dulce que Tucker había entrenado para ella. Con Maddie era muy buena y no tenía un solo hueso de maldad en el cuerpo. Maddie confiaba en ella de la misma forma que desconfiaba de cualquier humano. Al margen de lo valioso que fuera el animal, Maddie no podía escoger a ningún otro. Y no solamente porque su habilidad para montar fuera escasa. En aquel momento necesitaba rodearse de cosas en las que tuviera fe.

Que hubiera decidido apoderarse de su vida no significaba que confiara ciegamente en conseguirlo.

Flor relinchó suavemente conforme Maddie se acercaba a su cubículo en las cuadras. Abrió la portezuela con manos temblorosas. Palmeó el cuello de la yegua y aspiró profundo. La única otra ocasión en que había tomado las riendas de su destino fue cuando siguió a Tucker fuera de aquel burdel. Seguía sin saber qué era lo que la había impulsado a hacerlo, pero una vez hecho, no había habido vuelta atrás. Cuando lo vio, el aspecto del hombretón era tan temible que a punto había estado de cambiar de idea. Pero luego, con un asentimiento de cabeza, le había tendido la mano, y ella la había aceptado llena de miedo, solo para descubrir que debajo de su duro y hosco exterior era un hombre bueno.

Por entonces, Tucker había estado buscando a su Ari, e indudablemente la compasión que sentía por el triste predicamento en que ella se encontraba debía de haberlo impulsado a recoger a las mujeres descarriadas que se había encontrado por el camino. Había llevado a Maddie al Ocho del Infierno al igual que había hecho con muchas otras. Les había ofrecido un lugar donde curarse. La mayoría se habían marchado al cabo de un mes o dos, habían seguido adelante con sus vidas. Pero ella se había quedado. No había tenido ningún otro lugar a donde ir y también había tenido miedo de empezar de nuevo, sola. O al menos eso había pensado en aquel momento. Lo cierto era que simplemente había tardado más tiempo que las demás en prepararse para ello.

Miró más allá de la puerta abierta de las cuadras, hacia la noche que ya empezaba a clarear.

—Vamos a partir para la aventura, Flor.

Acercó la montura al amarradero y descolgó la silla y los arreos. Inútil revoloteaba en torno a ellas.

—Caden se cree que puede romper la promesa que me

hizo, pero no se saldrá con la suya –le dijo al perro, que se la quedó mirando con sus grandes ojos castaños.

Gracias a las útiles instrucciones implacablemente impartidas por Caden, tardó poco en ensillar y embridar a la pequeña yegua. En aquel entonces había querido maldecirlo, pero en ese momento, cuando era tanta su urgencia, agradeció cada una de las tediosas lecciones. No podía permitirse que Caden se adelantara demasiado. Sacó la nota del bolsillo y la prendió en un clavo que sobresalía del poste. Robar un caballo era un delito castigado con la horca. Quería asegurarse de que en el Ocho del Infierno supieran que solamente lo estaba tomando prestado. La nota recogía unas líneas dirigidas a Tia y a Bella, muy breves. Un *gracias* seguido de un simple *he decidido vivir mi vida*. A última hora había añadido: *por favor, no os preocupéis*. Esperaba haberlo escrito bien.

Representaba un novedoso pensamiento que alguien pudiera preocuparse por ella. Sonrió. Lo de tomar el control de su propia vida estaba funcionando. Ahora tenía amigos.

Ató al perro con una correa cuyo extremo aseguró a la silla de la yegua. Su silencioso compañero iba a servirle de ayuda. Lo último que necesitaba era que Caden supiera que ella lo estaba siguiendo. Por lo menos hasta que estuvieran lo suficientemente lejos como para que no pudiera mandarla de vuelta.

Echó una última mirada a su alrededor. Allí estaba a salvo. Más allá de aquella puerta, su vida esperaba. Por un segundo, vaciló. Inútil gimió, poniéndose a dos patas.

–Tienes razón. Es hora de partir.

Montó la yegua, arreglándose la falda sobre el pantalón que Caden le había conseguido cuando advirtió lo muy dolorida que se había quedado después de su primer día de monta. No tenía ropa interior, y le había entrado tanta vergüenza que no se lo había dicho a nadie. Durante días había temido que él pudiera contarlo, avergonzándola. Era tanta la vergüenza que había sentido en aquel entonces... Recogiendo las riendas, suspiró. Se había sentido tan pequeña y tan poca cosa entre las seguras y confiadas mujeres de los Ocho del Infierno... Pero todo ello se había debido a su propia estupidez, según le había señalado Bella.

Luego, unos pocos días después de su primera lección de montar, Caden le había entregado una caja y le había pedido que la abriera en privado. Su primera suposición también la había llenado de vergüenza: que la había comprado ropas escandalosamente femeninas. Con manos temblorosas había colocado la caja sobre la cama y la había abierto. Cuando vio lo que había dentro, se echó a llorar. Lágrimas tontas y estúpidas. Caden le había comprado un feo pantalón de hombre para llevar bajo las faldas, hecho de lana suave y lo suficientemente grueso para que la silla no le rozara los muslos. En aquel preciso instante le había entregado su corazón, aunque había tardado semanas en identificar los síntomas.

Amaba aquellos malditos pantalones. Amaba a aquel maldito hombre. Y en ese momento pretendía empezar a amar su maldita vida. Eran muchas las cosas que habían cambiado en su vida durante el último año. De niña asustada que se refugiaba en sus fantasías, se había convertido en mujer que estaba aprendiendo a vivir. Era algo excitante, que la llenaba de energía. Y tan escalofriante como toda partida hacia lo desconocido. Palmeando el cuello de Flor y sonriendo al expectante Inútil, espoleó a la yegua. El perro se apresuró a colocarse a su lado.

—¡Listos o no listos, allá vamos!

Capítulo 3

La sensación de aventura de Maddie entró en una rápida espiral descendente. Seguir el rastro de Caden no resultó tan fácil como pensaba. El olfato de Inútil detectó el rastro pero luego lo perdió. Y, francamente, ella no distinguió la diferencia. Flor no siempre quería ir por donde iba el perro, y aquella maldita brisa que agitaba las hojas de los árboles no cesaba de susurrarle: «vuelve, vuelve...». Pero estaba cansada de volver, así que perseveró, confiando en Inútil para que la llevara allí a donde tanto necesitaba ir.

Flor frenó bruscamente, con lo que Maddie se abalanzó hacia delante y tuvo que agarrarse al cuerno de la silla. La yegua sacudió la cabeza y retrocedió dos pasos. Inútil gimió al extremo de su correa mientras volvía a perder el rastro. Alzando la cabeza, Maddie descubrió inmediatamente el motivo por el que se había detenido la montura. Un enorme e impenetrable matorral espinoso se alzaba justo en su camino. Maldijo para sus adentros. Tendrían que rodearlo.

El perro gimió de nuevo, tirando hacia el matorral y tensando la cuerda.

—¡No tenemos otro remedio! —le espetó al animal.

Inmediatamente se arrepintió de su brusquedad. No era culpa de Inútil que se sintiera tan desorientado. No había esperado que todo pareciera tan similar en la oscuridad: las formas se confundían. No tenía la menor idea de dónde estaba. Flor sacudió de nuevo la cabeza, lamentando sin duda no haberse quedado cómodamente en las cuadras. Ya había amanecido, pero era poca la luz que lograba penetrar a través de los árboles.

Inútil también gimió, tirando hacia la izquierda. Había allí un pequeño agujero en el matorral, no lo suficientemente grande para el caballo. Enredándose las riendas en las muñecas, Maddie tiró con fuerza para retroceder y miró a su alrededor. Por todas partes veía árboles. Casi parecía como si el mismo árbol se repitiera interminablemente. Ni siquiera sabía si podría encontrar el camino de vuelta a casa desde allí: no le quedaba más remedio que seguir adelante. Tendría que arriesgarse con la esperanza de retomar el rastro. Fue entonces cuando la asaltó el descorazonador pensamiento de que si ella no podía atravesar aquella barrera de matorrales con su montura, tampoco debía de haberlo hecho Caden, lo cual dejaba una pregunta en el aire: ¿cuál era el rastro que había estado siguiendo el perro?

—Se suponía que tenías que rastrear a Caden —le dijo a Inútil.

El perro la miró con la lengua fuera, jadeando ligeramente. Seguro que tenía sed, y ella también. La yegua relinchó. Probablemente la pobre Flor estaba más sedienta que ellos dos. Maddie echó mano a la cantimplora solo para descubrir que había desaparecido. Debió de habérsele caído en algún momento, durante el camino.

Podía sentir el escozor de las lágrimas bajo los párpados. Volvió a inspirar profundo, cerrando los ojos cuando el pánico amenazó con ahogarla. Estaba perdida y no tenía agua. Volver resultaba tan imposible como continuar. Su gran aventura había terminado en desastre. Debería haberse quedado en el Ocho del Infierno.

El zumbido empezó en los confines de su mente. Conteniendo el aliento intentó pensar en un lugar tranquilo, y se imaginó la poza de su hogar en las afueras de Carson City. Le resultó fácil esa vez evocar la imagen, imaginar la caricia de la brisa en su rostro. En verano era todo tan bonito, con la sombra de los árboles extendiéndose sobre el agua y las orillas cubiertas de tréboles... La brisa que se levantaba del agua era una verdadera delicia en aquellos calurosos días de verano. Cerró los ojos con fuerza hasta que pudo sentir el sol en la cara, oler la tierra húmeda, escuchar el rumor del viento entre los árboles, sentirlo acariciando su rostro y sus hombros...

Adoraba los días de verano. Tenían algo esperanzador que parecía aligerar el cuerpo, como si no pesara más que una pluma. No había nada que le gustara más que sentarse a la orilla de su poza, y, si tenía suerte, con un libro en las manos. Le encantaba leer, y la señora Cabel, su maestra, ocasionalmente le permitía sacar un libro de la biblioteca siempre y cuando lo tratara con cuidado. Siempre trataba los libros con cuidado. Ellos eran su tesoro, su escape hacia otro mundo.

Pero algo iba mal. A esa hora del día la sombra se hallaba siempre en la orilla derecha de la poza, la zona más agradable para sentarse. Un lugar perfecto para un picnic. Guió pues a Flor hacia la derecha. El perro las siguió, gimiendo. Atravesó el pedregal del arroyo. La yegua tropezó, haciéndola tambalearse. Siempre tropezaba con aquella gran roca que había en medio. Resultaba fácil perder la noción del tiempo allí, en el lado soleado de la poza. En su imaginación alcanzó el lugar exacto y se recogió las faldas antes de sentarse sobre la manta y apoyar la espalda en el tronco de árbol. Le encantaba estar allí, a orillas de aquella poza, dejando que las preocupaciones del día se desvanecieran...

Un dolor en la pantorrilla le hizo abrir de golpe los

ojos. Se agarró la pierna. Inútil se había puesto a dos patas, clavándole las garras en las faldas. Flor sacudió la cabeza mientras intentaba esquivarlo. La realidad la golpeó en plena cara. No era la escena de la poza, sino un profundo barranco lo que se encontró. Diez metros más abajo podía ver un río horadando el valle. La yegua alzó de nuevo la cabeza y retrocedió. Maddie se agarró al cuerno de la silla.

«¡Dios mío!», exclamó para sus adentros. Había estado a punto de caer por el barranco. Desviando la vista de la caída en vertical, miró a su alrededor. No reconocía dónde estaba. No sabía durante cuánto tiempo había estado vagando en su imaginación. El tiempo suficiente, en todo caso, para que el sol se hubiera alzado y se encontrara en aquel momento en una especie de claro entre los árboles, lo cual no era decir mucho.

–¿Adónde nos has traído? –le preguntó a Inútil.

El perro se sentó y la miró tristón. Maddie pensó que alguna ayuda sí que le había proporcionado: había alejado a Flor del borde del barranco.

–Bueno, al menos esto es bonito.

Lo era. El Ocho del Infierno se alzaba en una meseta alta e inhóspita, pero allí abajo todo parecía más verde y amable. Más parecido a su hogar. El paisaje no tenía tantos cortes y aristas. Era más redondeado, la hierba crecía entre las rocas y las flores de verano salpicaban las pequeñas colinas. Las hojas de los árboles filtraban la luz del sol. Habría sido un lugar fantástico para detenerse a comer si no hubiera estado tan perdida.

–¿Qué vamos a hacer? –preguntó al perro.

El animal se irguió y apoyó las patas sobre su pie. Crujió el cuero de la silla cuando Maddie se inclinó para acariciarle la cabeza. Inútil meneaba el rabo y la miraba feliz mientras se dejaba rascar detrás de la oreja. Evidentemente él no compartía sus mismas preocupaciones. ¿Y por qué habría de hacerlo? Estaba acostumbrado a cazar con los Ocho del Infierno. Seguro que Tracker no se habría perdido. Ni Caden, ni Tucker, ni Caine. Ellos conocían la zona como la palma de su mano, mientras que ella... Suspiró. Solo sabía inventarse fantasías.

Tomó nota mental de otra de sus necesidades pendientes: necesitaba urgentemente aprender a orientarse en terreno salvaje. La próxima vez que saliera con los hombres, no se dejaría disuadir con una caricia en el pelo y la frase de que no tenía necesidad de aprender esas cosas, como solía hacer Sam. Con o sin la protección de los Ocho del Infierno, necesitaba desarrollar sus propias habilidades.

No quería que la protegieran. Los protectores iban y venían. Con los años había tenido muchos. Los protectores terminaban perdiendo todo interés, y, cuando lo hacían, ella siempre volvía a quedar sola y a merced de su propia persona. En aquel momento no tenía otra opción que confiar en sí misma. No quería ya ningún protector más. Quería ser como los hombres del rancho Ocho del Infierno, como las mujeres de los Ocho del Infierno. Quería ser capaz de mirar a los problemas a los ojos y de saltarles los dientes...

Flexionó los dedos, cerró los puños e intentó imaginarse la cara que tendría un problema, pero se le presentaba cada vez con formas tan distintas que le costaba elegir uno al que pegar. Como en aquel preciso instante, el problema tendía a adoptar el aspecto de un escurridizo canalla. Estaba perdida: su actual problema era así de sencillo y de complejo a la vez. Intentó recordar todo lo que había escuchado sobre la mina de Fei. Las historias que se contaban eran disparatadas y excitantes, como sacadas de un cuento de hadas. Pero no había sido un cuento de hadas. Shadow y Fei lo habían pasado muy mal. Sin embargo, cada vez que Maddie había oído contar la historia, lo único que se le había quedado grabado era la expresión de confianza de

Fei mientras explicaba cómo había conseguido vencer las dificultades. Maddie quería ser así de confiada. Quería que la gente la mirara y supiera de un solo vistazo que podía vencer cualquier dificultad. Quería que Caden la mirara así. Quería hacerlo ella misma.

Recordó las explicaciones sobre la ascensión, lo duro de la escalada por un lateral de la montaña hasta llegar a la mina, lo que significaba que estaba alta. En ese momento solo podía hacer dos cosas: o volver por donde había venido para rodear la ladera derecha de la montaña o descender hasta el río.

Con el corazón en la garganta, volvió grupas para tomar el sendero que rodeaba la ladera de la montaña. A la derecha, el sol se levantaba alto. No sabía si la decisión era buena o mala, acertada o equivocada. Ni siquiera sabía si se dirigía hacia el este o hacia el oeste. ¿Cómo podía ser tan ignorante en detalles tan importantes? Por supuesto, habiendo crecido en la ciudad, el lugar por donde se alzaba el sol nunca había sido algo importante. Y en el Ocho del Infierno nunca se había quedado sola: siempre había habido alguien vigilándola. Otra forma de protección que no la había ayudado.

Urgió a Flor a avanzar. Lo único que detestaba de estar «aquí», en la realidad, era la zozobra de las emociones que siempre la reconcomía. En su mundo de fantasía todo estaba tranquilo. Sereno. No había golpes de emoción crudos y violentos. No existía el miedo, ni el odio, ni el dolor, ni la tristeza. Solo los sosegados días de verano junto a la poza, o quizá alguna tarde pasada en algún lugar igualmente tranquilo donde bailaría con guapos caballeros que la trataban con respeto y admiración. Sacudió la cabeza. A veces se preguntaba si habría sabido realmente que seguir a Tracker significaría «estar aquí» tanto, y qué habría supuesto ese «estar aquí» si no se hubiera decidido a acompañarlo... Volvió a sacudir la cabeza mientras oía el canto de los pájaros y el rumor de los cascos de la yegua en el sendero. Quizá su mundo inventado no le había resultado tan satisfactorio ya por aquel entonces, con lo que cada vez le habría costado más alcanzar aquella sensación de paz. Quizá habría terminado perdiendo de todas formas su capacidad para fabular y, en lugar de haberse hallado a salvo en el Ocho del Infierno, en aquel preciso momento se habría encontrado en...

Suspiró mientras doblaba un recodo del sendero, rodeando la montaña. De niña, fingir e inventarse fantasías le había resultado mucho más fácil. Había sido mucho más fácil eludir la responsabilidad de vivir. Hasta el día en que un cliente apuñaló a su amiga Hilda. Maddie gimió mentalmente recordando el horror de la sangre, el momento en que puso las manos sobre las heridas en un intento por frenar la hemorragia, con la sangre de su única amiga brotando entre sus dedos como un río. Por muy rápidamente que le cubrió las heridas, no pudo parar la sangre. Lo único que pudo hacer fue sentarse al lado de Hilda y ver cómo la vida se le escapaba por culpa de un acto de violencia gratuita, mientras, a su alrededor, las chicas del burdel y sus clientes se ocupaban de sus propios asuntos. Y todo porque Hilda no se había desnudado lo suficientemente rápido. Maddie se mordió el labio mientras los sollozos brotaban de su garganta como lo hicieron aquel día. Hilda se había merecido otra cosa. Había sido todo tan injusto... Mucho después de que Hilda hubiera cesado de respirar, Maddie había seguido intentando limpiar la sangre, como si el hecho de borrar su rastro hubiera podido hacerle revivir. Pero no había podido revivirla, como tampoco olvidar las palabras que Hilda le había susurrado: «Yo iba a...»

Era un juego que tenían entre ellas. Cuando juntaran el dinero suficiente *iban* a comprar una casa. Cuando encontraran al hombre adecuado *iban* a tener un hogar e hijos. Cuando ahorraran lo suficiente *iban* a viajar por el mundo y a vivir la gran vida. Pero Hilda no había conseguido hacer otra cosa que abrirse de piernas para los hombres sucios que pagaban el dinero.

«Yo iba a...» Maddie cerró los ojos mientras aquellas palabras permanecían suspendidas en su corazón. Había sido justo en aquel instante cuando Tracker había entrado en el salón, y que ella había encontrado el coraje necesario para aceptar su oferta. Y ahora allí estaba, en medio de la nada, yendo en busca de su propia vida... y completamente perdida. De alguna forma, su escapada no estaba resultando como había querido. Una vez más, nada estaba saliendo bien.

Al principio había pensado que el Ocho del Infierno era todo lo que ella necesitaba: una hermosa casa que limpiar y donde cocinar, un horno donde hacer dulces... sin que la obligaran a acostarse con nadie. Eso no le gustaba, y tampoco nadie había esperado que lo hiciera. Y al principio vivir allí *había* sido bonito, realmente bonito... pero de alguna manera no había sido suficiente. Durante los dos últimos meses se había visto consumida por la misma inquietud que tan a menudo había percibido en Caden. Una necesidad de... de algo. Necesitaba algo más que seguridad. Necesitaba sus propios sueños. Su propia vida.

Ensimismada en sus pensamientos, ni siquiera vio a los jinetes que doblaban el recodo del sendero hasta que casi chocó contra ellos. Flor alzó bruscamente la cabeza, golpeándola en la barbilla. Vio las estrellas de dolor. La yegua retrocedió rápidamente un par de metros, que a Maddie le habría gustado fueran más.

El grupo de jinetes tenía un aspecto duro, bronco. Su ropa estaba sucia por el polvo, iban mal afeitados y todos llevaban un revólver atado al muslo. Y, sin embargo, ese aspecto no le resultó tan inusual. Ignoraba quiénes eran, pero no le parecieron tan distintos de los tipos a caballo que frecuentaban el Zapato de Terciopelo Rojo, su burdel, buscando compañía. Las miradas que le lanzaron tampoco fueron tan distintas. Era el mismo tipo de miradas que le habían lanzado antaño, cuando entraban en el salón del burdel, ávidas y lascivas. Como si no vieran en ella a una persona, sino un cuerpo. Como si la vieran como un simple recipiente, que no como una compañera. Se le encogió el estómago como siempre le ocurría, y su mente se rebeló como siempre le ocurría también, pero el escape a su mundo de fantasía no llegó. Y se quedó mirándolos: a ellos y a la realidad que muy probablemente estaba a punto de suceder.

–Vaya, ¿qué es lo que tenemos aquí? –dijo el más viejo del grupo, echándose el sombrero hacia atrás y cruzando las manos sobre el cuerno de su silla.

Maddie forzó una sonrisa mientras empuñaba las riendas de Flor.

–Me apartaré para que puedan pasar.

El hombre se echó a reír y adelantó su caballo, cerrándole el paso. Inútil empezó a gruñir.

–Será mejor que calles a ese perro antes de que le dispare.

Una vez más Maddie se arrepintió de no haber tenido la previsión de llevarse un arma que supiera manejar. Los dos hombres que iban vestidos de negro desenfundaron sus revólveres. El rifle que portaba en la silla de Flor tenía buen aspecto, pero solo lo había disparado una vez. Además de que, a esa distancia, no le habría servido de nada.

–Calla, Inútil –lo más discretamente posible, desató la correa del perro del cuerno de la silla.

–¿Has venido hasta aquí tú sola? –le preguntó el que parecía el jefe.

¿Qué responder a eso? Vio que los hombres no bajaban sus armas.

–Tengo a Flor y a Inútil, y no tardaré en alcanzar a mi amigo.

Los jinetes se miraron. Evidentemente se le daba mucho mejor engañarse a sí misma que a los demás.
–¿Sabe tu amigo que vas en su busca?
Maddie esbozó una sonrisa radiante.
–Imagino que me espera de un momento a otro.
–Cariño, llevamos hora y media recorriendo este sendero y no hemos visto un alma.
–Puede que él no se haya dejado ver –era verdad. Caden era como un lobo en la noche, deslizándose en las sombras y dejándose ver solo cuando él así lo deseaba, siempre peligroso... excepto cuando estaba con ella. Alzó una mano y se recogió el cabello detrás de la oreja, aferrándose al recuerdo de la caricia de sus dedos.
–¿Y quién es ese amigo tuyo con el que quieres reunirte?
Se humedeció los labios. Flor se removió inquieta, percibiendo su tensión. Los segundos le parecieron horas mientras debatía sus opciones.
–No mientas, niña. Dinos la verdad.
La costumbre la obligó a responder al tono autoritario de aquella voz.
–Caden Miller.
Los jinetes volvieron a intercambiar una mirada.
–¿Caden Miller, del Ocho del Infierno?
Asintió con la cabeza.
–¿Dices que Caden Miller, el del Ocho del Infierno, anda por aquí?
Asintió de nuevo. A menos conocían a Caden. Quizá eso pudiera servirle de protección.
–Diablos. Ven aquí, niña. Deja que te mire bien.
No tuvo más remedio que acercarse: espoleó a Flor con leve urgencia. La pequeña yegua avanzó tranquilamente, sin el nerviosismo que sentía Maddie. ¿Por qué solamente ella parecía percibir el peligro de aquella situación?
Como si hubiera oído sus pensamientos, Inútil volvió a

gruñir. El jefe del grupo lo apuntó con su arma. Maddie se dijo que tenía que hacer algo. Asumir el papel de coqueta casquivana la resultaba tan fácil y natural como respirar: aquella facilidad incluso la avergonzaba. Ladeando la cabeza e inclinándose hacia delante, interpuso su montura entre el hombre y el perro.

–No pretende hacer ningún mal.

–Ni lo va a hacer.

–Pero usted sí que podría hacerlo.

El hombre la miró arqueando una ceja.

–¿A qué te refieres?

–Flor, mi yegua, no está acostumbrada a los disparos –se echó la trenza sobre un hombro al tiempo que se llevaba al pecho su mano libre–. Si dispara, yo podría terminar derribada en el suelo, quizá incluso... –se acarició con esa misma mano todo lo largo del muslo– con una pierna rota.

El cambio de actitud de los jinetes, del aburrimiento al interés, fue sutil. Pero ella pudo detectarlo en la tensión de sus hombros y en la manera en que se relajaron sus manos sobre las riendas.

El hombre del fondo del grupo, tocado con un sombrero viejo y descolorido, escupió al suelo y dijo:

–Sería una lástima romper unas piernas tan bonitas, jefe.

Tal y como había sospechado Maddie, el hombre mayor era el jefe del grupo. Su ropa era de mejor calidad y su rostro no era tan barbado, como si estuviera acostumbrado a cuidar mejor su aspecto. Con una ligera presión de sus rodillas, obligó a Flor a aproximarse más. Aquel era el hombre al que tenía que influenciar.

Los ojos del hombre viajaron de su rostro hasta su cintura y volvieron a ascender, deteniéndose esa vez en sus senos. A los hombres siempre les gustaban sus senos. Ella, en cambio, los odiaba. Las bocas babeaban ante su vista. Pero tener unos senos grandes tenía sus ventajas.

—Nos estás mintiendo, niña.
Sí que estaba mintiendo, pero no de la forma que pensaba él. El hombre adelantó su caballo. El potro intimidó con su estatura a su pequeña yegua. Luego la rodeó, examinando su montura de arriba abajo.
—Esa yegua no lleva la marca del Ocho del Infierno.
No, no la llevaba. Porque Maddie no había consentido que la hirieran de esa manera. Caine se había enfadado. Tucker le había explicado las razones. Incluso Shadow había intentado decirle que no pasaba nada, que era necesario. Solo Caden la había comprendido. Flor era suya. No iba a ocasionarle dolor alguno.
Amplió su sonrisa, exhibiendo los hoyuelos de sus mejillas. A los hombres les encantaban sus hoyuelos. Como era de esperar, el hombre bajó la mirada hasta sus labios.
—Estuve en la boda que celebraron. Cabalgué hasta allí.
—¿Con que cabalgaste hasta allí, eh? El Ocho del Infierno está a jornada y media de la población más próxima.
Maddie se encogió de hombros.
—No cabalgué sola.
—Pero ahora sí estás cabalgando sola.
—No era lo planeado —volvió a encogerse de hombros.
—Tengo entendido que esos tipos no son demasiado exigentes con las compañeras que se buscan.
Estaba acostumbrada a que los hombres se odiaran entre sí por el color de su piel. Eso siempre constituía motivo de pelea en un burdel. Los propietarios aprendían en seguida a separar a los indios: de lo contrario habrían tenido que reemplazar el mobiliario cada noche. Aunque Maddie no estaba segura de que aquella violencia tuviera realmente que ver con el color de la piel. A los hombres simplemente les gustaba luchar. Cualquier motivo les valía. El color de la piel solo lo hacía más fácil.
Maddie asintió.

—Una tiene su dignidad.

Uno de los hombres resopló, escéptico. Llevaba la misma camisa parda y los mismos pantalones sucios y polvorientos que los demás. Lo único que lo distinguía era su cabello rubio.

—Yo no me creo que los hombres del Ocho del Infierno hayan dejado escapar a una preciosidad como ésta.

—Tengo entendido que ahora todos están casados.

—No todos, y han estado contratando brazos —dijo Maddie y se estremeció delicadamente, reforzando sus sospechas—. No son muchas las mujeres solteras que suben hasta allí.

—¿Crees que las casadas dejarían que una prostituta se mezclara entre ellas, jefe?

Maddie lo miró arqueando las cejas:

—¿Me está llamando mentirosa, señor?

Ignoraba qué haría si el hombre le respondía que sí. No estaba habituada a enfrentarse con la gente de manera frontal, abierta. Pensando en Bella y en su fuerza de carácter, añadió:

—Porque si es así...

—Si es así, ¿qué?

Al diablo con la fuerza de carácter de Bella. Maddie no podía imitarla.

—Entonces tendría que decirle que está usted equivocado —se llevó una mano al pecho, atrayendo la mirada del hombre hacia su mejor recurso. El contacto del algodón de su vestido bajo sus dedos constituyó una sorpresa cuando había esperado la piel desnuda. Resultaba difícil exhibir sus encantos cuando una estaba cubierta de ropa hasta la barbilla, pero Tia siempre insistía en que las jóvenes buenas y honradas no llevaban vestidos escotados. Habría sido inútil explicarle que ella no era ni buena ni honrada, y aunque la violación era algo a evitar, tampoco era algo que no pudiera soportar. Pero Tia era Tia, y siempre se salía con la suya.

Aquellos sobrios vestidos habían llegado a gustarle. El material era caliente y cómodo, y aunque los hombres del rancho le sonreían, ninguno la había tocado. Nadie había intentado acorralarla en un rincón cuando su mujer no estaba mirando. Nadie la había tratado de otra manera que no fuera con respeto. Y lo que era aún mejor: las mujeres no la rehuían cuando la veían acercarse. Había comenzado a hacer amistades. Como resultado de todo ello había empezado a considerar su llegada al Ocho del Infierno como un nuevo comienzo, una ruptura radical con su pasado. Se había conservado pura. Y le había gustado. Tener una nueva oportunidad la había hecho sentirse fuerte, como nunca antes se había sentido.

Pero aquello no había sido más que una ilusión más, como tantas otras. Mientras, como era previsible, aquellos jinetes la contemplaban con lascivia, el rostro de Caden apareció en su mente. Vio mentalmente su hosco ceño, y el corazón se le encogió en el pecho. No; él no querría que aquellos hombres la tocaran. Aquel conocimiento fue como una puñalada en el pecho. En los confines de su conciencia, la oportunidad de escapar empezó a cobrar forma. Inútil gimió en ese momento, y Maddie sacudió la cabeza. Inútil pertenecía al Ocho del Infierno, y moriría por ella. Ella misma pertenecía al Ocho del Infierno. No podía abandonarlo. Procuró que Flor no se moviera de su sitio, entre el hombre y el perro.

–¿Puedo preguntarle su nombre, señor?

–Quién sea yo no es importante. ¿Quién eres tú?

Sacudió de nuevo la cabeza, deseando haber llevado el cabello suelto para lucirlo. A los hombres les gustaba su pelo casi tanto como sus senos.

–Me llaman Ginger –dijo, recurriendo al nombre que solía utilizar en el burdel.

La mirada del hombre se clavó en su cabello rojo.

–¿Es tan fogoso tu carácter como tu pelo?

Esbozó la sonrisa que sabía habrían esperado de ella. La única que le habían enseñado a lucir. La única que le salía de manera automática, la de la mujer que la habían adiestrado a ser.

—Eso me dicen.

—Los Ocho del Infierno nos deben una, jefe. Perdimos a nuestra última mujer por su culpa.

¿Su última mujer?, repitió Maddie para su adentros. Aquello sonaba muy mal.

—Cierto —el jefe se la quedó mirando por un momento—. Y ésta tiene más carne en los huesos que la otra.

—Tengo que confesar que yo prefiero a una mujer con experiencia antes que una virgen.

El jefe se volvió para espetarle:

—Aquella mujer nunca dijo que fuera virgen. Yo nunca la habría traído a casa si me lo hubiera dicho.

Maddie se preguntó qué clase de hombres serían aquellos.

—Yo digo que nos la quedemos —dijo el jinete del fondo.

Maddie mantenía la mirada clavada en el jefe. Los otros podían decir lo que quisieran, pero hasta que ese hombre hablara, nada se decidiría. Lo sabía. Y ellos también.

El jefe la miró.

—¿Realmente eres una prostituta? Porque esta vez no quiero equívocos.

La respuesta se le atascó en la garganta. «La que es prostituta una vez, lo es para siempre». Había oído tantas veces aquella frase... Había dejado de creer en ella cuando Tracker se la había llevado consigo y todo el mundo en el Ocho del Infierno la había aceptado. Pero apenas se había alejado diez horas a caballo del rancho, y ya volvía a estar justo donde había empezado.

—Sí —le costó pronunciar la palabra.

—Seguro que el humor de los hombres mejorará con la presencia de una mujer.

—Su espíritu ha decaído últimamente —comentó el tipo del sombrero descolorido—. Los comanches tienen a todo el mundo trabajando a doble jornada.

—¿Cuánto cobras? —le preguntó el jefe.

—¿A cambio de qué? —inquirió Maddie con voz ahogada.

—Tengo una plantilla de diez hombres que necesitan desahogarse.

—¿Y el horario?

—Desde la puesta del sol hasta el alba. Los domingos libres.

—¿Y para quién trabajaría?

—Para Frank Culbart, del rancho Fallen C —se llevó un dedo al ala del sombrero a manera de saludo, con un gesto más hosco que irrespetuoso.

¿Culbart? «Dios mío», exclamó para sus adentros. Aquellos eran los hombres que habían hecho prisionera a la prima de Fei...

—Le advierto que yo no limpio ni cocino.

—Tú harás lo que yo quiera, niña.

Maddie alzó la barbilla, pensando en Tia.

—Soy una prostituta, señor, no una esclava. Esperaré un salario decente.

—Serás lo que yo te diga, así que mejor será que te vaya entrando eso en la cabeza... antes de que te veas en una posición en la que seguramente no querrás estar.

No quería en absoluto estar allí. Quería estar con Caden.

Uno de los hombres se adelantó para agarrar las riendas de Flor.

—Dejaremos al perro aquí.

—No se quedará quieto, seguro.

—Entonces lo mataré —sacó su arma.

—¡No!
—No me digas lo que tengo que hacer.

Un nudo de pánico atenazó el estómago de Maddie. Inútil gruñó y cargó contra el hombre que empuñaba las riendas de Flor.

Con calma imperturbable, Culbart apretó el gatillo. Inútil gruñó y cayó a un lado, gimoteando hasta quedar inmóvil.

—¡No!

Culbart volvió a apuntar al animal. Espoleando a Flor, Maddie le agarró el revólver antes de que pudiera disparar por segunda vez.

Culbart juró entre dientes.

—¡Maldita sea! Sujétala, Dickens.

Maddie chilló cuando un brazo le rodeó la cintura y la desmontó de la yegua, detestando la carcajada general que pareció envolverla. Risas malignas, viciosas, que hablaban de su superioridad. Hundió las uñas en las manos de su captor, pero sin causarle daño alguno por culpa de los guantes. Antes de que pudiera recuperarse, se encontró en el aire. Extendió las manos automáticamente para amortiguar el golpe, pero no llegó a caer al suelo. En lugar de ello su estómago chocó con la silla del jinete, y el azote que recibió en el trasero fue lo suficientemente fuerte como para hacerle arquear la espalda.

—Tranquilízate —le ordenó Dickens—. El perro ya está muerto.

No quería tranquilizarse. «¡Caden!». El grito le brotó del corazón. El suelo empezó a girar mientras el hombre daba vuelta a su montura.

—¿Nos la quedamos entonces, jefe? —preguntó alguien.

—Veremos si rinde.

—¿Y si no?

—Nadie echará de menos a una prostituta.

La verdad de aquella frase le heló el alma.

Capítulo 4

Bajo la mejor de las circunstancias, el de la mina era un trabajo agotador. Y bajo las presentes circunstancias, cuando se trataba de explotar una mina que había sido volada y reducida a trizas, era sencillamente brutal. Caden suspiró mientras enlazaba la soga a otra roca, se enganchaba el arnés en torno a los hombros y se esforzaba por arrastrarla fuera del agujero, tensos los músculos por el esfuerzo. El trabajo habría resultado más fácil con ayuda o con equipo adecuado, y era consciente de que dentro de poco tendría que interrumpirlo para intentar conseguir ambas cosas. Pero en ese momento lo que necesitaba era confirmar su corazonada. Contaba con un plano muy detallado de los túneles gracias a Fei, pero la realidad era que la explosión lo había derribado todo. Incluida parte de la montaña en la que había sido excavada. Cuando Fei decidió volar aquella mina, lo hizo a conciencia.

Era una vana esperanza pensar que podría restaurar las cavernas naturales de la mina original, pero Caden contaba con que la explosión hubiera liberado buena parte del oro incrustado en las paredes de roca. Su plan era excavar y cribar hasta que tuviera todo lo necesario para una explotación en condiciones. Fei había bautizado a la mina con un nombre muy lírico de su lengua materna, el chino:

«fresco comienzo». Gruñó cuando la roca chocó contra algo, tirando de él hacia atrás. Fei había encontrado un nuevo comienzo para su vida allí, con Shadow. Ahora esa misma mina iba a darle uno a él, pero en lugar de amor, recibiría dinero. El dinero era el poder. El dinero era el futuro.

Arrastró la roca hacia el montón que estaba apartando. Fei había mantenido la mina en secreto. Él quería mantener el secreto, al menos hasta que consiguiera algo. Demasiada actividad en aquella zona llamaría la atención: por eso estaba trabajando lento pero seguro, soñando con un proceso menos laborioso. Una vez arrastrada la roca hasta el borde del montón, se soltó el arnés de los hombros; los flexionó varias veces, dolorido. Todo habría sido mucho más fácil si la salida secundaria de la mina hubiera sobrevivido. Pero no había sido así. No había quedado nada, excepto los sueños y esperanzas de Fei, y su convicción de que los espíritus de la buena fortuna residían allí. Siendo como era medio china, Fei conservaba muchas y extrañas creencias, que a fin de cuentas no eran mucho más disparatadas que las fantasías en las que había creído su padre.

Contempló el terreno árido, salpicado de rocas. La impresión que daba era precisamente la opuesta a la esperanza.

—Si pudierais echarme una mano os estaría infinitamente agradecido.

No sabía con quién estaba hablando, si con los espíritus de Fei o con los personajes de las fantasías de su padre. Al final no importaba, siempre y cuando lo escucharan. El sol de media mañana lo golpeaba como si fuera un enorme puño. El aire caliente y húmedo lo sofocaba. Podía sentir cómo le resbalaba el sudor por la espalda. Maldijo entre dientes: hacía demasiado calor para junio. Aquello se parecía más bien al mes de agosto. Quitándose el sombrero y enjugándose el sudor de la frente con el dorso del brazo, Caden miró hacia el sudoeste, donde las nubes de tormenta se acumulaban bajas en el horizonte. La época de tornados había pasado, pero eso no quería decir que no fuera a acercarse uno. Volvió a maldecir por lo bajo.

De repente se levantó una fuerte brisa, que llenó de polvo el terreno. Un escalofrío le recorrió la espalda. Tuvo el presentimiento de que algo marchaba mal: podía sentirlo en los huesos. Caminando hasta el borde del claro, recogió su rifle, se aseguró de que estaba cargado, con el cañón bien limpio, y miró a su alrededor. Nada se movía excepto las hojas en los árboles y los pájaros en el cielo. Todo parecía perfectamente normal. Pero el vello erizado de su nuca le decía algo muy distinto.

Trepó a la cumbre del cerro que dominaba la mina, con sus cansados músculos protestando por el esfuerzo. De pie en una cornisa rocosa se cubrió los ojos con una mano y escrutó el horizonte lenta y metódicamente, a la busca de cualquier señal de vida. Algún súbito vuelo de aves, quizá. Algo que explicara su presentimiento. No vio nada. Suspiró y apoyó el rifle en el hueco de su brazo antes de volver a revisar el terreno. No era la primera vez que percibía una amenaza antes de verla. Hasta donde le llegaba la vista solo había árboles, sol y los reflejos del río allá abajo. Fuera lo que fuese, no estaba cerca.

Bajó el cerro medio resbalando por el terreno. Saltando por encima del pequeño saliente que se alzaba a sus pies, apoyó allí el rifle. Ya había tomado precauciones colocando trampas «cazobobos» en los senderos que llevaban hasta la mina. Cualquiera que fuera el problema que se acercara, no interferiría en el trabajo de aquella jornada. Lástima.

Con las manos en las caderas, estiró la espalda dolorida y gruñó conforme los músculos se distendían. Dos días de trabajo y apenas había excavado algo más de medio metro. No era un ritmo muy impresionante. De hecho, habría resultado descorazonador si no hubiera sido por el incentivo. Se llevó una mano al bolsillo y sacó el pedazo de roca que había encontrado el día anterior. Parecía una piedra cualquiera, hasta que le dio la vuelta y contempló las vetas de oro que la recorrían. La voladura de la mina podía haberlo cambiado de lugar, pero el oro seguía allí e iba a ser suyo, decidió cerrando el puño sobre el pedazo de roca. Levantó la mirada al cielo.

–Más pronto que tarde, papá, los Miller demostrarán que valen para algo.

No era un gran consuelo, pero al menos un Miller acabaría cumpliendo su promesa.

De repente se levantó otra ráfaga de viento, que sopló polvo y hojarasca sobre sus botas.

El vello de la nuca se le volvió a erizar y apoyó una mano en la familiar empuñadura de su cuchillo. O su padre le estaba diciendo que aprobaba su plan, o el problema se acercaba por momentos, asociado a aquella brisa. Dado que no era hombre de fantasías y supersticiones, se decantaba por lo último. Que ese problema significara bandidos o indios le traía sin cuidado. Fuera lo que fuese, que se atreviera a intentar arrebatarle la mina... Una cosa era que a los Miller les costara encontrar su fortuna y otra muy distinta que no supieran defender lo que era suyo.

Recogiendo su cantimplora, bebió un trago de agua tibia. El placer, si podía denominarse así, de un nuevo día de trabajo se estaba evaporando ante aquella nueva tensión. Volvió a cerrar la cantimplora y la colgó a la sombra del saliente rocoso. Se demoró en hacerlo, fijándose en los cortes y arañazos que cruzaban el dorso de su mano. Había pasado mucho tiempo desde la última vez que había trabajado tan duro. Desde los primeros días del Ocho del Infierno, cuando tuvieron que edificar antes que mantener. Era agradable volver a trabajar duro, hacer algo con las manos, hacer algo por sí mismo. El Ocho del Infierno había sido el proyecto de Caine. Aquel era el suyo, y tenía la escritura que lo demostraba guardada a buen recaudo en la caja fuerte del rancho. El trabajo podía ser hasta penoso, pero fuera cual fuera el resultado, era suyo. Y necesitaba retomarlo. Si se acercaba aquel problema, llegaría a su debido tiempo, no antes. Se caló el sombrero sobre las cejas para protegerse bien del sol. Mientras tanto, tenía una pila de rocas que mover, una tonelada de cascajo que cribar y un futuro que construir.

El problema no llegó de la manera que había pensado Caden, y su naturaleza tampoco fue la esperada. Vino en forma de Ace cabalgando por el sendero una semana después, a lomos de su gran semental negro. Con la camisa desgarrada, cara de malas pulgas y un aire de urgencia que solo aquellos que lo conocían bien habrían podido reconocer. Como por ejemplo Caden.

Bajó su plato de cribar y se quitó los guantes.
—Buenos días, Ace.
Ace frenó su caballo.
—¿Tenías que poner trampas cazabobos en cada maldito recodo del sendero?
—En el momento me pareció apropiado —masculló Caden.
Ace le enseñó la manga desgarrada de su camisa.
—Esa segunda rama que colocaste justo después de la primera en el trecho en zigzag fue una buena innovación.
—Gracias —Caden se echó el sombrero hacia atrás—. ¿Qué te trae por aquí, Ace?
—Maddie.
Caden suspiró.
—Sé que tiene debilidad por mí, pero no voy a volver solamente para que se quede tranquila, si es que se ha vuelto loca otra vez.

En sus primeros meses en el Ocho del Infierno, Maddie había caído en un profundo y ensimismado estupor cuando no había sufrido ataques de rabia. Con el tiempo se vio que Caden era el único que podía tranquilizarla. Lo único que había necesitado para ello era un abrazo. Ignoraba por qué los demás parecían incapaces de comprender eso. Maddie solo necesitaba sentirse a salvo para que toda su dulzura pudiera florecer. Su rostro relampagueó de pronto en su mente. Grandes ojos verdes, pecas, nariz respingona y una boca que podía hacer pecar a un santo cuando sonreía con aquellos hoyuelos suyos. Maldijo para sus adentros: echaba de menos aquella sonrisa. La manera que tenía de tocarle el brazo cuando lo veía preocupado; la calma que le contagiaba... Se le endureció el miembro. Y la pasión que le despertaba. Aquella pasión era el motivo por el que últimamente se había mantenido cada vez más alejado del Ocho del Infierno. Maddie ya había tenido que soportar en su vida a demasiados hombres que la habían deseado. No necesitaba que otro más se sumara a la lista.

–Ojalá fuera así de simple –suspiró Ace.

El mal presentimiento que había tenido Caden estaba empezando a clamar al cielo.

–¿Qué le pasa a Maddie?

Ace no contestó inmediatamente. Eso nunca era una buena señal. Bajó de su caballo.

–Espera que saque mi tazón. Hablaremos delante de un buen café.

Caden maldijo para sus adentros. Asintiendo, se dirigió a la fogata sobre la que colgaba la cafetera. Conocía lo suficientemente bien a Ace como para saber que el problema era grave. Tenía la costumbre de apoyar la mano en la culata de su revólver cuando estaba inquieto, y eso era lo que precisamente estaba haciendo en ese instante.

–¿Qué le pasa a Maddie? –repitió, usando el guante para levantar la cafetera.

Ace le acercó su tazón.

–Esperaba encontrarla aquí.

Caden se detuvo en seco cuando ya le estaba sirviendo.

–¿Por qué diablos esperabas encontrarla aquí?

El campamento era poco más que una fogata, una tienda y mucho polvo. No era lugar para una mujer.

Suspirando, Ace le pidió con un gesto que terminara de servirle el café. Tan pronto como tuvo lleno el tazón, se lo llevó a los labios. Caden tuvo que esperar a que bebiera dos tragos antes de que continuara.

–Se marchó la misma noche que tú y, sabiendo lo que siente por ti, imaginamos que te habría seguido.

–¿Por qué habría de seguirme? –la mente de Caden había empezado a analizar todas las posibilidades. Qué podría haber sucedido, adónde habría podido dirigirse...

–Parece que tuvo una conversación con Bella.

A Caden le entraron ganas de cerrar los ojos y soltar un gruñido. Volvió a colgar la cafetera de su gancho, sobre el fuego. Bella era una mujer completamente distinta que Maddie: todo fuego y coraje encerrados en un cuerpo exuberante y sensual. Maddie, que la admiraba tremendamente, habría querido emularla. Y Bella habría seguido a Sam. Maldijo para sus adentros. De hecho, *había* seguido a Sam. Los detalles de aquel singular cortejo circulaban como una leyenda en el Ocho del Infierno: no pasaba una semana sin que alguno de ellos volviera a ser evocado. Caden tuvo la sensación de que no quería escuchar el resto.

–Así que Bella y Maddie hablaron. ¿Y por eso piensas que ella salió detrás de mí en mitad de la noche? –era solo una pregunta a medias.

Ace asintió.

–Su yegua, Flor, tampoco estaba.

Había más. Por el tono de voz de Ace, Caden sabía que había más.

—¿Y?
Ace lo señaló con su tazón.
—Puede que quieras sentarte para escuchar esto.
Al diablo. Caden separó los pies y cuadró los hombros.
—Estoy bien. De modo que la noche en que se marchó, Maddie se llevó su yegua.
—Y uno de nuestros perros rastreadores.
—¿Cuál?
—Inútil.
—Diablos, si ni siquiera ladra —pero Maddie tenía un cariño especial por él. Por todo aquello que era despreciado, minusvalorado.
—Sí, pensamos que eso es muy significativo.
—¿En qué sentido?
—Yo habría hecho lo mismo si hubiera querido rastrear a alguien sin que me descubrieran.
—Dime que se llevó un arma —el pensamiento de Maddie sola e indefensa se le antojaba insoportable.
—Ojalá, pero a no ser que tú le dieras una, nadie ha echado en falta arma alguna.
Caden sacudió la cabeza.
—El miedo de esa mujer a las armas es algo irracional... ¿Comprobaste si se dirigió al pueblo?
—Fue lo primero que hice, pero nadie la vio. Y hay más.
«Por supuesto que hay más», pensó Caden.
Ace bebió otro sorbo de café.
—Esta parte es todavía peor.
—¿Qué es lo que es todavía peor?
Ace lo miró enarcando una ceja.
—¿Seguro que no quieres sentarte?
—Déjate de rodeos y dímelo de una maldita vez.
Ace suspiró y giró su taza entre los dedos antes de pronunciar en voz baja:
—El perro volvió herido de un disparo, Caden.

—Diablos —un nudo helado le cerró el estómago. «¡Maddie!», exclamó para sus adentros.
—Y que lo digas —Ace dejó su taza en el suelo.
—¿A quién mandasteis en su busca? —no tenía ninguna duda de que alguien había salido tras ella. Maddie era del Ocho del Infierno. Lo había sido desde el mismo instante en que abandonó aquel infernal burdel y aceptó la ayuda de Tracker.
—Tucker tomó un perro para seguir su rastro.
—¿Hacia dónde se dirigía?
—Eso no podía saberlo Tucker —Ace se sacó una moneda del bolsillo y empezó a darle vueltas sobre el dorso de los dedos—. Pero si lo que pretendía era seguirte a ti, esa mujer no tiene el menor sentido de la orientación.
Efectivamente, no lo tenía. Había tardado una semana en aprender el camino de vuelta del arroyo al rancho.
—¿Qué es lo que encontró Tucker?
—No mucho. El rastro era antiguo y el terreno difícil.
—¿Qué perro se llevó?
—Boone. ¿Quién si no?
—Ya —Boone era el mejor de todos.
—Boone es bueno, pero es poco lo que puede hacer cuando la lluvia y el tiempo dejan su huella. Por las huellas, parece que en algún punto del camino tropezó con alguien. Tucker fue incapaz de seguir su rastro más allá de un kilómetro y medio al este de ese punto.
«Alguien», repitió Caden para sus adentros. Una discreta manera de decir que Maddie se había tropezado con problemas. El nudo que le atenazaba el estómago se heló aún más.
Una mujer sola en un territorio tan salvaje como aquel era presa fácil para cualquier canalla.
—¿Dónde?
—En aquella fila de colinas —señaló el horizonte—. Parece que giró a la derecha, en vez de a la izquierda.

–¿Alguien revisó los poblados de esa ruta?
–Diablos, Caden. Tú sabes perfectamente que no queda nadie. Los indios los echaron a todos.
Caden asintió. Era cierto. Conforme las tropas se habían ido alejando hacia el Este, en preparación del conflicto que allí se gestaba, los indios se habían tornado más audaces. Sabía bien cuál era el lugar del que le estaba hablando Ace. Había tres maneras de bordear aquellos picos. Girar a la izquierda hacia San Antonio, bajar a territorio virgen o tomar el camino de la derecha, hacia el rancho de Culbart y luego hasta la mina. Cualquiera de ellas llevaba una jornada entera de viaje.
–¿Ha ido alguien a San Antonio a buscarla?
–Sam.
–¿Y? –por irrazonable que fuera, Caden no podía reprimir la esperanza de que Sam hubiera encontrado algo.
–Todavía no ha regresado.
–Es posible que Maddie pusiera rumbo a San Antonio. No estaba nada contenta con mi marcha.
Ace se lo quedó mirando como si hubiera perdido el juicio.
–Quizá. Pero hay más.
–Por supuesto que hay más –suspiró Caden–. ¿De qué se trata?
–Fue la conversación que Bella tuvo con Maddie sobre ti lo que tiene a Tucker convencido de que te siguió.
–¿Qué le dijo Bella? –de aquella mujer podía esperarse cualquier cosa.
–Que siguiera el dictado de su corazón. Y todos sabemos que está obsesionada contigo.
Lo estaba, efectivamente, y que él nunca hubiera desalentado ese sentimiento daba exacta medida de lo muy canalla que era. Porque ser amado por Maddie era algo... increíblemente dulce. Tierno y ardiente a la vez, y cuando ella lo miraba de aquella manera... «¡Diablos!», exclamó

para sus adentros. Era un miserable. Era verdad que nunca le había dado alas, pero... podía sentir cómo el miembro empezaba a latirle, duro.

Maldijo de nuevo mientras se dirigía hacia la zona de hierba donde pastaba Jester.

–¿Dices que se marchó la misma noche que yo?
–Sí –Ace se levantó.
Caden empezó a recoger su equipo.
–Y crees que se perdió y que se metió en problemas.
–Exacto.

Lo cual era precisamente culpa suya. Echó la manta y la silla sobre el lomo de Jester. Le había prometido que se despediría de ella y no lo había hecho. Maddie era tan frágil... Debió haber tenido más cuidado. Algo así la habría alterado mucho.

–¿Cuánto hace que volvió el perro?
–Semana y media.

Lo que quería decir que hacía semana y media que Maddie estaba en problemas.

Ace tomó una de las alforjas de Caden y empezó a llenarla con lo más esencial.

–¿Vas a salir tras ella?
Caden alzó la mirada.
–Diablos, sí.
Ace asintió y procedió a apagar la fogata con el pie.
–¿Y tú qué vas a hacer? –quiso saber Caden.
–Acompañarte –respondió mientras se cargaba las alforjas al hombro. Apoyó la mano en la culata de su revólver–. Tengo un presentimiento, Caden. Lo tuve desde el instante en que descubrí que ella se había marchado.
–¿Qué clase de presentimiento?

Caden no quería escuchar de labios de su amigo que Maddie podía estar muerta.

–No lo sé –Ace le entregó las alforjas y la manta enrollada–. Pero no es bueno.

Caden ató la manta y las alforjas a la silla, recogió su rifle y lo encajó en la funda del lado izquierdo.

—Maddie ya ha sufrido suficiente.

—Cierto.

—Así que vamos a rescatarla —subió al caballo. Se negaba a pensar que podía estar muerta.

—¿Y si descubrimos que la han maltratado?

—La llevaremos a casa —una punzada de rabia le atravesó las entrañas ante el pensamiento de que alguien pudiera haber tocado a su Maddie. En aquel preciso momento un trueno bramó a lo lejos—. Y luego enterraremos a los canallas que lo han hecho.

—Me parece bien.

Debido a que habían partido tarde por la mañana, les llevó un día y medio llegar hasta el lugar donde Maddie se había tropezado con alguien. Todavía quedaban restos de huellas de cascos en la tierra endurecida, gracias a que el terreno había estado blando cuando ocurrió. Se había secado desde entonces, dejando múltiples señales de otros caballos, pero ningún rastro nítido por culpa de la naturaleza rocosa del suelo de alrededor.

—Nada —Caden se acuclilló frente a las huellas, delineándolas con un dedo y buscando alguna marca que las identificara. Cualquier cosa que pudiera suministrar alguna pista.

—Eso es lo que dijo Tucker —murmuró Ace mientras examinaba el terreno circundante.

No había mejor rastreador que Tucker. Ni mejor perro que Boone. Caden sabía que Tucker había examinado concienzudamente la zona, y si no había encontrado rastro alguno, él tampoco lo encontraría. Pero tenía que mirar de todas formas. Tenía que intentarlo. Maddie había desaparecido, y ese era un pensamiento que no podía soportar.

—Mil diablos —nada. Agarrando un puñado de tierra, lo

arrojó al aire y se incorporó. ¿Por qué Maddie no se había quedado en el rancho, a salvo?

–¿En qué dirección dice Tucker que se fueron?

Ace señaló hacia abajo.

–¿La espesura? –aquello no tenía sentido. Era la zona más peligrosa.

Ace se encogió de hombros.

–Dijo que Boone perdió el rastro a un kilómetro y medio en esa dirección.

Aquello carecía de sentido, a no ser que se la hubieran llevado para violarla, sin más. El nudo helado que le atenazaba el estómago mientras se imaginaba a Maddie retenida, maltratada, violada le impedía hablar. Maddie, que era todo dulzura y esperanza. Que tanto había tenido que soportar...

Volvió a montar en su caballo. Ace lo siguió de la manera acostumbrada, silencioso como siempre. Era difícil llegar a conocer a Ace. Se guardaba demasiadas cosas para sí, pero cuando había problemas, como era el caso, estaba siempre preparado para lo que fuera.

El terreno era escarpado. Tanto que hasta Rabia, el caballo de Ace, protestó. Avanzar por aquel suelo habría sido especialmente duro para la pequeña yegua de Maddie, Flor, que nunca había atravesado nada más difícil que un simple regato.

Como si le hubiera leído el pensamiento, Ace le preguntó:

–¿Esa yegua suya habría sido capaz de pasar por aquí?

–Quizá no le quedó otro remedio.

–Cierto.

El miedo se mezcló con la rabia cuando Caden atravesó un grupo de árboles y salió a un claro. El claro era como un pequeño oasis en medio del bosque: fresco, invitador y, lo más importante: oculto. Habría sido sencillo violar a una mujer en un lugar así. Apretó los dientes mientras se esforzaba por ahuyentar las imágenes.

«Aguanta, Maddie».

Resultaba fácil distinguir las huellas de numerosos cascos en el suelo. Lo que no lo era tanto era diferenciarlas, ya que se mezclaban entre sí.

–¿Es aquí donde Tucker perdió el rastro?

Ace miró a su alrededor.

–Parece que coincide con su descripción.

Caden atravesó el claro de un cabo a otro, paso a paso. Tucker ya había interpretado las huellas, pero lo que él necesitaba era una pista, algo que le diera una idea de quién podía tener a Maddie.

Estaba cruzando por tercera vez el pequeño claro cuando Ace lo llamó.

–¿Caden?

–¿Qué?

–Si hubiera algo que buscar aquí, ya lo habríamos encontrado.

Caden sacudió la cabeza.

–Sigue buscando.

–¿El qué?

–Lo que sea –tenía que haber algo allí, algo que indicara dónde se encontraba Maddie. Pero si no lo había, registraría sencillamente casa por casa de los alrededores, rancho por rancho, pueblo por pueblo, hasta que la encontrara a ella o a alguien que le dijera dónde estaba. Y luego se lo haría pagar.

Se imaginó su rostro con aquellos grandes ojos, aquella boca de flor, aquellas pecas que salpicaban sus mejillas... Contempló de nuevo el claro, con la luz del sol filtrándose a través de las hojas en finos rayos, lo cual le daba una apariencia casi mágica, y susurró:

–Dios mío, envíame una señal de quién puede tenerla...

En vano esperó el rumor de un trueno, una voz susurrada al oído, un toque en el hombro. Su padre siempre creía en esas cosas. Hasta que de repente, cuando ya se volvía, distinguió un brillo metálico por el rabillo del ojo. Tardó cuatro pasos en llegar hasta allí. Cuatro pasos durante los cuales creyó perder el juicio de puro miedo, pero cuando se detuvo en el sitio exacto, el brillo no se esfumó. Creció, de hecho, hasta que se encontró encima, y entonces ya no pudo ver más, oculto como estaba el objeto que lo producía por un espeso helecho. Se agachó.

–¿Qué pasa?

–No lo sé aún –apartó el helecho y allí, sobre el suelo de roca, había un botón. Lo recogió. Sintió más que oyó a Ace reunirse con él. Se lo mostró–. Mira. Es normal que se confundiera con el suelo de roca.

El botón tenía un dibujo. Parecido a una cruz, pero no del todo.

–No es más que un botón –dijo Ace, con un tono tan decepcionado como debería haber sido el de Caden.

–Sí –musitó una plegaria de agradecimiento al destino, a Dios o a quienquiera que le hubiera mostrado aquel botón.

Se levantó. Ace ladeó la cabeza y se lo quedó mirando fijamente.

–Pero tú lo has reconocido, ¿verdad?

–El dibujo es bastante nítido.

Cerró los dedos sobre el botón, revisando mentalmente todas las razones por las que un hombre habría podido perder el botón de su camisa. Ninguna de ellas era buena. Deslizó el pulgar por el dibujo en relieve.

–Es la marca de Culbart. Una cruz tumbada.

–¿Culbart la tiene?

–Eso parece –Culbart era un hombre bronco, no precisamente famoso por la dulzura de su trato, y menos con las mujeres. Sus hombres eran aún peores. Y tenía a Maddie en su poder.

–Ese botón pudo habérsele caído por muchísimas razones –señaló Ace, nada convencido.

Eso era cierto, pero en el fondo, Caden sabía lo que significaba aquel botón.

Se lo guardó en el bolsillo y volvió a montar. Hizo dar la vuelta a Jester y lo espoleó para volver al sendero.

–Pero solo hay una que a mí me importe.

Capítulo 5

Tirado en el suelo en lo alto de una colina desde la que se dominaba el rancho de Culbart, Caden inspeccionaba la zona. Le habría gustado ver algún tipo de caos, pero durante el día y medio que llevaba al acecho, no había visto nada que no hubiera visto en el Ocho del Infierno. Los animales eran atendidos conforme a un horario, los centinelas rotaban por turnos y los edificios recibían mantenimiento. Lo que no había visto era señal alguna de Maddie, pero Caden sabía que Culbart la tenía en su poder. La tenía en su poder desde hacía ya dos semanas, haciéndole solo Dios sabía qué.

Intentó recordar lo que Fei le había dicho que había tenido que soportar su prima Lin, cuando su padre la vendió a Culbart para pagar una deuda. Fei no se había extendido sobre ese tipo de detalles, lo cual no era de sorprender. Además, fuera lo que fuera que le había sucedido a la prima de Fei, no resultaba particularmente relevante porque un hombre se acercaba a una mujer de buena familia de manera distinta a como lo hacía con una prostituta. Tanto si la mujer había sido vendida o no, la virginidad tenía un valor. Diablos, toda mujer debía ser respetada fuera cual fuera su estado o condición, pero si Culbart y los suyos habían tomado a Maddie por una prostituta...

Caden bajó el catalejo y apretó los dientes. Si la habían tratado así, los despellejaría, destriparía y arrojaría sus cadáveres a los buitres. Tal vez Maddie no había tenido un buen comienzo, pero en el fondo era mejor persona que nadie, que era lo importante, y él le había hecho una promesa cuando llegó al Ocho del Infierno. Le había prometido que nunca más tendría que servir ni someterse a ningún hombre. Recordó las huellas de cascos en el terreno, lo aislado del lugar; el botón arrancado. La mancha de la sangre del perro en el suelo. Maldijo para sus adentros.

Volvió a enfocar el Fallen C con el catalejo. Tenía que reconocerlo: Culbart sería un canalla por lo que se refería a las mujeres, pero dirigía su rancho a la perfección. La prueba estaba en los edificios bien cuidados, en las numerosas cuadras y en el estado de los animales. El único problema era que estaba enclavado en pleno territorio indio: el hombre no solamente tenía que lidiar con lobos y sequías. Una tribu podía decidir en cualquier momento que estaban invadiendo sus tierras, y con toda aquella agitación que reinaba en el Este, era ya mucha menor la tropa de caballería destacada en la zona. En los años venideros, Culbart tendría suerte si lograba conservar intacta la cabellera. Eso si no se le arrancaba el propio Caden... Clavando los codos en el suelo, continuó con su vigilancia. Necesitaba conocer la rutina de aquel rancho si quería sacar a Maddie de allí.

Era temprano por la mañana y los hombres del Fallen C se dirigían a sus ocupaciones habituales. Había gente entrando y saliendo del barracón, encaminándose a la cocina para desayunar. Durante el día y medio que llevaba Caden acechando el lugar, no había visto señal alguna de Maddie... aparte de su pequeña yegua, Flor, que se hallaba en el corral y aparentemente no muy contenta con el semental que tenía de compañero.

Caden suspiró profundamente. A juzgar por el comportamiento del semental, la yegua estaba entrando en celo, lo que complicaba las cosas. Porque otra promesa que Caden le había hecho a Maddie era que Flor no tendría que aparearse con ningún macho a no ser que ella quisiera. Y, por lo que parecía, aquel semental estaba a punto de tirar abajo la valla que los separaba.

—Eso sí que ha sido un suspiro —comentó Ace.

—Parece que vamos a tener que romper un romance, también.

—¿Has visto a Maddie con alguno de los vaqueros?

—No. Aún no la he visto. Imagino que la tendrán encerrada a cal y canto.

—Tal vez. Entonces, ¿qué romance es el que vamos a romper?

—El de Flor y el semental.

Ace ni siquiera pestañeó. Una de las cosas que más le gustaban a Caden de su compañero era su absoluta imperturbabilidad.

Tomó el catalejo de manos de Caden y enfocó las cuadras.

—Bonito ejemplar. Quizá merecería la pena que no interrumpiéramos nada.

—Le prometí a Maddie que no le pasaría nada a su yegua.

Ace bajó el catalejo y lo miró enarcando una ceja.

—¿Le prometiste a una mujer que su montura no sería... desflorada?

Caden le quitó el catalejo.

—Maddie es muy sensible con esas cuestiones.

—Ya.

Caden sabía que había sido una petición absurda, como igual de absurdo había sido prometérselo. Lo que no significaba que le gustara que se lo restregaran por la cara.

—Cállate, Ace.

—No he dicho una palabra.

—Mejor.

—Pero si planeas interrumpir algún romance —murmuró Ace—, será mejor que bajes pronto allí.
—Ya se me había ocurrido.
—¿Tienes un plan?
—¿Aparte de entrar al galope y llevarme a Maddie?
—¿Alguno que sea mejor que el suicidio?
—Aún no —el rancho estaba bien vigilado por hombres que portaban sus armas de una forma que indicaba que sabían usarlas. Aparte de bajar y llamar a la puerta, no se le ocurría nada.
—Llevamos aquí dos días —le recordó Ace—. Y todavía no hemos visto rastro alguno de ella.
—Lo sé.
—¿Crees que seguirá allí?
—Sí.
—¿En qué te basas?
Caden se guardó el catalejo en el bolsillo.
—En mi intuición y en el hecho de que Culbart no ha salido de aquella casa durante más de dos minutos en dos días.
—Yo también lo había pensado.
Caden asintió y retrocedió sin dejar de arrastrarse, ladera abajo.
—Lo único que me ha impedido actuar hasta ahora es el detalle de que Culbart no tiene aspecto de hombre satisfecho.
Ace se sonrió.
—¿Crees que estará encontrando los vuelos de la fantasía de Maddie un tanto... cansinos?
Caden se incorporó, sacudiéndose el pantalón.
—Por su bien, espero que sí.
—¿Cómo pretendes sacarla de allí? Irrumpir en el rancho no es precisamente nuestra mejor opción.
—Sí, yo pienso lo mismo.
Por supuesto, Ace había tenido que sujetarlo aquel pri-

mer día para que no entrara a sangre y fuego en el rancho, pero ahora que estaba más tranquilo, él mismo podía ver la locura de aquel plan.

−¿Entonces qué vas a hacer?

−Primero, romper ese romance.

−¿Robar la yegua?

−Ajá. Solo que no la robaríamos, ya que es nuestra.

−Nos costará demostrarlo ante un juez, si Culbart ya le ha puesto su marca.

−Ojalá fuera tan estúpido y me llevara a los tribunales.

−Culbart tiene un carácter feroz y una férrea determinación. A mí me recuerda mucho a Caine.

−Caine no secuestra mujeres.

−Tampoco sabemos si Culbart lo está haciendo −le recordó Ace con aquella sensatez suya que tanto ponía de los nervios a Caden.

−Maddie es la segunda mujer a la que ha retenido contra su voluntad.

−Para ser justos, a Lin la vendió su tío.

−Eso no quiere decir que ella estuviera de acuerdo.

−Cierto, pero tengo la impresión de que no fue violada.

−Solo porque Fei le echó bromuro a Culbart −todo el mundo que había escuchado aquella historia se había quedado encogido.

Ace se echó a reír.

−Es una chica muy resuelta.

Lo era, pero Maddie no tenía a Fei velando por ella. Solo lo tenía a él.

−Así es Fei.

−Maddie lleva aquí ya dos semanas −murmuró Ace, dando vueltas a una moneda entre sus nudillos como tenía por costumbre hacer mientras reflexionaba−, y Culbart no tiene aspecto de gato satisfecho que acaba de comerse el canario. ¿Tan seguro estás de que la está forzando?

Caden se giró de pronto y le descargó un puñetazo en

la mandíbula. Ace retrocedió cuatro pasos antes de aterrizar sobre su trasero. En lugar de levantarse para hacerle frente como habría querido Caden, se quedó sentado en el suelo y se frotó la cara.

—Como vuelvas a insinuar que es una prostituta, no volverás a levantarte en una semana —gruñó Caden.

Ace se limpió la sangre de la mano en el pantalón.

—El único que ha sacado esa conclusión has sido tú. Yo lo que quería decir es que tal vez la tengan como huésped, más o menos bien tratada. Las mujeres escasean por aquí, y Maddie es lo suficientemente bonita como para que Culbart cierre los ojos a su pasado.

—Maddie es hermosa.

Ace lo miró enarcando una ceja.

—Mayor razón para que Culbart esté pensando en el matrimonio. Un hombre que levanta un rancho como este estaría deseoso de legárselo a alguien.

—Antes tendrá que pasar por encima de mi cadáver.

—Si es por ella, seguro que a Culbart no le importaría hacerlo

—Y un cuerno —replicó Caden, y le tendió la mano.

—¿Te sientes ya mejor? —le preguntó Ace, sin aceptar su ayuda.

No. No se sentía mejor.

—Levántate y devuélveme el golpe, y te lo diré.

—No voy a luchar contigo, Caden. Ambos sabemos que yo ganaría de todas formas.

—Y un cuerno.

—Has tomado demasiado café. Y has dormido y comido poco.

—Tú sí que has dormido bien.

Ace se encogió de hombros y aceptó por fin su mano, levantándose.

—Yo siempre duermo. Es la mejor manera de estar preparado para una pelea. Pero sí, yo tengo la cabeza bien puesta sobre los hombros y, en las mejores condiciones, tú y yo estaríamos en todo caso igualados. Mientras que tú –le señaló con el dedo– no estás en tus mejores condiciones.

–¿Alguien te ha dicho alguna vez que eres condenadamente irritante?

Ace sonrió, exhibiendo los dientes blancos y el encanto que tanto apreciaban las damas.

–Nadie cuya opinión me importara.
–¿Qué piensas tú que vamos a hacer?
–Culbart no es ningún imbécil.
–No, no lo es.
–Vas a tener que hacer algo.
–Podría entrar por la puerta principal. Decirle «hola, aquí estoy».

–Existe la ligera posibilidad de que te dispare antes de que termines de cruzar el patio.

–¿Por qué? ¿Porque no le gusta la manera que tengo de llevar el sombrero?

–Lo que no les gustará es que seas uno de los Ocho del Infierno. No te olvides de lo que Fei hizo a sus hombres.

–Siempre existe la posibilidad de que no sepa que Fei se casó con Shadow.

–Una posibilidad muy poco probable.

Caden le dio la razón en silencio. Las noticias viajaban rápido.

–Bueno, de una manera o de otra, tendré que entrar en aquella casa.

–Podría ir yo.
–¿Por qué tú?
–Tengo mejor carácter que tú.
–No creo que Culbart sepa apreciarlo.
–¿Crees que apreciará más tus puñetazos?
–Creo que prefiero que te quedes en esta colina cubriéndome con ese rifle, en caso de que tenga que salir corriendo.

—Te estás aferrando a la excusa de que, de lejos, soy mejor tirador que tú.
—Siempre estás fanfarroneando de ello. Ya va siendo hora de que lo demuestres.
—No es un gran plan, y lo sabes.
Caden asintió con la cabeza, reconociéndolo.
—Tenemos que saber si Maddie está allí.
—Cierto.
Ace echó mano a la alforja de su montura y sacó una pistolita, de las que cabían en la palma de la mano. Caden lo miró.
—¿Te has vuelto loco?
Ace le entregó el arma, y Caden la tomó, reacio. Aquella pistolita era un arma de mujer. O peor aún: de un tahúr fullero.
—Te registrarán en busca de armas, pero no esperarán que escondas un arma tan pequeña.
—¿Y dónde la esconderé?
—Bajo tu sombrero —alzó la mirada—. O en el pantalón. Métetela donde quieras. En cualquier sitio de donde puedas sacarla rápidamente en caso de que las cosas se compliquen. Muerto no le serás de ayuda alguna a Maddie.
Eso era muy cierto. Caden sopesó el arma. Pensó primero en esconderla debajo del sombrero, pero esa no era una opción segura. En lugar de ello, se alzó la manga y se la encajó en la muñequera.
—¿A qué hora piensas bajar?
—Ninguna mejor que en este mismo momento.
Todavía era temprano. Todo el mundo estaba allí. Despertaría menos sospechas.
—Si esperamos a después, los trabajadores estarán fuera.
—Si esperamos a después, estarán en mejor disposición de apretar el gatillo. Quiero que se sientan seguros. Por el momento.
—No me gusta el plan.

—A mí tampoco, pero... ¿pero tienes algún otro?
—Sigo pensando que debería entrar yo.
—Y yo sigo diciendo que no.
Maddie era su responsabilidad. Y demasiado tiempo llevaba esperándolo.

En ningún momento había esperado Caden que podría llegar tranquilamente hasta la puerta, de modo que no se sorprendió cuando a unos trescientos metros del rancho se encontró con dos hombres a caballo, con las armas en la mano. Culbart no era ningún estúpido y aquellos eran tiempos peligrosos.
—Hola, forastero —lo saludó el mayor de los dos, de barba cana.
—Buenos días —inclinó la cabeza.
—¿Qué te trae por aquí?
Caden observó detenidamente a los hombres: sus ojos duros, su aspecto sucio y la manera en que empuñaban sus bien cuidadas armas. Culbart no contrataba patanes.
—Negocios.
—¿Qué clase de negocios?
Caden se sonrió.
—Ninguno que deba tratar con vosotros.
El otro hombre escupió al suelo. Aunque no era ningún jovenzuelo, era claramente más joven que el primero. Y probablemente familiar suyo, porque tenía los mismos ojos castaños y la misma boca de labios finos.
—Bueno, si no quieres llegar más lejos que metro y medio bajo tierra, te sugiero que nos expliques la naturaleza de ese negocio.
—He venido a hablar con Culbart sobre una potrilla —pensó que era una jugada segura. Todo el mundo sabía que Culbart pretendía superar al Ocho del Infierno en la cría de caballos.

—¿Desde cuándo el Ocho del Infierno anda a la busca de potrillas?
—Desde siempre hemos buscado ganado nuevo para cría. Es la única manera de mejorar la cabaña.
Era cierto. El viejo gruñó.
—¿Cómo te llamas, forastero?
—Caden Miller.
Apenas un ligero parpadeo y la leve tensión de la mano que empuñaba el arma evidenciaron que el nombre le resultaba familiar. Caden tomó nota de la reacción. Solo los pistoleros tenían aquella instintiva actitud de disparar primero y preguntar después.
Con un movimiento del cañón de su revólver, el viejo le indicó que avanzara.
—Puedo encontrar el camino solo. No necesitáis abandonar vuestro puesto.
—Deja que nos preocupemos nosotros de eso. Tú preocúpate de mantener las manos lejos de tus armas.
Por lo que dedujo Caden, habían acabado con su turno y los sustitutos habían ocupado sus posiciones. Otra cosa que anotar. Los hombres de Culbart no se despistaban en los cambios de guardia. Eso iba a complicar las cosas.
Ninguno de los dos intentó entablar conversación mientras se dirigían al rancho. Caden tampoco: el silencio le convenía. Le proporcionaba el tiempo necesario para estudiar el terreno e identificar posibles peligros, los lugares donde esconderse y cualquier cosa que pudiera necesitar en la huida. Ignoraba en qué condiciones se encontraría Maddie, de modo que debía prepararse para cualquier eventualidad. Su dedo índice se cerró sobre un imaginario gatillo. Si había sufrido algún daño, los mataría a todos. Maddie era del Ocho del Infierno. Más que eso: era su amiga.
Caden se convirtió en el centro de atención cuando entraron en el rancho. No le sorprendió. Dudaba que el Fallen C recibiera muchas visitas. Lo remoto de la situación,

más el peligro que suponían los indios, garantizaba su aislamiento. Desmontó bajo la mirada vigilante de sus guardianes. Mirándolos de reojo, comentó con naturalidad:
—Espero marcharme de aquí con todo lo que he traído.
El más joven escupió a un lado.
—Yo me conformaría con marchar con vida.
Ató las riendas de Jester a la baranda del ancho porche.
—Tengo la costumbre de llevarla siempre conmigo.
El hombre masculló algo por lo bajo. Caden lo ignoró.

Ninguna tabla cedió bajo sus pies cuando subió los tres escalones del porche. Estaban bien construidas e igualadas: otra evidencia de la atención de Culbart por los detalles. La puerta se abrió antes de que llegara a llamar. El propio Culbart apareció en el umbral. Era un hombre grande como un oso, de poblado mostacho y ojos grises capaces de taladrar a cualquiera bajo su desgreñado cabello castaño. Parecía más un hombre de las montañas que un próspero ranchero, pero si algo había aprendido Caden era a no juzgar a un hombre por su aspecto.

—¿Quién diablos eres tú? —le espetó.

Aquel hombre no solamente parecía un oso: rugía igual. Caden se llevó un dedo al ala del sombrero.

—Caden Miller.

Culbart entrecerró los ojos.

—¿Del Ocho del Infierno?

—Sí.

—¿Y qué diablos estás haciendo aquí?

—Dice que tiene un negocio que proponerte. Sobre una potrilla.

Culbart se volvió hacia el viejo:

—Supongo que el hombre sabe hablar por sí mismo, Dickens.

Dickens cerró la boca y tenso los hombros. Caden dedujo que no había mucho cariño en esa relación. Tomó buena nota de ello.

—¿Has traído dinero? —le preguntó Culbart.

—He traído la palabra de los Ocho del Infierno. ¿No te basta con ella?

Culbart vaciló resoplando antes de retroceder un paso.

—Deja tus armas en el porche y entra para que podamos hablar de ello.

Caden se desabrochó su cartuchera.

—No eres muy hospitalario, ¿verdad?

—Te ofrezco una copa en vez en una ración de plomo. Puedes considerarte afortunado.

Mientras Caden dejaba sus revólveres en una silla junto a la puerta, reparó en la envergadura y músculos del ranchero. Un hombre prudente probablemente se habría tenido por afortunado con lo que acababa de pasar. No eran muchos los hombres que podían aguantarle una pelea, pero Culbart podría ser uno de ellos. Lástima que la prudencia no fuera una de sus virtudes.

Traspasó el umbral. El interior de la casa era tan tosco y funcional como su propietario. El espacio era amplio y bien dispuesto. La cocina se abría al salón, con su gran chimenea. A la izquierda podía ver un corto pasillo con puertas. A juzgar por el número de salidas de chimenea de la casa, cada dormitorio debía de tener una. Culbart era un hombre que gustaba de las comodidades del hogar.

—Bonita casa —observó Caden.

Culbart gruñó y le señaló con un gesto una de las grandes sillas de crin de caballo. Tal vez le gustaran las comodidades del hogar, pero habilidades sociales no tenía ninguna. Caden recordó lo que había sugerido Ace sobre la posible necesidad de una esposa. Una mujer que endulzara aquel rudo carácter suyo podía ser una buena inversión.

Culbart se acercó al aparador que estaba contra la pared y sacó una botella de whisky y dos vasos. Sin mayores ceremonias, los sirvió y le señaló uno. Caden lo aceptó.

Con otro gesto imperioso, le indicó que se sentara y tomó asiento.

–Así que el Ocho del Infierno quiere mejorar su cabaña de caballos, ¿eh?

–Por así decirlo.

–¿Qué clase de potrilla estás buscando?

Caden bebió un sorbo de whisky. Pese a lo tosco del vaso y de la presentación, era un licor de calidad. Otro indicio de que Culbart era un hombre que quería llegar a alguna parte. Un hombre que quería llegar a alguna parte no querría que se supiera que estaba manteniendo prisionera a una mujer, a no ser que tuviera un ego tan grande como su propio rancho. Era un hombre confiado, sí, pero no vanidoso.

–El Fallen C tiene una de las mejores cabañas de caballos de la región –añadió Culbart antes de beber un trago de whisky–. El Ocho del Infierno también, por supuesto.

Caden forzó la misma falsa sonrisa que su interlocutor.

–Por supuesto.

–Así que... ¿qué tipo de potrilla estás buscando? ¿Qué raza?

Caden abandonó todo fingimiento.

–Pequeña. Pelirroja. Muy guapa.

Culbart entrecerró los ojos.

–¿Qué te hace pensar que yo tengo tal ejemplar?

La sonrisa de Caden desapareció casi tan rápidamente como la de Culbart. Inclinándose hacia delante, dejó el botón sobre el brazo de la silla del ranchero.

Culbart se lo quedó mirando pensativo antes de recogerlo y guardárselo en un bolsillo.

–Gracias. Estos botones son de encargo, y por tanto caros.

Caden estaba ya harto de juegos.

–Tienes algo que pertenece al Ocho del Infierno. Queremos que nos lo devuelvas.

Culbart no fingió no entenderlo.

–Vaya. Yo pensaba que el Ocho del Infierno no creía en la esclavitud.

–Así es. Pero valoramos lo que es nuestro.

–La potrilla en cuestión no dijo nada de que fuera vuestra.

Caden iba a tener una charla larga y tendida con Maddie tan pronto como la viera. Las primeras palabras que deberían haber salido de su boca era que pertenecía al Ocho del Infierno.

–Eso no cambia nada.

–De hecho –continuó Culbart–, parecía bastante contenta de quedarse con nosotros. En seguida se puso a ejercer de ama de casa. Empezó a hacer pan e incluso pidió ingredientes para hacernos un pastel.

Hornear se había convertido en el refugio de Maddie. Caden no encontró reconfortante la noticia.

–Sabe hornear.

–Sí que sabe.

–Pero como cocinera no vale nada.

Eso era algo que siempre sacaba de quicio a Tia. No lograba entender cómo alguien que podía hacer pasteles tan buenos era incapaz de preparar una comida sin ahumar toda la casa. También para Caden era un misterio.

–Yo ya tengo una cocinera.

Con aquella frase, Culbart le estaba dejando saber que no estaba dispuesto a renunciar a Maddie tan fácilmente. A Caden le fastidiaba sobremanera plantearle la oferta, pero su primera obligación era con Maddie, y si el asunto podía resolverse con dinero, mejor que mejor.

–El Ocho del Infierno, por supuesto, estaría dispuesto a compensarte.

Culbart se retrepó en su silla y juntó las puntas de los dedos, lo que acentuó su aspecto de oso. Un oso nada simpático.

—Bueno, si ese talento suyo para hornear fuera lo único que fuéramos a echar de menos, podría aceptar. Pero lo cierto es que nosotros nos hemos encariñado con la señorita Maddie.

—¿Nosotros?

—Yo mismo y los chicos. Es una mujer de muchas habilidades. No querríamos que se marchara a cualquier parte y se entristeciera quizá por culpa de unas promesas incumplidas.

La única promesa que Caden le había hecho a Maddie y que no había cumplido era la de que no se marcharía sin despedirse de ella.

—Entonces me parece que tenemos un problema. Tú tienes algo que los Ocho del Infierno valora muchísimo.

—Yo no veo que los Ocho del Infierno estén aquí sentados.

—No importa lo que veas, Culbart, importa lo que es. Maddie es del Ocho del Infierno y la queremos de vuelta.

—Con esa táctica no vas a conseguir nada de mí.

Caden podía sentir el peso de la pistolita en la manga. Sería fácil meterle una bala entre los ojos.

—¿Qué táctica preferirías?

—Diablos, chico, me parece a mí que yo tengo algo que tú quieres, y a no ser que me propongas algo interesante, uno de los dos no va a salir nada contento de este encuentro.

Caden maldijo en silencio. Nadie le había advertido de que Culbart era un negociador tan hábil.

—¿Qué es lo que quieres, Culbart?

—Esa no es una actitud muy amable.

Caden se levantó.

—No estoy de humor para ser amable.

Culbart, en cambio, permaneció sentado.

—Los indios me robaron mi mejor semental el otro día.

—¿Y? ¿Quieres que yo te lo devuelva?

–Si pensara que eso fuera posible, lo haría yo mismo, pero he oído decir que un semental vuestro engendró un potrillo de aspecto tan prometedor como el de su padre.

Caden maldijo entre dientes.

–Ese caballo vale más que todo este rancho junto.

Culbart se encogió de hombros. Una mirada taimada asomó a sus ojos, mientras el resto de su expresión permanecía imperturbable.

–Me dijiste que nombrara mi precio y acabo de hacerlo. Un semental a cambio de una potrilla. A mí me parece un trato justo –dejando su vaso sobre la mesa, se levantó también–. Puedes volver dentro de un par de días montado en él.

Ese caballo ya había sido prometido a otra persona.

–Arreglemos esto ahora.

–¡Dickens! –gritó Culbart.

Dickens apareció corriendo con un rifle en las manos.

–Acompaña a nuestro huésped fuera de la propiedad –ordenó Culbart.

–Quiero ver a Maddie –insistió Caden.

–No estás en posición de exigir nada –apremió a Dickens con un gesto.

–Si le has hecho algún daño...

–Si le he hecho daño, ni siquiera todas las amenazas del mundo servirán para enmendar eso.

El muy canalla... Lo único que evitó que Caden despedazara a Culbart en aquel instante era el cañón del rifle de Dickens apuntando a su pecho.

–No lo hagas, hijo.

–No soy tu hijo.

–No lo eres, pero aun así te recomiendo que no lo hagas.

Caden gruñó por lo bajo. «Al diablo con todo», pensó. Haciendo el cañón a un lado, descargó el puño en la boca de Dickens. El hombre cayó el suelo, con el arma rodando junto a él.

Caden se volvió luego hacia el ranchero, ignorando las maldiciones de su matón.

–Te arrepentirás de esto, Culbart.

–Quizá –el ranchero se le acercó, pasando por encima del cuerpo tendido de Dickens, sosteniendo su airada mirada sin un ápice de temor–. Pero los Ocho del Infierno no son los únicos que se preocupan de lo suyo. Será mejor que recuerdes eso, muchacho, para cuando regreses de aquí a dos días.

–¿Qué diablos quiere decir eso?

Culbart apoyó una mano en la puerta.

–Quiere decir que espero que cuando vuelvas lo hagas con mejores maneras.

–Que te zurzan.

La puerta se cerró a su espalda con un ruido seco y definitivo.

Capítulo 6

Ace lo estaba esperando en el campamento. En una mano sostenía cuatro conejos muertos. Dado que Culbart sabía que estaban allí, no había visto la necesidad de esconder su presencia por más tiempo.

–¿Está Maddie allí? –le preguntó.

Caden asintió con la cabeza y desmontó.

–Hasta donde yo sé, sí –señaló los conejos–. ¿La cena?

–Es mejor que la cecina.

Caden no lo dudaba.

–¿Qué significa eso de «hasta donde yo sé»? –inquirió Ace.

Caden sacudió la cabeza y soltó las riendas de Jester, para dejarlo pastar.

–¿Está allí o no?

La frustración teñía el tono de Ace. Caden sabía muy bien cómo se sentía.

–Oh, sí.

–¿Y se encuentra bien?

–Supongo.

Ace entrecerró los ojos.

–¿Qué diablos ha sucedido?

Caden se agachó al otro lado de la fogata.

–Nos han invitado a volver dentro de dos días.

—¿Por qué dos días?
—No lo sé.
Ace volvió a sentarse.
—Sabía que tenía que haber ido yo.
—¿Habrías podido evitar una bala a unos centímetros de distancia? —le preguntó Caden, enarcando una ceja.
—Bueno dime, ¿qué es lo que has averiguado exactamente?
—Que Culbart no es lo que pensábamos que era.
—¿Que no es un oportunista sin conciencia? —se burló Ace.
—Sé que es un oportunista. En lo de que no tenga conciencia ya no estoy tan seguro.
—Eso complicará las cosas.
Caden arrojó un poco de leña al fuego antes de recoger uno de los conejos.
—Cuéntamelo todo —le pidió Ace.
Resultaba mucho más fácil lidiar con escoria. Desenfundó su cuchillo. La hoja brilló al sol.
—No hay mucho que contar. Entré en el rancho, fingí que quería comprar una potrilla y tan pronto como mencioné que buscaba una pequeña y pelirroja, Culbart supo de qué estaba hablando.
—Entonces la tiene.
Caden asintió, recordando el brillo especial de la mirada de Culbart. Deslizó el cuchillo bajo la piel del primer conejo para desollarlo.
—O al menos sabe dónde está.
—¿Exigiste verla? —Ace desenfundó también su cuchillo.
—No, en realidad nos embarcamos en... —destripó hábilmente el conejo— negociaciones.
—Diablos.
Ace procedió a abrir su conejo en canal, con fuerza controlada.

—¿Desde cuándo los Ocho del Infierno negocian lo que es suyo?

—Desde que nos superan en razón de veinte a uno y Culbart tiene lo que nosotros queremos.

—¿Qué es lo que quiere a cambio de ella?

—El potro de Baron.

Ace se quedó helado.

—Ese caballo vale un reino entero. Cada ranchero de los cinco estados y los dos territorios del Oeste babea por ese potro.

—Lo sé.

—Caine cuenta con el dinero que saque de la venta para cubrir los gastos del próximo año. Sacar a Shadow de aquel lío dejó vacías las arcas del rancho.

Eso también lo sabía Caden.

—Entonces tendré que compensarlo.

Pensó que esa era una razón más para que la mina acabara rindiendo.

—¿No le dijiste que aceptarías, verdad?

No, pero lo habría hecho.

—No me dejó.

Ace recogió uno de los puntiagudos palos que estaban apoyados en el tronco en el que ambos se hallaban sentados y se lo pasó.

—A ver si lo entiendo bien. Ese hombre tiene a Maddie, pero no te la ha enseñado. Luego te plantea un trato ofensivo para ella, pero cuando tienes que decidirte... ¿no te deja responder?

Caden recogió el palo, pensativo. En aquel momento, con mucho gusto se lo habría metido a Culbart por el trasero.

—Eso es.

—¿A qué diablos está jugando ese hombre?

—No lo sé, pero supongo que dentro de dos días lo sabré.

—¿Para qué esperar dos días? Bajemos esta misma noche a rescatarla.

—Mientras estuve hablando con los centinelas tuve oportunidad de observarlos.

—¿Y?

Atravesó el conejo de parte a parte con el palo.

—Culbart contrata hombres que habrían sido el orgullo del Ocho del Infierno.

—Diablos —Ace agarró otro palo y atravesó otro conejo para luego clavar un extremo en el suelo, frente al fuego—. ¿Qué vamos a hacer entonces?

—Volveré. Y si Culbart sigue jugando con nosotros... —Caden alzó la mirada—. Lo mataré.

Ace se relajó visiblemente.

—Eso va a requerir un poco de planificación.

Caden sonrió y acercó el conejo al fuego.

—El tipo nos ha dado dos días.

Dos días después, Caden estaba de vuelta en el Fallen C. La acogida que recibió no fue mejor que la primera vez; tampoco él esperaba que lo fuera. Saludó con la cabeza a Dickens cuando subió los escalones del porche. El hombre lo fulminó con los ojos. Tenía la boca hinchada.

Caden supo que había hecho un enemigo, pero no le importó. Estaba harto. Quería entrar para volver a salir en seguida con Maddie en los brazos, y acabar de una vez por todas con aquello. La expresión de Culbart cuando le abrió la puerta no fue mucho más amable. Cuando Caden terminó de subir los escalones, el hombre carraspeó.

—Límpiate las botas.

—¿Perdón?

—He dicho que te limpies las malditas botas. A Maddie no le gusta que le ensucien el suelo.

¿Que a Maddie no le gustaba...?

–¿Está aquí?
–Por supuesto –Culbart se hizo a un lado para dejarlo entrar.
Así lo hizo Caden. La casa olía a limón y a cera de abeja, y también a... olisqueó... tarta de chocolate. Culbart cerró la puerta. Caden no pudo dejar de advertir que el gigantón parecía... como civilizado. El hombre de las montañas de hacía dos días había desaparecido: lo había sustituido el próspero empresario. Lucía ropa limpia y bien planchada, se había recortado la barba y el bigote. Llevaba el cabello corto y bien peinado. No era un hombre feo.
Caden no avanzó más.
–¿Qué diablos está pasando aquí?
Culbart se pasó una mano por el pecho y luego por el pelo. Desde la cocina les llegó una melodía irlandesa cantada por una voz que Caden habría reconocido en cualquier parte.
–¡Maddie!
Culbart lo fulminó con la mirada.
–No la pongas nerviosa. Lleva dos días preparando tu llegada.
La preparación resultaba evidente en los suelos bien fregados y el mobiliario limpio de polvo y cambiado de sitio. Se imponía una pregunta:
–¿Por qué?
Culbart apoyó la punta de la bota en un escabel recientemente colocado, mirando a Caden como si él tuviera la culpa de todo.
–Que me aspen si lo sé, pero ella quería que todo estuviera perfecto.
Lo primero que pensó Caden fue que Maddie se había dejado arrastrar por otra de sus fantasías. Otro vuelo de su imaginación.
–A ella le gustan las casas limpias y ordenadas.
Culbart asintió.

–Eso le tranquiliza los nervios.

Aquello era cada vez más extraño. ¿Un secuestrador preocupado por los nervios de su prisionera?

–¿Tienes más whisky? –inquirió Caden.

–Tengo, pero no lo verás.

–¿Por qué?

–Porque Maddie está preparando té.

–¿Té?

Culbart esbozó una mueca.

–Dice que es la bebida que toda buena ama de casa ofrece a sus invitados.

Caden odiaba el té.

–Lo mismo dice Tia.

–Es una gran mujer, Tia.

¿Por qué estaban hablando de Tia?, se preguntó Caden.

–¿La conoces?

–Sé de ella lo que sabe todo el mundo. Que os acogió de niños e hizo de vosotros hombres de provecho.

A Caden le gustaba pensar que ellos también habían tenido algo que ver en ello.

–No son muchas las mujeres que habrían hecho eso –dijo Culbart con tono gruñón, yendo a sentarse antes de darse cuenta de que su silla había sido cambiada de sitio. Maldijo por lo bajo.

–Se necesita un gran corazón.

–Y que lo digas –Culbart encontró su silla–. Me alegró saber que se había casado con Ed. Una mujer necesita un buen hombre a su lado.

A Caden le pareció detectar un significado más profundo en sus palabras.

–¿Estás pensando en casarte?

Culbart desvió la mirada hacia la cocina, donde Caden podía vislumbrar destellos del vestido amarillo de Maddie mientras trabajaba.

–Se me ha pasado por la cabeza.

El ranchero le indicó que tomara asiento. Caden aceptó, debatiéndose entre la rabia y la confusión, sintiéndose como si hubiera entrado en una de aquellas tierras de fantasía de los cuentos que le contaba su padre, donde todo debería ser reconocible pero no lo era. Culbart lo miró ceñudo.

—Maddie es una buena mujer con un gran corazón.

Aquello sonaba a advertencia.

—Nosotros estamos muy encariñados con ella.

—¿Todos? ¿No tú solamente, en particular?

Caden no estaba dispuesto a discutir con nadie de su relación con Maddie, y menos todavía con su secuestrador.

—Lo que hay entre Maddie y yo es asunto únicamente de los dos.

El rostro del ranchero se tornó colorado.

—Yo lo estoy haciendo mío.

—Lo siento, pero no —sonrió Caden.

—¡Cachorro desagradecido! —Culbart se levantó de golpe—. Debería echarte de esta casa a patadas.

¿Cachorro? Culbart probablemente no le llevaría más de cinco años.

—Inténtalo.

—Haría algo más que intentarlo. Cualquier hombre capaz de aprovecharse de una mujer tan dulce como Maddie se merecería una buena patada en el trasero. Una que lo mandara a la luna.

—¿Quién diablos ha dicho que yo me he aprovechado alguna vez de ella?

—Que seas uno de los Ocho del Infierno no significa que seas de fiar.

Caden pensó que había oído muchas cosas sobre Culbart, pero no que estuviera chiflado.

—¡Maddie! —tronó Caden—. ¡Ven aquí!

Un puñetazo conectó en ese instante con su mandíbula,

derribándolo sobre el servicio de té. Culbart se irguió sobre él, con los puños cerrados de rabia.

—No pienso consentir que le grites a una dama en mi casa.

El muy canalla le había hecho ver las estrellas. Caden sacudió la cabeza para despejarse un poco y lo fulminó con la mirada.

—¿Una dama?

Caden oyó un chillido y vislumbró un destello amarillo. Maldijo para sus adentros. Era Maddie.

—Mantente alejada de él, Maddie —le ordenó Culbart, agarrándola de un brazo.

—Sí, Maddie. Aléjate de aquí —no le gustó a Caden la familiaridad con que el ranchero la estaba tocando.

Maddie liberó su brazo de un tirón.

—Tío Frank, ¿qué estás haciendo?

¿Qué diablos...? ¿Maddie se había convencido a sí misma de que Culbart era su tío?

—Ese hombre tuyo... Necesita que le enseñen unas cuantas cosas.

Caden aún seguía desconcertado por lo del «tío Frank» cuando registró lo del «hombre tuyo».

—¿De qué diablos estás hablando? —inquirió, sacudiendo de nuevo la cabeza para aclararse la vista mientras recogía su sombrero y se levantaba.

Culbart le soltó entonces otro puñetazo.

—¡Caden! —Maddie se inclinó para atenderlo, pero el ranchero volvió a agarrarla de un brazo y la apartó.

—Ya habrá tiempo para ternuras cuando haya acabado con él.

Maddie dio un pisotón en el suelo de tablas, airada.

—No puedes hacerle daño. Estará todo magullado para la boda...

«¿Boda?», repitió Caden para sus adentros, incorporándose hasta quedar sentado en el suelo.

—¿Quién se va a casar?

En aquel preciso instante la puerta se abrió de golpe y entró Ace, empuñando sus armas.

—¡Que nadie se mueva!

—¡Ace! —exclamó Maddie, toda sonriente—. ¡Estoy tan contenta de que hayas venido...!

Corrió hacia Ace como si este no estuviera blandiendo sus revólveres de seis balas y le agarró la mano derecha. A Caden se le encogió el corazón. Sabía que los revólveres de Ace tenían el gatillo muy sensible.

—¡Maldita sea, Maddie! —gritó—. ¡Apártate!

—¡Canalla! —Ace logró soltarse y empujarla.

Como si no hubiera tenido bastante con arriesgar su vida de aquella forma, Maddie volvió a acercarse a Ace con expresión rebosante de felicidad.

Ace maldijo entre dientes.

—Vuelve a empujarla, chico, y rodará tu cabeza —masculló Culbart.

—¡Por el amor del cielo, Maddie! ¡Apártate!

Caden vio que una sombra se acercaba a Ace por detrás. Antes de que pudiera advertirle, Dickens golpeó a Ace en la cabeza con la culata de su pistola, derribándolo. Maddie lo agarró de los hombros mientras caía, con lo que también fue a dar en el suelo. Fulminando luego a Caden con la mirada mientras se incorporaba, lo acusó:

—¡Debería darte vergüenza, Caden! ¡Has hecho cabalgar tanto a Ace que lo has agotado!

Caden parpadeó extrañado y miró el desmadejado cuerpo de su amigo. Evidentemente Maddie había vuelto a dejar volar su imaginación. Se había extraviado en otro de sus fantasiosos viajes mentales.

—No te preocupes por él, Maddie —intentó tranquilizarla Culbart—. En cuanto a tu prometido, estoy seguro de que no estará demasiado cansado para casarse.

—Yo no soy su prometido —masculló Caden.

Maddie se volvió para mirarlo con una expresión tan dolida que habría derretido hasta una piedra. Las lágrimas le temblaban en los ojos.

–Lo siento, Caden, sé qué todavía no querías decírselo a nadie, pero cuando el tío Frank me encontró, quiso saber qué estaba haciendo viajando sola por allí... Así que no tuve más remedio que revelarle lo de nuestra fuga.

Caden maldijo por lo bajo mientras se levantaba por fin del suelo.

–Sabes perfectamente que yo nunca dejaría que mi prometida viajara sola –gruñó, dirigiéndose a Culbart.

–Yo no sé nada, hijo, excepto que la dulce dama aquí presente dice que tú le hiciste promesas... y espera que yo me asegure de que las cumplas.

–¿Maddie? –al ver que no respondía, se pasó una mano por el pelo–. Ella no está en sus cabales.

–Pues a mí me parece que está lo suficientemente cuerda –objetó Culbart–. Sobre todo cuando describió tus hábitos de sueño...

–¡Ella se colaba en mi habitación en mitad de la noche!

Ace gruñó de pronto y rodó a un lado. Maddie ahogó una exclamación. Culbart alzó la barbilla.

–Ya es suficiente. ¡Dickens! –ladró–. Que entre el reverendo.

Caden se frotó la mandíbula dolorida mientras maldecía toda aquella situación para sus adentros.

Dickens se apartó para hacer sitio a otro de los hombres de Culbart. Tanto él como Dickens no dejaron de apuntar a Caden, mientras un tercero, luciendo alzacuellos de sacerdote, entraba en la habitación.

Caden sacudió la cabeza, buscando la mirada de Maddie.

–No me voy a casar contigo, Maddie.

Ella se lo quedó mirando fijamente durante un buen rato, con una expresión tan dulce y suave como la pelusa del diente de león. Luego, sonriendo con aquella ternura que Caden tan bien recordaba, le dijo con perfecta claridad:

—No tienes más remedio.

Una maldita boda a punta de pistola.

En vano intentó romper Caden sus ligaduras mientras permanecía frente al reverendo. Maddie se hallaba a su lado, bellísima con su vestido amarillo, sonriéndole como si no lo estuvieran encañonando desde todas direcciones. Y con Culbart contemplando la escena como un gato relamiéndose la leche de los bigotes.

Hasta habían sacado a Ace para curarlo porque Maddie declaró que la sangre daría mala suerte a la boda. Caden volvió a tirar de sus ligaduras. La sonrisa de Culbart se amplió.

—Ya te dije que no debiste haberme traído esas flores —le dijo ella, acariciándole una mano con la yema de un dedo—. Había una hiedra venenosa.

No le había llevado ramo de flores alguno, no había hecho nada, pero Maddie estaba sumergida en su mundo de ensueño. Y nada de lo que él decía parecía ejercer la menor impresión sobre ella. Lo intentó de nuevo.

—No es que me piquen las manos... Es que estoy intentando desatarme.

—Pronto terminaremos.

Aquello, en cambio, sonaba sospechosamente cuerdo. Bajó la mirada, pero lo único que pudo ver era su coronilla. Maldijo para sus adentros.

—Maddie, no puedes hacer esto...

Esa vez sí que alzó la mirada hacia él... Su expresión era una mezcla perfecta de dolor e inocencia. Hasta en el brillo de lágrimas de sus ojos. Quizá demasiado perfecta. Incluso cuando más ensimismada estaba en su propio mundo, en Maddie siempre había aquella sombra de confusión, como si no estuviera del todo segura del lugar donde supuestamente debía estar. Una confusión que Caden no veía en ese momento por ninguna parte. Y que tampoco había visto desde que llegó.

—¿Has cambiado de decisión? —le preguntó ella.

—Nunca tomé ninguna decisión.

Caden sintió sus dedos en su manga, pero esa vez no le acarició la cara interior de la muñeca. Y Maddie siempre le acariciaba la cara interior de la muñeca.

—No puedes cambiar de idea —desvió la mirada hacia Culbart.

—Tu novio no va a irse a ninguna parte, cariño.

Como subrayando la frase, tres pares de pistolas apuntaron a Caden. De pronto asaltaron su mente las palabras de Caine: «esa mujer te profesa un enorme afecto». ¿Era posible que Maddie le hubiera tendido una trampa? La miró de nuevo. No leía culpa alguna en su rostro, pero eran muchas las mujeres que podían fingir bien. Como Maddie.

Llamaron en ese momento a la puerta. Abrió Dickens. Ace entró tambaleándose en la habitación, con las manos atadas a la espalda y el pelo chorreado agua. Tenía alguna mancha de sangre en la camisa, pero el cuello y el pecho estaban limpios.

—Aquí tenemos al padrino —anunció Dickens mientras lo empujaba dentro.

Ace alzó la cabeza, apartándose el pelo de los ojos. No parecía más contento que el propio Caden.

Se detuvo en seco al ver al predicador y a Maddie al lado de Caden.

—Diablos, chicos. Si me hubierais dicho que iba a haber boda, habría venido mejor vestido.

—Si te lo hubiéramos dicho, habrías salido pitando.

Ace exhibió su característica sonrisa.

–Las bodas me gustan, siempre que no se trate de la mía.
–Tu amigo no piensa igual.
–Caden siempre ha sido un gruñón.
–Cállate, Ace –le espetó el aludido.
–Pues ahora será un gruñón casado –lo interrumpió Culbart.
Caden volvió a tensar sus ligaduras.
–Y tú estarás muerto.
–El matrimonio siempre es bueno para un hombre.
–Cásate entonces tú con ella.
–¡Caden! –exclamó Maddie, indignada.
Podía indignarse todo lo que quisiera. Eso no cambiaba los hechos. Lo estaban forzando a casarse.
–Yo no lo entiendo, pero parece que ella te ha entregado su corazón –dijo Culbart.
–Pues entonces se va a llevar una decepción.
–No lo creo –sonrió el ranchero.
–Tienes que casarte conmigo –insistió Maddie, tirándole de la manga.
Caden esperó, pero ella seguía sin acariciarle la cara interior de la muñeca con los dedos. Sintió el peso de la certidumbre como un plomo en el estómago. Maddie estaba fingiendo.
–¿Por qué?
–Porque sí.
–¿Porque sí? –se echó a reír–. ¿Es eso lo que le dijiste a Culbart?
Vio que asentía con la cabeza.
–Diablos –murmuró Ace–. Por muchas insinuaciones que recibiera, tampoco se trata precisamente de una virgen vestal.
Por primera vez, Caden no salió en defensa de Maddie.
Dickens le propinó un codazo a Ace en el estómago.
–Cuidado con lo que dices de la dama.

–¿Te refieres a la dama que está forzando a mi amigo a casarse a partir de una mentira?

–Si es una mentira, ¿entonces cómo es que sabe tanto sobre él?

Ace enarcó las cejas.

–Ah, yo de eso no tenía ni idea...

–Pues así es. Y si es una mentira... –continuó Dickens–, ¿cómo es que ella andaba viajando sola por ahí, siguiéndolo?

–¿Porque está loca, quizá? –replicó Ace.

Caden pudo sentir como Maddie contenía la respiración. Por muy adecuada que fuera la palabra, seguía molestándole ver aquel dolor en sus ojos.

–¿Qué pasará cuando acabe esta boda, Culbart?

–Me firmarás una nota reconociendo que me debes un caballo, y disfrutaremos luego de la fiesta que ha preparado Maddie.

–¿Va a haber una fiesta?

Maddie lo miró asintiendo con la cabeza, los ojos brillantes de emoción.

–Con tarta de chocolate. Como en la fiesta de Tia.

«Como en la fiesta de Tia», repitió Caden para sus adentros. Aquella boda había sido la fantasía constante de la vida de Maddie. Se había embarcado en los preparativos compartiendo su alegría como si fuera su propia boda, lo cual podía explicar por qué en ese momento estaba a su lado delante de un reverendo, después de haber hecho creer a todo el mundo que estaban prometidos. Aquellas situaciones eran muy propias de Maddie. Un punto de realidad que acababa convirtiéndose en un mucho de fantasía. Eso si no estaba fingiendo...

Caden miró a Culbart.

–¿Dejarás que nos marchemos?

–¿Hay alguna razón por la que no debiera hacerlo?

Intercambió una mirada con Ace. Su amigo se encogió

de hombros, a todas luces tan perplejo como él por lo que estaba sucediendo. Pero si el objetivo era sacar a Maddie de allí y un falso matrimonio podía servir a ello, ¿quién era él para oponerse? Eso era lo que parecía decirle su amigo con los ojos. Con toda seguridad nadie se enteraría de ello, e incluso aunque así ocurriera, sería sencillo sobornar al reverendo para hacer desaparecer los papeles. Eso suponiendo que hubiera papeles.

Apretando la mandíbula, se tragó su orgullo. Había pasado mucho tiempo desde la última vez que alguien lo había obligado a hacer algo.

—Si esta boda ha de celebrarse, empecemos de una vez —dijo resignado.

Pero su indignación se reavivó cuando el reverendo dio comienzo a la ceremonia y Maddie repitió los votos con su voz baja y dulce, la felicidad pintada en su rostro. Porque en aquellos momentos estuvo más seguro que nunca de que se la habían jugado. No era la primera vez ni sería la última que alguien se la jugaba. Pero pensar que había caído en una trampa urdida por Maddie y traicionado por uno de los Ocho del Infierno le revolvía el estómago. Aunque por la cara que estaba poniendo Ace, tampoco él se lo estaba tomando muy bien, y por mucho que quisiera respuestas, no era aquel el mejor momento para buscarlas.

La ceremonia fue breve: directamente al grano. No hubo intercambio de anillos, lo que no evitó que Maddie extendiera su mano esperando uno. La expresión de su rostro no pudo ser más triste cuando Caden no se lo ofreció, pero enseguida cerró los dedos y se volvió sonriente hacia el reverendo.

—Está ahorrando para regalarme un anillo especial. Voy a ser la envidia de todas las mujeres.

Caden pensó que tendría suerte si no la ponía sobre sus rodillas y le daba unos buenos azotes.

—Seguro que sí, ricura –dijo Culbart–. Pero si no lo hace, no te olvides de avisar al tío Frank.

La amenaza era muy poco velada.

—¿Realmente quieres conocer el lado oscuro de los Ocho del Infierno, Culbart?

Culbart dio a Maddie un abrazo y se quedó mirando a Caden, ladeando la cabeza.

—A mí me parece más bien que acabamos de forjar una alianza con los Ocho del Infierno.

—Una alianza que durará lo que dure esta boda.

—Los Ocho del Infierno tienen fama de cumplir sus promesas. Y tú acabas de prometer que amarás y venerarás a esta dama hasta que la muerte os separe.

«Canalla», pronunció Caden para sus adentros. Era verdad.

—Una promesa hecha bajo coacción.

—Una promesa siempre es una promesa –replicó Culbart.

Caden no podía menos que darle la razón. Realmente había prometido que amaría y veneraría a Maddie para siempre.

—Dickens, baja ese rifle –ordenó Culbart–. Ya no lo necesitamos, y trae el whisky. Bob, ve a buscar tu violín. Quiero bailar con la novia.

Maddie soltó una risita, toda ruborizada.

—Estoy segura de que mi marido querrá el primer baile...

Caden flexionó los hombros mientras Dickens le desataba las ligaduras.

—Baila con quien quieras.

La sonrisa de Maddie tembló un poco, pero se mantuvo firme.

—Es un hombre tan considerado...

El ceño de Culbart pareció desmentir lo ligero de su tono.

—Todo un príncipe.
—Sí. Mi príncipe azul.

Los hombres apartaron las sillas y el ranchero le ofreció su brazo. Maddie le lanzó una mirada vacilante antes de aceptarlo, algo más forzada su sonrisa que antes. Los acordes del violín fueron ganando velocidad. Culbart le hizo dar una vuelta completa. Bailaba como habría sido de esperar en un hombre tan grande, con más entusiasmo que elegancia, pero al cabo de un par de giros, a Maddie no pareció importarle mientras echaba la cabeza hacia atrás y reía con ganas. Varios mechones escaparon de su elaborado moño, derramándose sobre el brazo de Culbart. La escena se le antojó a Caden una ofensa más, la última de una larga serie. Aquel hombre se permitía demasiadas familiaridades con su esposa. Cuando cesaron de bailar, el siguiente vaquero del Fallen C ya estaba esperando su turno. Aquel tipo fue algo más elegante: obviamente estaba acostumbrado a bailar. Maddie se mordía la lengua entre los labios mientras se concentraba en seguir los difíciles pasos. Su risa se alzaba por encima de la música, hiriendo el orgullo de Caden, fastidiándolo...

Para cuando se adelantó el siguiente hombre, estaba ya harto. Matrimonio forzado o no, Maddie era su esposa, y no una casquivana que se dejara manosear por cualquiera. Atravesó la habitación y tocó al tipo en un hombro.

—Mi turno.

Maddie lo miraba con una expresión insoportablemente dulce, frágil, traicionera. Por un instante a Caden le pareció leer el miedo en sus ojos, pero entonces regresó su sonrisa, deliciosamente tierna: aquella sonrisa que solamente le reservaba a él. Abrió los brazos.

Caden deslizó un brazo por su cintura y le agarró la mano. Maddie parpadeó extrañada al no recibir el beso que había esperado, pero en cuanto él inició el lento vals, se acopló en seguida a sus pasos.

Ahora que la tenía en sus brazos, no estaba muy seguro de lo que quería hacer con ella. La oyó suspirar.

—Nuestro primer baile como marido y mujer.

—Y probablemente también el último.

Volvió a parpadear extrañada, pero la sonrisa no llegó a abandonar sus labios.

—¿Crees que el violinista se está cansando?

Caden sabía que lo había malinterpretado deliberadamente.

—Creo que soy yo el que se está cansando —estaba cansado de aquella farsa. Cansado de pensar que ella había podido traicionarlo. Cansado de aceptar que era más que probable que lo hubiera hecho. Maddie anhelaba convertirse en una dama respetable, y ese día había encontrado una manera de conseguirlo.

Maldijo para sus adentros. Había sido un imbécil. Todos lo habían sido. Pero no había forma de arreglar aquello, ni de librarse rápidamente de la situación. Sin dejar de bailar, se acercó a otro de los vaqueros y se la entregó. Estaba harto de toda aquella farsa.

—¿Tan pronto cedes a la novia? —se burló Dickens.

Caden soltó a Maddie y se volvió.

—Sí.

Maddie se quedó sin aliento y uno de los hombres gruñó por lo bajo, descontento. Caden flexionó los hombros y sonrió. Le vendría bien una buena pelea. Pero antes de que pudiera encararse con nadie, Ace le pasó un brazo por los hombros y le puso un vaso de whisky en la mano.

—¿Qué diantre estás haciendo, Caden? ¿Intentando que nos maten a todos? —susurró mientras lo empujaba hacia la puerta y salía con él.

—Maddie me ha tomado por un imbécil. A mí y a todos.

—Quizá —Ace se encogió de hombros—. O quizá todo esto no sea más que un montaje de Culbart.

—Ella no necesitaba prestarse a eso.

—Diablos, Caden, estamos hablando de Maddie. La mitad del tiempo no sabe si está aquí o está allí. No puedes echarle la culpa de todo esto.

Caden evocó la expresión de satisfacción que había visto en el rostro de Maddie al final de la ceremonia.

—Sí que puedo.

—Bueno, sea lo que sea que esté pasando, ahora mismo no podemos hacer nada al respecto. Así que acabamos con esta fiesta, cargamos a Maddie y nos volvemos de una vez al Ocho del Infierno.

—No voy a llevarla al Ocho del Infierno.

—¿Por qué no?

—Primero, porque no puedo permitir que me quite la mina cualquier granuja, y segundo, ella quería ser mi esposa, ¿no? Pues entonces tendrá que ser mi maldita esposa con todo lo que eso significa.

—¿Y qué diablos significa? —inquirió Ace.

Caden se echó el sombrero hacia atrás y se asomó a la ventana de la casa para mirar a Maddie, que estaba bailando con otro vaquero. Su sonrisa no era ya tan confiada como antes, ni sus pasos tan alegres.

—Tengo la sensación de que los dos estamos a punto de averiguarlo.

Capítulo 7

Culbart había insistido en proporcionarles una escolta. Maddie se mostró agradecida, mientras que Caden no. Cada golpe de casco de los caballos en el camino parecía incrementar su furia hasta que, cuando no se hallaban más que a una hora de la mina, su paciencia llegó al límite. Culbart podía haberle forzado a casarse, pero lo que no pensaba hacer era revelarle la localización de la mina. Frenó bruscamente a Jester, con lo que la pequeña yegua de Maddie chocó contra su grupa.

Se había acostumbrado a volver la vista a cada momento para comprobar que se encontraba bien. Maddie no era la mejor amazona del mundo, y si Caden se detenía a pensar en su secreta partida del Ocho del Infierno en mitad de la noche, probablemente le daría un ataque de apoplejía.

–¿Qué pasa? –preguntó Dickens detrás de ellos.

Crujió el cuero cuando Caden se volvió en su silla.

–Esto es lo más lejos que podéis llegar.

La montura de Dickens cabeceó bruscamente, como solía hacer un animal cuando le tiraban con demasiada fuerza y demasiado rápido de las riendas.

–El jefe nos ordenó que te acompañáramos hasta casa.

–Hazte a la idea de que así es.

—No sería justo enviarlos de vuelta en ayunas —susurró Maddie a Caden.

Ace se limitó a sacudir la cabeza. Caden no respondió. Se hizo un denso silencio con los hombres de Culbart decididos a cumplir con su papel, Maddie preocupada por una comida inexistente y el sentimiento de traición de Caden creciendo por momentos. Si cualquier mujer hubiera urdido aquella estratagema, él se habría enfadado, pero lo habría comprendido. ¿Pero Maddie? Sacudió la cabeza. Aquello había sido una traición a los Ocho del Infierno. A su amistad. A él. Fue Ace quien rompió finalmente el silencio.

—Maddie, cariño, tu tío Frank necesita que sus hombres estén en el rancho mañana. He visto algún rastro de indios por allí.

Maddie frunció el ceño.

—Los indios no molestarían al tío Frank. Él les da ganado.

Caden pensó que todo el ganado del mundo no bastaría para pacificar aquella región, y por la mirada que lanzó Dickens a su compañero, Michael, aquel supuesto rastro de indios lo había dejado preocupado.

—Maddie —dijo Caden, llamando su atención.

—¿Sí? —su voz era dulce y tranquila, como si no se interpusiera entre ambos todo un mundo de tensión.

—Los hombres de Culbart se marchan. Ahora. Esto es lo más lejos que pueden llegar.

—Pero...

Dickens la interrumpió, demasiado complaciente para un hombre tan resentido como él.

—Señora, a decir verdad, tenemos que volver al Fallen C.

Maddie suspiró y obligó a su montura a girarse dentro del estrecho sendero. Caden se la imaginó sonriendo a los hombres mientras les agradecía con un tono tan cortés que se habría ganado la admiración de Tia:

—Muchísimas gracias por la amabilidad y el tiempo que nos han dedicado.

Dickens lanzó a Caden una sonrisa mientras tomaba la mano de Maddie y se la llevaba a los labios. Caden le enseñó los dientes a modo de respuesta.

—Ha sido un verdadero placer, señora.

Dickens y Michael se llevaron un dedo al sombrero y se alejaron. Hubo un breve momento de tensión cuando el caballo de Dickens chocó con el de Ace al pasar por delante en el estrecho sendero: Caden tuvo la sensación de que fue intencionado. Pero finalmente los hombres se alejaron y solamente quedaron los tres. Maddie no se volvió ni siquiera cuando los tipos desaparecieron de la vista.

—Maddie.

Ninguna respuesta aparte de la leve tensión de sus hombros. El sol arrancaba reflejos al rojo de su pelo, como si fuera fuego. Caden suspiró. Era una lástima que el fuego interior de Maddie se hubiera extinguido antes incluso de que llegara a arder.

—Vas a tener que mirarme en algún momento, Maddie.

Con un lento suspiro, se volvió por fin, y cuando lo miró, lo hizo con una expresión ida, vacía. Total y completamente ida. Sin malicia. Sin miedo. Sin nada. Al contrario que aquellos momentos de fingimiento, aquella expresión sí que preocupó a Caden. No supo qué hacer. Maldijo entre dientes.

—¿Qué pasa? —inquirió Ace.

Caden sacudió la cabeza y suspiró.

—Creo que Maddie necesita un momento.

Ace se volvió hacia el sendero.

—No lo tenemos.

—Se lo daremos de todas formas.

—No confío en Dickens.

Caden tampoco, pero no tenían otra elección. Volviendo su montura, se colocó junto a Maddie. El sendero era tan estrecho que sus rodillas se tocaban. La sensación que le recorrió la pierna fue de placer: puro y sencillo placer. Y eso le fastidió.

Estirando una mano, la tomó de la barbilla para obligarla a volver el rostro hacia él. Pareció atravesarlo con la mirada, como si fuera transparente. Caden sacudió la cabeza mientras le rozaba los labios con el pulgar.

–¿Por qué, Maddie?

No contestó: simplemente se lo quedó mirando. Caden tuvo la extraña sensación de que se estaba preparando para algo, protegiéndose. Como escondiéndose en algún profundo lugar donde nadie pudiera verla. Quitándole las riendas de las manos, las enrolló en torno al cuerno de su propia silla antes de tomarla de la cintura para descabalgarla y sentarla sobre su regazo, de lado.

–No bromeaba con lo del rastro de indios –informó Ace con tono tranquilo.

–Lo sé –sabía que Ace era del tipo de hombres que tomaba precauciones en todo momento.

Con un suspiro, acomodó a Maddie frente a sí. Su cuerpo parecía amoldarse perfectamente al suyo: el costado de su seno presionado contra su pecho, sus caderas descansando sobre su muslo. Suave. Todo en ella era suave. Recogiendo las riendas de Flor y sujetando a Maddie de la cintura, puso en movimiento a Jester con una ligera presión de sus rodillas. El gran caballo respondió como hacía siempre: inmediatamente y sin vacilar. Era leal sin tacha. Al contrario que Maddie. Diablos, aquello era difícil de digerir.

–¿Se encuentra bien? –le preguntó Ace una vez que se pusieron en marcha.

Caden volvió a mirar por encima de su hombro, pero esa vez no vio nada más que los hombros de su amigo, su sombrero calado hasta las cejas y el gesto tenso de su boca.

–Sí.

Caden oyó su gruñido de respuesta. Sabía que Ace no estaba nada contento con él. No le importaba. Ace podía permitirse ser caballeroso. Él no tenía sentada en su caballo a una esposa que no había querido ni esperado, y que ni siquiera estaba en su sano juicio. Y aunque no había dedicado mucho tiempo a especular sobre la clase de vida que podría llevar como hombre casado, en las pocas ocasiones que lo había hecho se había imaginado a sí mismo con una mujer al menos cuerda.

Un aroma que le recordó a las flores silvestres impregnaba el cabello de Maddie. De ahí que besarle el pelo resultase algo tan natural como respirar. Tanto que ni siquiera fue consciente de que lo había hecho hasta que los dedos de Maddie encontraron por fin su muñeca, al tiempo que alzaba los ojos hacia él con expresión esperanzada.

–Lo siento, Caden.

Caden retiró la mano y la esperanza que había visto en sus ojos se secó, sustituida nuevamente por una expresión vacía. Cabalgaron así durante varios minutos, sin hablar, tenso el cuerpo de Maddie contra el suyo. Tenso él mismo también, dado que donde había habido confianza había ahora furia.

Puso a Jester al trote. El movimiento fue tan brusco que, involuntariamente, Maddie le clavó un codo en el estómago y lo golpeó en la dolorida mandíbula con la cabeza. Por un segundo, Caden vio las estrellas.

Ella se puso aún más rígida, lo que hizo que volviera a dar otro bote.

–Relájate antes de que nos matemos los dos.

Así lo hizo, con un gemido que fue más bien un sollozo. Apretando los dientes, Caden aceleró el ritmo del trote, esperando que el sonido de los cascos de su caballo ahogara el de su llanto. Aquello no logró aplacar la furia que sentía. Había confiado en Maddie, y ella lo había traicionado, rápida como una serpiente de cascabel. La maldijo en silencio.

Pero sus lágrimas le estaban empapando la camisa, afectándolo. Y antes de que pudiera darse cuenta le estaba frotando un hombro con gesto consolador. A la mujer que lo había traicionado. Detuvo bruscamente la caricia.

Volvió a maldecir en silencio.

Para cuando regresaron al campamento, Maddie seguía callada y Caden hirviendo por dentro. Ace detuvo su caballo a su lado, desmontó y sonrió a Maddie.

—Me alegro de tenerte de vuelta con nosotros, pequeñaja.

Hasta donde supo Caden, Maddie no respondió. Ace miró a uno y a otra y sacudió la cabeza.

—Trátala bien —le aconsejó.

Caden desató las riendas de Flor del cuerno de su silla.

—No siquiera pensaba hablarle.

Ace soltó un bufido escéptico.

—Tienes tantas ganas de hablarle que estás a punto de explotar.

—Es mi esposa. Y no es asunto tuyo.

Dio un tirón a las riendas de Flor para que la yegua reconociera quién la llevaba. Pensó que quizá fuera eso lo que Maddie necesitara. Una correa para que no se olvidara de a quién pertenecía.

Se caló el sombrero hasta las cejas y estiró una mano hacia Ace esperando le entregara las riendas de su montura.

—Bajaré a darles agua a los caballos.

—Yo echaré un vistazo por los alrededores para asegurarnos de que todo está tal y como lo dejamos.

Caden asintió. Vio que su amigo vacilaba de nuevo, mirándolos.

—Diablos, Caden. Solo recuerda, por favor, que la mitad del tiempo ella ni siquiera sabe dónde está.

Pero esa vez sí que lo sabía.

—Eso tampoco es asunto tuyo, Ace.

—Maddie es del Ocho del Infierno. Eso la convierte en un asunto mío.

El nudo de furia que Caden sentía en el estómago se apretó mientras asimilaba la verdad que había estado rumiando durante kilómetros.

—Ella traicionó a los Ocho del Infierno. Eso lo cambia todo.

El silencio de Maddie duró hasta que llegaron a la poza. Desmontó y miró a su alrededor.

—¿Estamos en casa?

Caden pensó que a esas alturas debería estar acostumbrado a sus idas y venidas mentales, pero no era así.

—Si quieres llamar «casa» a una tienda en mitad de un pedregal, la respuesta es sí.

Parpadeó extrañada al oír su tono.

—Debes de estar hambriento.

Lo que estaba era furioso.

—¿Qué diablos te hace pensar eso?

—Te pones de mal humor cuando tienes hambre.

—¿Así que lo has notado? Todavía me pongo de peor humor cuando me engañan.

—No entiendo.

—Vuelve al campamento, Maddie.

—Puedo ayudarte con los caballos.

—Ahora mismo lo único que puedes hacer para ayudarme es desaparecer.

—El lugar de una esposa está con su marido.

Aquel tópico acabó por hacerle perder el control.

—Y el lugar de una prostituta... ¿dónde está?

Caden se arrepintió de sus palabras tan pronto como las hubo pronunciado. Maddie perdió el aliento y retrocedió un paso, con su cremoso cutis adquiriendo un blanco fantasmal. La culpa lo desgarró por dentro. Nunca antes le había echado en cara su pasado. Se pasó una mano por el pelo. Aquella mujer le volvía loco.

Se merecía muchas cosas, pero esa no.

No respondió: simplemente se lo quedó mirando como si su mundo se estuviera desmoronando. Caden sintió que la salvaje furia que había sentido se trocaba en un latigazo de culpa. Antes de que pudiera decir algo más, se giró en redondo para dirigirse hacia la poza, dejando allí a Maddie. Obligándose a no volverse para mirarla.

Oyó sus pasos mientras ascendía por la ladera, con el rodar de las piedras bajo sus pies. La oyó sollozar.

Maldijo para sus adentros. ¿Por qué tenía que afectarlo tanto?

Dejando que las riendas resbalaran de sus dedos, permaneció de pie mientras los caballos saciaban su sed. Sus pensamientos eran tan sombríos que ni siquiera podía sentir el sol. Uno a uno fue reviviendo los sucesos de aquella tarde, pero por muchas vueltas que les daba, era imposible no concluir que Maddie había seguido la corriente a Culbart con lo del matrimonio: quizá incluso hasta le había inculcado la idea. Diablos, tenía que haber sido eso último. ¿Por qué otra cosa habría podido ocurrírsele a Culbart lo de casarla con él? Habría ganado mucho más casándose él mismo con ella, en forma de una alianza con los Ocho del Infierno. Sí, semejante insistencia en el matrimonio tenía que haber partido de la propia Maddie. La maldijo en silencio.

¿Quién diablos era Maddie? ¿La dulce mujer maltratada que había llegado al Ocho del Infierno en busca de refugio, o la cazafortunas que había forzado un matrimonio con un hombre que esperaba que se hiciera rico?

Se sacó la piedra con la veta de oro del bolsillo y la hizo girar entre sus dedos. Había creído en la profundidad de sentimientos de Maddie, aunque quizá se había estado engañando a sí mismo, como solía ocurrirles a los hombres con las mujeres. Cerró los dedos con fuerza sobre la roca y se la volvió a guardar en el bolsillo. Muy probablemente, Maddie había sido tan inocente como conspiradora, ¿y quién habría podido culparla? Con los antecedentes que tenía, lo que más habría ansiado en el mundo sería seguridad, y nada habría podido proporcionarle mayor seguridad que un marido. Con mayor razón si el marido era rico.

Alzó la mirada hacia el campamento situado en lo alto de la ladera.

Bueno, Maddie tenía ahora el marido que había querido. Pero quizá no el que había esperado.

Caden se demoró con los caballos más tiempo del necesario, esperando que la tranquilidad de aquel día lo serenara un poco. No había llegado muy lejos en ese objetivo cuando percibió otra presencia. Solo había una persona que activara de aquella forma sus sentidos sin provocar un estremecimiento de alarma. Flor alzó la cabeza y relinchó.

Caden se volvió, sabiendo ya a quién iba a encontrar.

Maddie lo miraba con expresión incómoda, sin atreverse a acercarse.

—No tengo pedernal para encender el fuego.

—Yo tengo azufre.

Vio que se limpiaba las manos en la falda. Tenía una mancha de suciedad en la manga y algunas hojitas pegadas al corpiño del vestido. Evidentemente había estado recogiendo leña.

—No he podido encontrar nada de comida.

—La tenía oculta.

Maddie asintió.

–Lo suponía.

No tenía ya la expresión ida de antes, lo que quería decir que volvía a estar allí, en la realidad, con él.

–¿Por qué lo hiciste, Maddie?

Esa vez no simuló entenderlo mal.

–Culbart me dijo que tenía que hacerlo.

–¿Te amenazó?

Se dijo que mataría a aquel canalla... Pero ella negó con la cabeza.

–No. No tuvo necesidad –sonrió de pronto con expresión radiante y, con la misma rapidez, volvió a refugiarse en su fantasía–. Ahora ya soy *tu* Maddie de verdad...

–Maddie mía... –suspiró Caden. Seguía sin saber cómo y en qué momento había incluido aquel posesivo tan cariñoso en su vocabulario. Ahora ella misma se había encargado de hacerlo realidad–. Maddie, este matrimonio no va a durar.

–Solo hasta que la muerte nos separe –su sonrisa se amplió.

–Maddie, mírame.

Lo hizo, toda radiante. Caden se sintió como el mayor villano del mundo mientras le soltaba la verdad a la vez que le entregaba los sulfuros. Reiteró, a la vez que ella recogía la pequeña lata:

–Maddie, este matrimonio nuestro no va a durar.

–Claro que sí durará, tonto –repuso con toda tranquilidad, pasando por delante de él con toda confianza antes de recoger las riendas de Flor–. Hasta que la muerte nos separe. Eso es lo que dijo el reverendo, y a Dios no se le puede desobedecer.

Flor la siguió dócilmente, demostrando lo sólido que era el lazo entre ellas. Caden oyó resoplar a Jester a su espalda. Parecía que el caballo no se había entendido mucho con la pequeña yegua. Tan poco como él con Maddie.

–Sé cómo te sientes, amigo –masculló Caden.

La siguió de regreso al campamento. Había ramas y palos apilados frente al fuego. Señales de Maddie había ya por todas partes. Todo estaba ordenado, no había nada fuera de su lugar. Maddie tenía una verdadera pasión por la limpieza. Eso le gustaba a Caden. Quizá por el caos que era su vida, o por el que era la suya: por lo que fuera. Pero le gustaba.

A su derecha había dos petates desenrollados, lado a lado. Como un trapo rojo provocando a un toro.

—Oh, diablos, no.

La única esperanza que tenía de escapar a aquel matrimonio pasaba por no consumarlo.

Maddie se le adelantó para dejarse caer sobre los dos catres, justo en medio, abarcando con los brazos lo que llegaba a abarcar con sus caderas, que ya era bastante. Aquella mujer tenía un bonito trasero.

—No vamos a dormir juntos, Maddie.

—Esta es nuestra luna de miel —alzó la barbilla.

—Esto es una farsa.

—No vas a estropearme esto...

—¿El qué?

—Mi noche de bodas.

—Maldita sea, Maddie, no vamos a tener una noche de bodas. Si nos casamos era porque era la única manera de rescatarte.

—Pudiste haber disparado tus armas.

—Y haberme suicidado, sí, pero no te habría rescatado.

—No te resististe a la boda.

—Me estaban encañonando la espalda con un maldito rifle.

—Los caballeros no dicen palabrotas delante de las damas. Tia siempre lo dice.

Lo fulminó con la mirada como dando por terminada la discusión. La respuesta automática de que ella no era una dama la tuvo Caden en la punta de la lengua. Se puso en cuclillas frente a ella y acarició con un dedo un rizo que le caía sobre la mejilla. Vio que cerraba los ojos y le temblaban los labios. Parte de la furia de Caden se derritió.

–¿Estás aquí, Maddie mía? ¿En la realidad?

Vio que asentía apenas con la cabeza. Y le dirigió la pregunta que había querido hacerle desde el primer momento.

–¿Te hicieron daño, cariño?

Ella se apartó, mirándolo ceñuda por el rabillo del ojo mientras alisaba una arruga de uno de los petates.

–A las mujeres como yo no pueden hacerles daño.

Caden maldijo para sus adentros. Mantuvo un tono suave.

–A todos nos pueden hacer daño.

Especialmente a alguien tan dulce como Maddie. No tenía defensas, ni capacidad para luchar por sí misma. Hacerle daño era tan fácil como aplastar un insecto.

–No pasó nada.

Caden recordó el claro del bosque, la historia que le habían contado las huellas del terreno, el botón... ¿Realmente necesitaba hacerle revivir aquello?

–Déjame preguntarte una cosa, entonces.

Otra mirada por el rabillo del ojo, con la luz del sol de la tarde derramándose sobre sus pecas, recordándole lo muy pálida que estaba. Pese a su actitud de desafío, estaba cansada y asustada y se sentía atrapada, como lo había estado durante la mayor parte de su vida.

–¿Le dijiste alguna vez a Culbart que no querías casarte conmigo?

Maddie negó con la cabeza.

Era la respuesta que Caden había esperado. Le apartó los rizos de la cara para poder distinguir su expresión, pero solo consiguió ver su perfil. Parecía tan joven en aquel instante, con la suave redondez de su mejilla y la delicada curva de su cuello...

–¿Por qué no?
Maddie alisó una inexistente arruga de su vestido, sin mirarlo ni apartarse, pero igualmente tensa.
–Porque eso habría sido una mentira.
Y los Ocho del Infierno nunca mentían. Caden sacudió la cabeza.
–¿Qué voy a hacer contigo, Maddie?

Maddie no sabía lo que Caden iba a hacer con ella, pero sí que sabía lo que quería que hiciera. Quería pedirle que la abrazara, que la quisiera, que la mirara de la misma manera que miraba Ed a Tia, pero las palabras se le atascaban en la lengua. Ella era una prostituta. Y los hombres no querían a las prostitutas. Las usaban, abusaban de ellas, las abandonaban, pero no las querían. Sobre todo a aquellas que los forzaban al matrimonio.

«Oh, Dios mío. ¿Qué es lo que he hecho?», se preguntó, desesperada. En aquel momento, casarse con Caden le había parecido justo y adecuado. Recordaba haber pensado que estaba tan solo... Que necesitaba a alguien y que nadie se esforzaría nunca más que ella por hacerle feliz. Recordaba haber hablado de todo eso, haber oído a Culbart mostrarse de acuerdo con ella. Sacudió la cabeza. No recordaba más. No lo necesitaba. Oh, Dios... ¿qué era lo que había hecho mientras estuvo «escondiéndose»?

Empezaba a faltarle el aire. La voz de la niña que había en su cabeza le gritaba que huyera. La de la mujer a la que había empezado a acostumbrarse le aconsejaba quedarse. De las dos, la de la niña era la más alta. El gris del petate llenaba su visión. Era tan feo cuando ella lo había querido tan bonito... Empezó a visualizar la poza de su fantasía, a dejar que la lana gris se confundiera con el reflejo de un nubarrón de tormenta en el agua, con el rumor del aliento de Caden convirtiéndose en el del viento agitando las hojas...

—No te atrevas.

La imagen tembló. La niña gritó más alto. Con el rabillo del ojo, miró la mano de Caden que tenía más cerca. Tenía cicatrices en los nudillos. Antiguas cicatrices que se mezclaban con las nuevas, de cuando había forcejeado con los hombres de Culbart. Caden había salido a buscarla. Delineó un arañazo con un dedo, recorriendo el dorso de la mano hasta la muñeca. Su marido. El hombre al que debía lealtad. Su único dueño. El hombre al que había traicionado.

La mujer que le hablaba en su cerebro estiró una mano y agarró la de Caden. La aferró. Sintió su sobresalto, que vibró en su brazo. La maldición que soltó le abrasó los oídos. La niña se calló. Maddie tomó aire de nuevo mientras la imagen de la poza se desvanecía y una vez más se quedaba mirando el petate gris. Y tenía las uñas hundidas en la piel de Caden... Seguía sin saber qué decir. Las únicas palabras que salieron de su boca fueron:

—Lo siento.

Caden le puso un dedo bajo la barbilla, obligándola a mirarlo. Un gesto que ella odiaba. Le resultaba tan difícil fingir y refugiarse en sus fantasías cuando lo hacía...

—¿Qué diablos está pasando por esa cabeza tuya?

Era una pregunta que no esperaba una respuesta. La clase de pregunta que alguien lanzaba a un animal, o a un imbécil. Le entraron ganas de apartar bruscamente aquella mano. En lugar de ello, se concentró en relajar la fuerza con que le estaba apretando la otra. Necesitó de toda su concentración para una tarea tan sencilla. ¿Cómo podían los otros hacerlo tan fácil? Discutir. Luchar. Enfrentarse.

Podía elegir. O retirarse o seguir adelante. Retirarse no le serviría de nada. Forzó una sonrisa, que le tembló en los labios.

—Estaba pensando en que hace una noche preciosa para una luna de miel.

—Nosotros no estamos casados.

Tenían que estarlo. No podía encarar ningún futuro en el que no estuviera Caden. Aquella era su vida.

—Juramos nuestros votos ante el reverendo.

Le dolía en lo más profundo que Caden fuera incapaz de ver la belleza de aquel momento. A ella le ocurría lo contrario: bastaba evocar el día para que se sintiera feliz. Colorear los malos recuerdos con algo bonito estaba bien, le había dicho Tia, pero siempre y cuando no olvidara lo que realmente había sucedido. Y la realidad era que estaban realmente casados.

—Por lo tanto, estamos casados.

—Eso se puede deshacer —objetó él.

¿Sería posible?

—Los Ocho del Infierno nunca rompen una promesa.

Caden agarró uno de los petates, tiró de él para sacarlo de debajo de sus caderas y se incorporó.

—Siempre hay una primera vez para todo.

Si Caden no hubiera salido corriendo mientras decía eso, Maddie se habría preocupado.

Aquel hombre solo huía cuando se sentía confuso o tenía sentimientos contradictorios. Era un detalle muy pequeño al que agarrarse, pero era algo. Fingiendo una confianza que no sentía, le gritó:

—¡Pero tú no lo harás!

Caden soltó un gruñido que muy bien habría podido ser una maldición.

—Esa promesa fue hecha bajo coacción.

Ella tardó un momento en asimilar lo que había querido decir. Se levantó y se sacudió las faldas.

—Tú sabías lo que estabas haciendo.

Caden siempre sabía lo que estaba haciendo. Esa era una de las cosas que le gustaban de él. La indecisión que siempre parecía envolverla como una nube era algo que no tenía nada que ver con él. Caden veía las cosas con una claridad de blanco y negro que resultaba brutalmente sincera. Y, en ese momento, él la estaba viendo como una traidora.

Suspiró. La niña que habitaba en su interior gimoteaba pidiendo una explicación. Procuró acallarla. Tomar la decisión de reclamar las riendas de su vida significaba reclamar y asumir la responsabilidad de lo que hiciera con ella.

—He cambiado de idea —pronunció él de pronto, antes de volverse para dirigirse de nuevo hacia ella.

Un hombre grande y fuerte dirigiéndose a ella con un propósito, todo decidido. El corazón se le subió a la garganta. Su sombra se cernió sobre ella mientras se aproximaba. Sintió que empezaba a faltarle el aire. Hundiéndose las uñas en las palmas, permaneció donde estaba.

—No podrás si yo no te dejo.

Le gustó la sensación de plantar cara a un hombre tan fuerte. Aquella sensación de entusiasmo casi compensó el terror que se apoderó de ella cuando Caden se caló el sombrero sobre las cejas y le preguntó en un bajo y peligroso murmullo:

—¿Me estás amenazando?

Maddie perdió el coraje como el agua de una cascada precipitándose por un barranco. Mordiéndose el labio, se quedó completamente inmóvil mientras él volvía a deslizar un dedo bajo su barbilla para levantarle el rostro. Pensó que los hombres siempre hacían eso con ella pensando que, si los miraba, no podría rehuirlos ni escapar. Pero ella era mejor de lo que pensaban. Más fuerte.

—Sí.

—¿Crees que podrás sustentar en algo esa amenaza?

«Mantente fuerte de la manera que mejor te convenga». Bella le había regalado ese consejo, y el hecho de recordarlo le proporcionó coraje. Había seguido a Caden para reclamar el futuro que quería para sí misma. Esconderse de ello en aquel momento no la ayudaría a conseguir su objetivo. Además, ella era del Ocho del Infierno.

–Sí –«eso espero, al menos», añadió para sus adentros.

Caden entrecerró los ojos.

–¿Cómo?

No tenía ni idea, pero alzó aún más la barbilla, forzándose a sostenerle la mirada. Los ojos de Caden eran tan brillantes que parecían recoger todo el resplandor del sol. Estando tan cerca, podía ver que el gris del iris estaba veteado de azul, con múltiples gradaciones de tonos. No le extrañaba que las mujeres suspiraran al verlo. Eran unos ojos tan fascinantes... Una mujer podría quedarse extasiada para siempre mirándolos, atraída por la ilusión de poder asomarse a su alma si se acercaba lo suficiente.

El pensamiento resultaba tan seductor como la manera en que su camisa resaltaba sus hombros anchos y musculosos. Caden era un hombre guapo, de una belleza tan agreste como la de aquellas colinas y llanuras. El tallado de hacha de sus pómulos no hacía sino resaltar ese atractivo suyo. «Bellamente guapo», se corrigió mientras bajaba la mirada hasta su boca. En reposo, sus labios eran duros y bien delineados, ni demasiado llenos ni demasiado finos. Justo del grosor adecuado. Un firme contacto del pulgar de Caden en su mentón y el suspiro que lanzó la devolvieron a la realidad.

–Si vas a enfadarme, lo menos que puedes hacer es quedarte en la realidad y pelear.

Parpadeó extrañada. Había tenido una distracción, pero no de la manera que él había imaginado. No se había evadido ni escapado de la situación. Se lo tomó como una pequeña victoria personal, que añadió a su corta cuenta.

–Lo siento.

Vio que él ladeaba la cabeza. Un rayo de sol se abrió paso bajo el ala de su sombrero. Si antes había pensado que sus ojos eran fascinantes, en ese momento eran hipnóticos.

—No, no lo sientes.

Era verdad, no lo sentía, lo cual no dejaba de constituir una agradable sorpresa. Tenía la sensación de que se había pasado toda la vida disculpándose, empezando por el hecho de haber nacido.

—No me gustan las peleas.

Caden subió el pulgar hasta rozar el labio inferior de Maddie. El más extraño de los cosquilleos pareció extenderse a partir de aquel punto. Perdió el aliento. Vio que él entrecerraba los ojos, y de repente hubo una tensión de naturaleza distinta entre ellos.

—¿Entonces por qué estás buscando una?

A eso sí que podía responder.

—Porque estás rompiendo una promesa que me hiciste.

—Yo nunca rompo una promesa.

—Me prometiste que no te marcharías sin despedirte de mí.

—Maldita sea... —dejó de mover el pulgar, pero los cosquilleos en el rostro de Maddie continuaron—. ¿Así que me hiciste esa jugada del matrimonio para vengarte de una promesa rota?

Maddie retrocedió un paso, rompiendo el contacto. Por un segundo pensó que iba a insistir, pero entonces, él dejó caer la mano a un lado.

—No, pero no pienso consentir que vuelvas a incumplir una promesa.

—¿Cómo pretendes impedirlo?

—No lo sé —pensó en Bella y en la manera que tenía de plantar cara a Sam cuando hacía algo irrazonable. No podía imitar su bravucona postura poniéndose en jarras, pero sí que podía intentar imitar su valentía—. Aún.

Aquel «aún» hizo que Caden alzara el mentón.

—No me gusta que te pongas así.

—Bueno, pues vete acostumbrando —recogió su petate y se lo llevó a donde él había dejado el suyo para extenderlo al lado—. No soy una niña.

Caden bajó entonces la mirada a sus senos. Estaba acostumbrada a que los hombres le miraran los senos. Lo que no significaba que tuviera que gustarle. Se llevó una mano al corpiño del vestido.

—Me refería por dentro.

La expresión de su rostro solo podía ser descrita como de perplejidad. Ella no era una mujer fea, y él no necesitaba comportarse como si mirarle los senos fuera la cosa más impresionante del mundo.

—¿Qué diablos estás haciendo?

—¿Sabes? Creo que me estoy haciendo más fuerte.

—Siempre fuiste fuerte —Caden dijo aquello con una naturalidad que la dejó sorprendida. Con un gesto de su mano, señaló los catres extendidos en el suelo, lado a lado—. ¿Crees que dormir conmigo te hará más mujer a mis ojos?

—Los hombres no se acuerdan de las mujeres con las que fornican.

—Cariño, ningún hombre sería capaz de yacer contigo y olvidarte.

Estaba completamente equivocado. Eran muchos los que lo habían hecho.

—Entonces la noche debería transcurrir bien.

—Si ni siquiera ha empezado a oscurecer.

Sabía que solo estaba poniendo excusas.

—No te parezco lo suficientemente bonita.

—Eres preciosa.

El corazón de Maddie dio un pequeño vuelco. Se dejó caer de golpe en el petate.

—Bien.

Caen estiró una mano para levantarla.

—Pero Ace podría tener su propia opinión.

«¡Oh, vaya!», exclamó Maddie para sus adentros. Se había olvidado de Ace.

—A no ser que pretendas regalarle un espectáculo —ladeó la cabeza, burlón.

La sugerencia le sentó a Maddie como un puñetazo. Caden podía llegar a ser tan cruel... Podía sentir la atracción de la poza imaginaria, de sus aguas frescas y tranquilas: oler el dulce aroma de las flores silvestres que la rodeaban. Habría sido tan fácil escapar a la humillación de aquel momento para sumergirse en aquel sueño... Ni siquiera tendría que cerrar los ojos. Solo dejar vagar la mente...

—¿Maddie? —alguien la sacudió.

Parpadeó, regresando a la realidad.

—¿Caden?

—¿Quién si no?

Ella sacudió la cabeza en un intento de aclararse la mente. Se había vuelto a evadir. ¿Por cuánto tiempo? Se humedeció los labios.

—Nadie.

Caden aflojó la presión sobre sus brazos. Maddie miró sus manos y luego su rostro.

—¿Me estabas sacudiendo? ¿Con fuerza?

Le costaba tanto llenar los espacios de tiempo entre sus fantasías y la realidad...

—Sí —la soltó lentamente y bajó la mirada hasta su boca.

—Realmente consigues escaparte de aquí, ¿verdad?

¿Qué querría él que dijera? Y lo más importante: ¿por qué querría que ella se lo dijera?

—A veces.

—Maravilloso. Todo un incentivo para los próximos cuarenta años. Voy a buscar las provisiones —dio media vuelta y se alejó.

En lugar de seguirlo, Maddie se quedó donde estaba y sonrió.

Caden había empezado a pensar en el futuro.

Capítulo 8

Cinco horas después, Caden seguía en la misma situación con Maddie. Ya había oscurecido, la comida estaba preparada, comestible gracias a que el propio Caden se había encargado de ello, y Maddie cantaba por lo bajo una canción irlandesa. A unos metros de donde ella se encontraba, Caden atizaba el fuego con un palo. La noche era tibia, con lo que no necesitaban la fogata, pero mantenerla le daba algo que hacer aparte de meterse con Maddie. Aquella mujer lo atraía, lo enfurecía y convertía su ordenado mundo en un caos, pero entonces... ¿por qué no podía marcharse sin más? ¿Por qué diablos se sentía como si le debiera una disculpa?

Ace volvió al campamento y se acercó a la fogata. Solo tuvo que lanzar una mirada a su amigo para calibrar la situación.

–Bueno, al menos los caballos no están peleados –comentó.

–Cállate.

Ace saludó con la mano a Maddie, que no se había movido de los petares.

–Buenas noches, pequeñaja.

–Te he apartado la cena –le informó ella, despidiéndose con otro gesto.

—Gracias —Ace recogió uno de los cuencos recién lavados de una roca junto al fuego y le preguntó a Caden—: ¿Quién ha cocinado?

—Maddie hizo las galletas.

Ace se sirvió inmediatamente tres. Pero dudó antes de atacar el estofado. Caden suspiró.

—Es seguro. Lo hice yo.

Ace se llenó el cuenco.

—Es una lástima que esta mujer no sepa cocinar —mojó una galleta en el estofado—. Pero hornear sí que sabe.

—Sabe hacer muchas cosas.

Ace lo miró enarcando una ceja.

—Quizá incluso hacerte feliz.

—Yo no apostaría por ello.

Ace probó el estofado.

—Estás de pésimo humor.

—Es mi noche de bodas.

—Ya.

—Tengo derecho a estar de mal humor.

—La mayoría de los recién casados no dicen eso.

—La mayoría de los recién casados no se ven obligados a casarse con el cañón de un rifle en la espalda.

—Ya, pero tú te has casado con Maddie.

—¿Qué diablos quiere decir eso?

Ace mojó la galleta en la salsa y dio otro bocado, que masticó lentamente.

—Es un buen arreglo. Ella sabe hornear —le mostró una galleta.

Caden había comido una, que le había sabido todavía mejor que las que Tia hacía en el horno. Y eso que Maddie las había hecho en una hoguera.

—Es preciosa —añadió Ace—. Y dulce.

—Me traicionó.

—¿Qué te hace pensar que tuvo elección?

—Yo se lo pregunté.

—Mmmm... —Ace volvió a mojar la galleta en la salsa—. Entiendo.
—¿Qué es lo que entiendes?
—Que esto no es asunto mío —sacudió la cabeza.
—¿Desde cuándo eso te ha disuadido de hacer algo?
Ace desvió la mirada hacia Maddie y volvió a mirar a Caden, como si estuviera calculando las posibilidades.
—Estoy pensando que eres un estúpido, Caden.
—No sabía que estuvieras interesado en casarte con ella.
—Ella no me quiso.
—No, me quiso a mí, y lo arregló todo para cazarme.
—¿Y le echas la culpa? ¿Con la vida que ha llevado?
No. En cierto sentido, no podía hacerlo. En otro, sí. Completamente.
—Ella no quiere el divorcio. Dice que no se puede incumplir una promesa hecha a Dios.
—Yo tampoco lo haría.
—Esa es una promesa que nunca debí hacer, para empezar.
—Una manera muy conveniente de pensar.
—¿De qué lado estás tú?
—¿Te refieres entre ti, Maddie y Dios? Del lado de Dios.
—¿Cuándo fue que descubriste la religión?
—Por la misma época en que tú empezaste a hacer promesas convenientes.
Caden maldijo para sus adentros. No tenía nada que responder a eso.
—Es una pequeñaja encantadora.
Caden siguió la mirada de Ace. Maddie estaba sentada con las piernas cruzadas y la trenza suelta derramada sobre un hombro, deslizando los dedos por entre los mechones y con un cepillo en su regazo. Si aquello era realmente su noche de bodas, lo mejor que podía hacer era reunirse con ella y cumplir con su obligación. Sentar aquel delicioso trasero sobre su regazo, por ejemplo. Recoger aquel ce-

pillo y peinarle aquellos sedosos mechones. O acariciarle los senos sin cesar hasta endurecerle los pezones...

—Vuélvete —ordenó de pronto.

Ace se sonrió.

—¿Qué pasa? ¿Te estás poniendo posesivo?

—Ella no necesita que los hombres se la coman con los ojos.

—¿De veras? Pues a mí me parece una mujer hecha para que la amen.

Caden no pudo objetar nada. Aquella espesa y ondulada melena rojiza; aquel rostro dulce; aquellos senos y caderas redondeadas que tanto contrastaban con su estrecha cintura... todo aquello bastaba para volver loco a cualquier hombre. Maddie era definitivamente una mujer hecha para el amor. Pero siempre tenía que haber alguna trampa.

—Está harta de los hombres.

Ace terminó el resto de su estofado en tres bocados.

—¿Le has preguntado eso a ella?

—No lo necesito. La han violado durante toda su vida.

—Un marido sería diferente. Un marido no puede violar a su mujer.

Era demasiado fácil imaginarse haciendo el amor con Maddie, tocándola con toda la ternura del mundo, desabrochando lentamente el corpiño de su vestido y tomando aquellos redondos pechos en sus manos. Llevándose los gruesos pezones a los labios, acariciándoselos con la lengua hasta ponerlos duros y mordiéndolos solo un poco, lo suficiente para hacerla jadear, antes de terminar de desabrocharle el vestido, de deslizárselo por los hombros... Despojándola de la ropa hasta dejarla desnuda sobre el petate frente a él, abierta de piernas, con los labios entreabiertos. Esperando. Su falo empezó a latir y a punto estuvo de soltar un gruñido en voz alta.

Pero luego imaginó cómo reaccionaría ella si se atrevía a hacerle eso. El miedo y la repugnancia que se dibujarían en su rostro, seguidos de aquella expresión vacía e indiferente, la clásica de las prostitutas cuando estaban haciendo su trabajo. Y eso era algo que jamás quería ver en el rostro de Maddie.

–Conmigo no tendrá que preocuparse por eso.

–¿Así que piensas renunciar a hacerle el amor?

–Por supuesto.

–Eres un hombre casado, Caden. Eso sería romper tu promesa.

Caden continuó atizando el fuego con un palo.

–¿Te has sentado aquí para pincharme o para ayudarme?

Ace se sirvió más estofado en su cuenco.

–Aún no lo he decidido.

Maddie terminó con aquel lado de su melena y, con un elegante movimiento, se lo echó sobre el hombro para empezar a cepillarse el otro. Mirándola atentamente, Caden pudo distinguir la forma de un seno bajo su vestido: incluso el relieve del pezón bajo la tela, un par de centímetros a la izquierda de uno de los botones del corpiño. Sintió un cosquilleo en los dedos. Tuvo que frotarse las palmas de las manos en los muslos.

–Diablos.

–Es tu esposa, Caden –Ace se encogió de hombros–. Para bien o para mal, y tal como lo veo yo, podrías hacerlo muchísimo peor.

–Tú no deberías estar mirando nada.

–Y tú deberías estar mirándolo todo.

Caden sacudió de pronto la cabeza y decidió cambiar de tema.

–¿Descubriste algo por ahí, cuando saliste a explorar?

–Por lo que he podido ver nadie nos ha seguido. Regresé al sendero para crear un falso rastro. De momento, deberías estar tranquilo aquí.

–Ya –asintió Caden–, hasta que alguien se acuerde de que Fei tenía una mina aquí.

—Cierto. Alguien podría relacionar eso con tu presencia.
—¿Algún rastro de indios?
—Muchos —respondió Ace.
—Maravilloso.
—No tienen la culpa. El ejército lleva años empujándolos, haciendo que abandonen las tierras en favor de los colonos. Ahora, con ese levantamiento en el Este, están ampliando su espacio. Tener a Maddie aquí podría no ser seguro.

Caden pensó que tampoco lo habría sido en el caso de que los indios no se hubieran movido.

—Bueno, no hay mucho que podamos hacer al respecto por ahora. Tengo que poner a funcionar esa mina y certificarla como del Ocho del Infierno. Y para hacerlo necesito dinero.

—¿No habrá querido decir que quieres certificarla como tuya?

No, no era eso lo que pretendía. Caden enarcó una ceja.

—Veo que tienes algo más en la cabeza aparte de mi matrimonio.

Ace vaciló, maldijo entre dientes y dejó su cuenco. Recogiendo la cuchara, empezó a girarla entre los dedos.

—¿Por qué dejaste el Ocho del Infierno?
—Ya era hora.
—¿De qué?
—De que buscara un lugar para mí solo.
—¿Así que no tuvo que ver con esa promesa que le hiciste a tu padre?
—Quizá.
—No tienes por qué repetir los mismos errores que tu padre, Caden.
—¿Quién ha dicho que cometió errores?
—Yo. Y tú también lo dirías si no te sintieras tan condenadamente culpable por la manera en que murió.

—Debí haberlo ayudado.
—Tenías ocho años.
—Pude haber disparado un arma.
—Yo también, pero mis padres no quisieron meterme en la batalla. Quisieron que viviera. Como tus padres quisieron que vivieras tú.
—Y vivo.
—Vives como vivían ellos, sin establecerte en ninguna parte, persiguiendo quimeras en lugar de construir un hogar.
—Soy un Miller.
—No —Ace arrojó la cuchara al cuenco—. Hay gente que se pasa la vida entera buscando un hogar sin encontrarlo, Caden —miró a Maddie y se levantó—. Tú ya has encontrado el tuyo. No lo desperdicies.
—Este matrimonio no fue una elección mía.
—Eso no lo hace menos real.
Caden le dio la razón en silencio.
—Esto no es asunto tuyo, Ace —repitió.
—Tal vez no, pero en mi opinión sigues estando casado con una de las mujeres más dulces que he conocido —con un movimiento del mentón, señaló el petate de Caden—. Así que cuando te acuestes esta noche, no te lleves tu ira contigo.
Caden se incorporó.
—¿Me estás amenazando?
—¿Necesito hacerlo? —inquirió Ace, sin inmutarse.
Caden se pasó una mano por la cara. Que no fuera capaz de encontrar una respuesta era una buena muestra de lo muy desorientado que estaba.

Los poco más de siete metros que lo separaban de su petate no le proporcionaron respuesta alguna. Seguía hirviendo de furia. Conforme se acercaba, casi esperó que

Maddie se escabullera de puro miedo. En lugar de ello, sonrió y palmeó la manta a su lado. Solo llevaba puesta una fina camisola. Definitivamente aquella mujer estaba corriendo riesgos.

—Quieres hablar.

Y un cuerno. Quería gritar. Quería aullar. Quería golpear algo. ¿Pero hablar? No.

—En realidad, no. Hazme sitio.

Se lo hizo, pero no demasiado.

—¿Quieres dormir?

Sus senos, libres de la constricción del corpiño, se balancearon levemente con el movimiento. Caden se mostró incapaz de apartar la vista.

—En realidad no —repitió.

Maddie alzó la mirada hacia él. Y la expresión de Caden no le escondió nada. Vio que se alisaba una arruga del pantalón. Esperaba que desapareciera de un momento a otro, que se marchara al lugar imaginario donde siempre se refugiaba. Si le quedaba un mínimo de sentido común, lo haría. Tenía los nervios de punta...

Pero en lugar de ello, con una voz tan razonable que casi parecía fría, Maddie le dijo:

—Quieres empezar nuestra luna de miel.

—Admito que el deseo existe.

Ella empezó a desabotonarse la camisola con una tranquilidad que habría logrado engañarlo de no haber sido por el pulso que latía en su garganta, así como por el casi imperceptible temblor de sus dedos.

—Pero he decido reprimirlo.

Maddie levantó bruscamente la cabeza. Aquellos preciosos ojos verdes se abrieron como platos.

—¿Por qué?

No había esperado esa pregunta de Maddie. Maldijo para sus adentros: ni siquiera sabía qué era lo que debía esperar de ella. Se quitó el sombrero, lo lanzó a una esquina del petate y se pasó una mano por el pelo. Finalmente le espetó la cruda verdad:

—Porque no sé qué diablos hacer contigo.

—¿No sabes...? —se lo quedó mirando boquiabierta.

—Diantres... Quiero decir que no sabría qué hacer si quisiera hacer algo contigo, pero, aparte de eso, no sé qué hacer contigo.

—Soy tu esposa. Prometiste que me amarías y me honrarías...

—Tú traicionaste a los Ocho del Infierno.

—No, tú piensas que te traicioné a ti.

Maddie consiguió llegar al corazón del problema con aquella frase, como siempre hacía.

—Lo hiciste. Me traicionaste.

—Supongo que sí —reconoció ella.

—Al menos podrías sentirte culpable.

Ella se humedeció los labios, cerrando los puños.

—Me cuesta hablar así. Necesito de toda mi concentración para no... evadirme.

—¿Y?

—Necesito decirte algo.

—¿De qué se trata?

—No puedo sentir y hacer... *eso*.

Pronunció la confesión en voz muy baja, suave. «¡Jesús!», exclamó Caden para sus adentros. Le pasó un brazo por los hombros para atraerla hacia sí. Pero ella no se mostró nada receptiva: en lugar de refugiarse delicadamente en su pecho, chocó contra él y lo golpeó en el estómago con la cabeza... a la vez que le clavaba un codo en la entrepierna. Caden experimentó una punzada de dolor. Gruñendo, la levantó y la colocó de nuevo a su lado.

—Lo siento... —se apartó el cabello del rostro.

—Espera un momento —le dijo él con una voz extraña hasta para sus propios oídos.

—¿Qué pasa?

La miró. La camisola se le había bajado descubriendo medio seno, revelando apenas la sombra del pezón. Sus dedos anhelaron explorar aquella suavidad, tentarla y provocarla; bajar la fina tela del todo para desnudarla por completo. Todos sus sentidos se activaron, alertas. Sus testículos experimentaron un espasmo de protesta. Maddie bajó la vista a su entrepierna. Y se dio cuenta.

—¡Oh!

—Sí: «oh» —vio que un mechón rizado le caía sobre los ojos. Durante dos segundos enteros resistió el impulso de apartárselo. El problema con Maddie era que resultaba condenadamente *tocable*. Por fin, mientras le recogía el cabello detrás de la oreja, le preguntó—: ¿Qué pretendes? ¿Asegurarte de que no vas a recibir indeseadas propuestas esta noche? —bromeó, en referencia al golpe que le había propinado antes.

Otra vez, ella se humedeció con la punta de la lengua aquellos tentadores labios. Quiso inclinarse y capturar aquella humedad con los suyos. Sentir su cálido aliento sobre su piel como la caricia de aquella tibia noche.

—¿Qué te hace pensar que serían indeseadas?

Caden alzó de nuevo la mirada para distinguir... algo en sus ojos. ¿Deseo? ¿Temor? ¿Resignación?

—Probablemente el hecho de que no esté viendo el tipo de ternura que un hombre suele ver en una mujer que lo desea.

Maddie enarcó las cejas.

—Eso probablemente sea porque yo tampoco estoy viendo mucha ternura en ti. La que expresa un hombre cuando desea a una mujer.

Caden pensó que había dado en el clavo. Poco tenía que decir a eso, y ella no añadió más, con lo que cada uno quedó sentado en su respectivo catre, el uno junto a la otra, en silencio. Conforme transcurrían los minutos, fue desapareciendo también su furia. Y se evaporó del todo en el instante en que sintió su contacto en su brazo, la familiar caricia de sus dedos deslizándose por la cara interior de su muñeca, hasta acabar entrelazándolos con los suyos. Le apretó la mano. Se entendían mejor cuando no había palabras de por medio.

—Maddie...
—No.
—¿No qué?
—Que no te pongas a hablar. Ni a odiarme —hizo un expresivo gesto con la otra mano—. No.
—Sigo sin entender por qué hiciste lo que hiciste.
—Si te sirve de consuelo —se encogió de hombros—, yo tampoco.

Caden suspiró y le pasó un brazo por los hombros. La sintió estremecerse mientras la atraía hacia sí. Sentada a su lado seguía tensa y rígida como una puritana. Como si no supiera qué hacer, ni cómo comportarse. Y probablemente así era.

—¿Nunca te has acurrucado en el regazo de un hombre, Maddie?

Sintió la caricia de su pelo en su camisa mientras ella negaba con la cabeza. Caden maldijo para sus adentros.

—¿Nunca?
—Nunca he tenido novio.

«Un novio», repitió Caden para sus adentros. Un término pintoresco que evocaba la adolescencia: el primer vestido, el primer cortejo. El primer beso. El primer amor. El primer corazón roto.

—¿Nadie te pretendió nunca? ¿Nadie quiso nunca salir contigo?

Vio que ella volvía a negar con la cabeza. No podía entenderlo. Prostituta o no, algún hombre debía de haber querido a Maddie.

—¿Nadie?

Seguía sentada rígida como un palo, bajo su brazo. Como si estuviera masticando cristales, susurró:

—Los hombres no acunan en su regazo... a las prostitutas.

Caden pensó que, a sus dieciocho años, Maddie parecía haber llegado a muchas conclusiones sobre lo que los hombres hacían o dejaban de hacer. Hubo un tiempo en que se había dicho a sí mismo que ella era demasiado joven para él. A esas alturas no estaba ya tan seguro. La mala vida solía dejar en una mujer cicatrices que resultaban demasiado profundas para un hombre más joven.

—Quizá sea cierto, pero yo no preguntaba por las prostitutas. Te he preguntado a ti.

Maddie se encogió de hombros, bajando la vista.

—Es lo mismo.

Caden le alzó la barbilla. Seguía empeñada en evitar su mirada. No dejó que eso lo disuadiera.

—No. No lo es.

Ella le agarró la muñeca, apretándosela con fuerza.

—No lo hagas.

—¿Que no haga qué?

Maddie sacudió la cabeza. En sus ojos, Caden distinguió un brillo de lágrimas.

—Por favor, no te burles de mí de esta manera. Sé que estás enfadado, pero, por favor, no finjas verme como lo que no soy.

¿Verla como lo que no era? Le estaba suplicando que no la humillara. Y él se estaba comportando como un canalla...

—Yo no pretendía ofenderte, Maddie.

—Lo sé. Es solamente que te cuesta hacerte a la idea.

—¿Hacerme a la idea?

Ella juntó las manos sobre el regazo.

—A la idea de que no tengas que preocuparte de mí. Está bien.

—¿Qué es lo que está bien?

—Lo que quieras hacer conmigo —se encogió de hombros.

Maddie pensaba que él estaba evitando dejarse llevar por sus bajos instintos. Intentó imaginarse lo que sería sentarse con un desconocido que la despreciaba, que juzgaba que no merecía respeto alguno. Que ella estaba allí para su disfrute. Para hacer todo lo que le apeteciera con su persona.

—Maddie...

Pero ella lo interrumpió:

—Todos los hombres lo hacen. Incluso los decentes.

Caden imaginaba que podía llegar a resultar difícil para un hombre atraído por la dulzura de Maddie liberar el animal que escondía dentro. Pero habría apostado a que todos lo hacían.

—Esos eran los peores —volvió a encogerse de hombros—. Solo tardaban un poco más.

—¿En hacer qué?

Ella desvió de nuevo la vista.

—En hacer lo que querían hacer. Sexualmente.

La había llamado prostituta a la cara, y luego la había echado en cara que no se valorara a sí misma. Y, sin embargo, durante toda su vida había estado esperando a que le demostraran lo contrario. Maldijo para sus adentros.

Desde que tenía ocho años, Maddie había estado aprendiendo aquella lección. Con cada cliente que le había impuesto su madama, había aprendido que ella no valía nada, que no era nadie. Intentó imaginársela con ocho años, con su aspecto dulce e inocente. Lo muy inocente que habría sido. Eso resultaba demasiado fácil de imaginar. Lo que resultaba difícil era imaginar a un hombre mirándola a tan tierna edad... y viendo en ella a una mujer.

—Pero siempre terminaban cediendo a sus impulsos, ¿verdad?

Vio que asentía con la cabeza. Le puso un dedo bajo la barbilla para obligarla a que lo mirara. Esa vez le costó, de lo avergonzada que estaba.

–Dame sus nombres y me ocuparé de ellos.
–No tiene sentido. Ellos pagaron su dinero.
«Y compraron su alma», pensó Caden.
–Dame sus nombres, Maddie.
–No los recuerdo todos –pronunció en un susurro apenas audible.
–Entonces dime los que recuerdes.
Pensó que tendrían que haber dejado una huella lo suficientemente profunda en ella como para que todavía se acordara.
–Jasper Mason.
Solo era un nombre, un único hombre, pero le despertó un odio inmenso.
–¿Cómo era?
Maddie se lo quedó mirando con los ojos muy abiertos de asombro, como si se hubiera acostumbrado ya desde hacía mucho tiempo a que nadie luchara por ella, a que nadie la defendiera.
–¿Serías capaz de matarlo por mí?
Caden no vaciló en responder.
–Sí.
–Pero no sabes lo que me hizo.
–Lo sé.
Maddie buscó entonces su mano y le rodeó la muñeca con los dedos antes de acariciarle tiernamente la cara interior, temblorosa.
–Es malo.
–Descríbemelo.
–Alto, un poco más bajo que tú. Pelo rubio y largo, ojos azul claro, grandes mostachos –se estremeció de asco–. Siempre lleva una fusta. Y sus caballos tienen siempre cicatrices –de nuevo desvió la vista–. Yo le gustaba.
–¿Usaba esa fusta contigo, Maddie?
No respondió. Él no necesitaba que lo hiciera. Un hombre que castigaba a sus caballos de esa manera no vacilaría

en hacer lo mismo con una mujer. Le acunó la mejilla en la palma de la mano, acercándola a su pecho. Permaneció así durante un buen rato, pensando en todos aquellos años en los que ella lo había necesitado y él no había estado allí. Pensando en ella en el rancho de Culbart, necesitándolo otra vez.

–Ya no me deseas.

Solo había una manera de responder a aquella afirmación pronunciada en voz baja.

–Siempre te he deseado. ¿Por qué crees que me ausentaba tanto del Ocho del Infierno?

Maddie no alzó la mirada.

–Porque eres un hombre muy inquieto.

Resopló, escéptico.

–Desearte me ponía inquieto.

–No es lo mismo –Maddie sacudió la cabeza.

Él la besó en el pelo mientras debatía internamente sobre lo que debía decirle.

–Tengo los mismos bajos instintos que cualquier otro hombre, Maddie, pero quiero que entiendas algo.

–¿Qué?

Él le alzó la barbilla, sin pronunciar una sola palabra hasta que sus ojos se encontraron con los suyos.

–Cuando te miro, no veo a una prostituta.

Ella parpadeó extrañada.

–Pero ves a una traidora.

–No sé lo que veo, Maddie, pero no es una prostituta ni tampoco una traidora, y eso me irrita.

–¿Por qué?

Una pregunta tan sencilla y a la vez tan capaz de provocarle una verdadera tormenta interior.

–Porque antes creía saber quién eras, y me sentía cómodo con ello –la confesión sobrevino de repente, pero tan pronto como la hubo pronunciado, Caden se dio cuenta de que era la verdad. No estaba enfadado con Maddie porque se hubiera dejado atrapar por circunstancias que no podía controlar. No estaba enfadado con ella por su pasado. Estaba enfadado porque ella no era lo que él había decidido que debería ser, y porque no sabía qué hacer con ella.

—Sigo siendo tu esposa.
—Sí.
—Aunque tú puedes cambiar eso, ¿verdad?
—Supongo que sí.
Se hizo un silencio.
—Entonces no tienes por qué estar enfadado conmigo por eso.
—No. No tengo que estar enfadado contigo por eso —apenas podía distinguirla en la oscuridad, cuando nada le habría gustado más en aquel momento que poder ver sus ojos— ¿En qué estás pensando?
—Estoy pensando en que no quiero que estés enfadado conmigo.
—¿Por qué me seguiste, Maddie?
—Porque yo tampoco pertenezco al Ocho del Infierno.
Aquello era nuevo para Caden.
—Pero allí estabas a salvo.
—Sí. Y Tia, Desi, Ari, Bella y todo el mundo han sido muy buenos conmigo, me han hecho fuerte, me han enseñado todo lo que necesito saber —explicó mientras se alisaba nerviosa una arruga del pantalón.
—¿Pero? —dejó caer el dedo con que le sostenía la barbilla para apoyar con naturalidad la palma sobre su hombro.
—Ahora ya sé lo que quiero ser. Sé cómo quiero ser. Lo que pasa es que no sé *dónde* quiero ser todo eso.
—Lo dices como entusiasmada.
—Y tú pareces sorprendido.
—Lo estoy.
Maddie abandonó su regazo para arrodillarse ante él, adoptando una postura tan inconsciente como excitante.

—Caden, toda mi vida la he pasado encerrada en una habitación —sacudió la cabeza—. Pero ya no estoy encerrada. Tia dice que puedo ser lo que quiera. Bella dice que puedo hacer lo que desee, pero yo ni siquiera sé lo que hay que desear.

—No tienes que arriesgar tu vida internándote en territorio indio para descubrir lo que quieres ser, Maddie mía.

—Ahora ya lo sé. Simplemente no imaginé que nada de esto pudiera suceder. Yo solo quería seguirte, alcanzarte —se encogió de hombros—. Tener una aventura. Pero los hombres de Culbart aparecieron de pronto...

Caden volvió a alzarle la barbilla y le acercó el rostro, intentando distinguir su expresión al leve resplandor de la fogata que bailaba sobre sus rasgos.

—¿Te hicieron daño, Maddie?

—No.

—¿Te tocaron?

—En realidad, no.

—Hay mucha ambigüedad en esa respuesta...

—Me tiraron del brazo y me montaron en el caballo de alguien para conducirme al rancho.

—¿Y qué pasó cuando llegaste?

Lo miró y su expresión se tornó vacía, como muerta. Otra vez se había escapado.

—Culbart organizó una fiesta de bienvenida. Fue un detalle por su parte. Hacía siglos que no veía al tío Frank.

Caden maldijo para sus adentros. Iba a matar a Culbart. ¿Una fiesta? ¿Qué clase de fiesta?

—Qué bonito, Maddie.

—Sí que lo fue.

Habría pensado que estaba totalmente inmersa en su mundo de fantasía si no hubiera sido por sus manos. Se estaba clavando sus cortas uñas en la piel. Lo que le estaba pasando por la cabeza, fuera lo que fuese, no era tan agradable como una fiesta de bienvenida organizada por su amoroso tío.

–Maddie.
–¿Sí?
–Ven aquí, cariño.
Abrió los brazos y ella se refugió al instante en ellos, colgándose de su cuello. Diablos. Caden tuvo la sensación de que su cuerpo se amoldaba perfectamente al suyo. La abrazó con fuerza, percibiendo su tensión.
–Me alegro de que te gustara tu fiesta.
Aquella tensión empezó a disiparse. Pensó que tal vez no fuera tan malo que se dejara llevar por aquellas fantasías. A veces, al menos. Apoyó la mejilla en su pelo. La sentía tan pequeña en sus brazos, tan suave. Una mujer que lo había pasado tan mal se merecía amor. Esperó sus buenos diez minutos hasta que sintió que se relajaba. Eso fue porque, demasiado tarde se dio cuenta de ello, solo entonces había empezado a sentirse segura. Caden maldijo para sus adentros.
–Estoy lista –susurró ella contra su cuello.
Esa vez fue él quien pestañeó extrañado.
–¿Para qué?
Sus dedos empezaron a juguetear con los botones de su camisa.
–Para nuestra noche de bodas.
Estaba terriblemente cansado, y ella también a juzgar por sus ojeras, pero aun así estaba lista para cumplir con su deber. Para dejar que él cediera a sus bajos instintos y le hiciera lo que quisiera. Recordó la manera en que se había expresado. La repugnancia que había sentido por aquellos hombres, por su propia persona.
Le detuvo las manos.
–Bueno, pues yo estoy listo para otra cosa.
Pensó que Ace tenía razón. Maddie era dulce y buena, y nunca había tenido elección. Pero era su esposa. Y un hombre le debía a su esposa mucho más que la simple capacidad de elegir. Le debía pasión. Seguridad. Ternura. Respeto. Amor.

—¿Te sentirías muy dolida, Maddie mía, si en lugar de...? —hizo un gesto con la mano mientras se preguntaba qué palabra podía usar que no fuera tan cruda.
—¿Fornicar? —sugirió ella.
Caden esbozó una mueca.
—Lamento haber usado esa palabra contigo.
—No pasa nada.
No, sí que pasaba.
—Ah, Maddie... Ven aquí.
Volvió a atraerla hacia sí y se recostó en el petate, con ella encima. Mientras Maddie permanecía rígida como una tabla, recogió la manta y la arropó. El aire de la noche se estaba enfriando rápidamente. Con una ligera presión en su nuca, logró que apoyara la mejilla en su cuello. No se resistió, y tampoco lo hizo cuando él le colocó un muslo sobre el suyo y el brazo sobre su pecho, antes de apoyar la cabeza en la manta enrollada que usaba como almohada.
—¿Qué haces?
—Prepararme para dormir.
—¿Pero no vas a...?
—¿Ceder a mis bajos instintos? No. Pero avísame cuando quieras que te haga el amor.
Ella no respondió nada ni en ese momento ni una hora después, pero cuando se relajó lo suficiente como para dejarse vencer por el sueño, a Caden no le importó. Una mujer se dormía solamente en los brazos del hombre en quien confiaba. Le rozó la cabeza con los labios, enterrando los dedos en su pelo, sonriendo mientras él también se quedaba dormido.

Capítulo 9

No estaban solos.
Caden se despertó instantáneamente, concentrados todos sus sentidos en lo que lo había alertado. Maddie dormitaba. Al otro lado de la fogata podía ver a Ace; profundamente dormido, por lo que parecía. Dada la situación de la luna en el cielo, debían de faltar unas tres horas para el amanecer. Deslizando su mano libre bajo la manta, agarró su revólver. Reinaba un silencio mortal al extremo norte del campamento. Incluso los grillos estaban callados. Fuera cual fuera la amenaza, provenía de allí.
–Ace –susurró. Si su amigo no estaba despierto, lo oiría.
La respuesta le llegó de inmediato y con una voz igual de baja.
–Estoy en ello.
Las numerosas andanzas que habían compartido habían convertido a Caden y a Ace en un equipo. Caden lo oyó deslizarse fuera de su petate: una sombra entre las sombras. A su vez, él apartó el brazo de Maddie de su pecho y empezó a incorporarse también. Al ver que abría los ojos, se apresuró a taparle la boca con una mano.
Maddie dio un respingo y se resistió de manera automática. Caden sacudió la cabeza. Una vez que estuvo des-

pierta del todo, le puso un dedo sobre los labios para susurrarle al oído:
—No te muevas hasta que yo te lo diga.
Maddie asintió, mirándolo con los ojos muy abiertos.
Caden volvió a incorporarse, cuidando de no hacer el menor ruido. Sabía que Ace estaba haciendo lo mismo. Podía ser un oso. O, si se trataba de intrusos, indios o bandidos. Solo había una manera de averiguarlo. Sabía que Ace se estaba acercando por el flanco derecho del peligro. La misión de Caden habría consistido en cubrir el centro, atrayendo a los intrusos. Solo que esa vez, Maddie estaba en el centro.

Se arrastró de nuevo hacia ella. Vio que se había puesto de nuevo el vestido: ya hablarían más tarde sobre lo ocurrido. Después de ordenarle silencio con otro gesto, la colocó detrás de él. Así, protegiéndola con su cuerpo, empezó a retroceder hacia las sombras. Con un toque en los hombros, le indicó que se tumbara detrás del tronco caído que utilizaban como asiento. Así lo hizo. Era la mejor cobertura que podía encontrar para ella.

Claramente aterrada, se incorporó sobre los codos y le preguntó formando las palabras con los labios:
—¿Qué pasa?
La besó rápidamente.
—Quédate aquí escondida y espera —susurró él—. Y, esta vez, no te muevas.

Ella se agachó todo lo que pudo. Caden apenas podía distinguir el brillo de sus ojos en la oscuridad. Asintió, satisfecho. El tronco no era un escondite perfecto, pero podía proporcionar alguna protección si empezaban a llover las balas.

Hacia la izquierda, los grillos dejaron de cantar. Ace se había acercado por la derecha.

Con una última caricia de sus nudillos en la mejilla de Maddie, Caden desapareció de nuevo en las sombras. Habría apostado hasta su último dólar a que un ataque como aquel era obra de hombres blancos. Podía olerlos antes que verlos: el acre olor a sudor rancio y a whisky sustentaba su suposición. Desenfundó el cuchillo y se lo colocó entre los dientes antes de agarrar el joven árbol que tenía delante y combarlo con cuidado.

El intruso caminaba con mucha torpeza, rompiendo ramas al pisarlas, arrastrando las botas. No era pues un asesino profesional. Más bien un simple bandido.

El tipo no era más que una sombra más oscura que las demás. Caden soltó el árbol. El flexible tronco siseó antes de impactar en la cara del hombre. Se tambaleó hacia atrás, soltando un grito y manoteando, Caden saltó sobre él antes de que pudiera recuperarse.

Alguien gritó desde el otro lado del campamento:

—¿Los tienes, Burt?

Caden deslizó su cuchillo por el cuello del hombre, cortando piel y tendones. Borboteó la sangre: Burt no iba a estar en condiciones de responder a nadie. Soltó al tipo y siguió avanzando, buscando su próxima presa entre las sombras que se movían entre los árboles.

El pánico cundió entre los intrusos ante la falta de respuesta de Burt. Empezaron a gritarse unos a otros, delatando su posición. Eran cuatro, quizá cinco. Todos asustados. Parecían haber equivocado su profesión. Un hombre que salía a cazar de noche no podía confiarse en el número de sus compinches.

El hombre que había llamado a Burt volvió a hacerlo, con la voz una octava más alta por el pánico. Pero el grito se interrumpió de golpe. Caden se sonrió: Ace estaba haciendo su parte del trabajo. Al amparo de las sombras, se reclinó contra un árbol y estudió la situación. Los intrusos tenían el campamento rodeado... lo que quería decir que habían rodeado a Maddie. Evocó el terror en sus ojos, y la confianza con que lo miró cuando la escondió detrás de aquel tronco. Maldijo para sus adentros. Esperaba que se mantuviera bien escondida y en silencio.

Como una voz de pesadilla, uno de los intrusos lo llamó:

—¡Forastero!

Supuso que el forastero era él. En lugar de responder, empezó a acercarse sigilosamente hacia la voz.

—¡Sal!

«Y un cuerno», pensó Caden.

—Sal ahora mismo, forastero, o le abriremos a tu dama otro agujero en el cuerpo.

«¡Maddie!», exclamó para sus adentros. Se quedó callado.

—¿Crees que no la tenemos? Anda, ricura, grita para que te oiga tu hombre.

Caden oyó el grito de dolor de Maddie. Un agudo chillido que le desgarró las entrañas. Y luego el gruñido de un hombre, también de dolor, y la asustada orden de la propia Maddie:

—¡Huye, Caden!

¿Estaba luchando contra ellos para darle tiempo para que escapara? ¿Quién diablos le había dicho que hiciera eso? Mientras se alejaba del árbol, Caden oyó el inequívoco sonido de un puño al impactar con la carne.

—Maddie... —susurró, desesperado.

El siguiente sonido que oyó fue un gemido. Maldijo para sus adentros. ¡Maddie!

—Si no quieres que le corte uno de sus preciosos deditos, sal ahora mismo, amigo.

—Ya salgo —lo haría, pero no tan rápido. Para facilitarle a Ace todo el tiempo posible.

—Voy a empezar a contar —le advirtió el intruso.

Caden se abrió paso entre la espesura hasta llegar al claro. Solo fueron unos cuantos pasos. Vio a Maddie de pie ante la fogata, mezclada su sombra con la de otra persona, con una mano en la mejilla. Podía distinguir la oscura mancha de sangre que le corría por la mandíbula. Se vio asaltado por una rabia feroz que no tardó en convertirse en fría resolución. Apenas cinco minutos atrás había estado plácidamente dormida, con su dulce aliento abanicándole la piel... y en ese momento estaba en brazos de un canalla, aterrorizada. Así eran las cosas en territorio virgen. La supervivencia estaba únicamente reservada a aquellos que tenían la fuerza suficiente para mantener su posición, y Maddie no tenía ninguna fuerza en absoluto. Dependía de él, y él la había fallado. No volvería a suceder.

—¿Has averiguado su nombre, Maddie? —le preguntó, manteniendo un tono tranquilo.

Maddie negó con la cabeza.

—Suelta el arma. Déjala en el suelo, justo delante de ti.

Nunca antes había entregado su arma. Inclinándose, depositó lentamente su revólver sobre una piedra.

—No importa —le dijo a Maddie—. Ya lo añadiremos a la lista.

—Y ese cuchillo también.

Aquel hombre... ¿acaso era un gato, capaz de ver en la oscuridad? Dejó el cuchillo al lado del revólver.

—Ahora levanta bien las manos.

Caden alzó las manos y entrelazó los dedos detrás de la cabeza, pensando que era una suerte que no hubieran disparado aún contra él.

—¿Qué es lo que queréis?

El hombre estaba agarrando a Maddie por el cuello y la barbilla, levantándola prácticamente del suelo. Caden se prometió que pagaría por ello.

—Bueno, nosotros veníamos a por el oro, pero ahora tenemos un suplemento. Él nos pagará por dejarla viva.

—¿Quién?

—No es asunto tuyo.

—¿Alguien os envió aquí a por mi esposa pero no a por mi oro?

—Él quiere las dos cosas. Pero nosotros no somos tontos. El oro es nuestro.

Caden se preguntó quién diablos sería «él».

—No hay ningún oro.

—No te hagas el tonto. Hemos oído los rumores. Dicen que hay mucho oro aquí.

—Los rumores dicen que hay mucho oro por todas partes.

El cuchillo que Caden llevaba escondido a la espalda, entre los omóplatos, le pesaba más a cada momento. Sentía un cosquilleo en los dedos del ansia que tenía de empuñarlo. Sería fácil matar al jefe: solo tenía que lanzárselo. Solo que Maddie estaba delante, y no podía arriesgarse a fallar.

Con las puntas de los dedos, llegó a rozar la empuñadura. Esperaría.

—Maddie —murmuró—. Deja que yo me ocupe de esto.

Vio que se dejaba caer, como desmayada, pero el jefe la sujetó, manteniéndola en su lugar. Caden seguía esperando. Tarde o temprano el bandido cometería algún error.

—Si la sueltas, podría dejarte con vida.

Era una mentira descarada. Aquel hombre iba a tener la muerte más dolorosa posible. Nadie invadía su campamento y amenazaba a su mujer para luego salir impune.

El hombre se echó a reír, exhibiendo sus sucios dientes entre la barba crecida.

—No. Hacía siglos que no tenía a una maravilla así en mis brazos.

Más sombras surgieron de la oscuridad. Una, dos, tres, cuatro.

—No tiene sentido pelear. Somos más.

Así era, pero de las sombras que fueron acercándose al fuego ninguna era Ace.

—Te lo preguntaré otra vez. ¿Qué quieres?

—Y yo te volveré a responder: el oro y la mujer.

—No hay oro.

—Eso ya lo veremos por la mañana. Gordon, átalo bien.

Un hombre delgado y de fétido olor se le acercó, encañonándolo con un arma. Agarrándolo de un brazo, tiró de él hacia delante. Caden simuló tambalearse. Siempre era conveniente hacer creer al enemigo que uno era más débil de lo que era en realidad. Gordon lo empujó contra el árbol más cercano.

—No te muevas.

—Regístralo primero.

El hombre se inclinó para tocar sus botas y sacó un cuchillo. De la otra bota extrajo una pistolita. Deslizó luego las manos por sus costados y le vació los bolsillos. Le registró por último los brazos y las muñecas, sin hallar nada.

Le agarraron las manos y se las pusieron detrás de la espalda al tiempo que lo empujaban contra el árbol. Como resultado, la hoja del cuchillo que escondía entre los omóplatos le cortó la piel. El bandido demostró una absoluta negligencia al no registrarle debidamente la espalda y el trasero. No iba a ser Caden quien se lo recordara.

En lugar de atarle las manos a la espalda, el hombre le descargó un puñetazo en el estómago. Una náusea le subió por el estómago. No tuvo necesidad de fingir que se doblaba de dolor: el golpe fue lo suficientemente efectivo.

—¡Dejadlo en paz! —gritó Maddie, forcejeando en brazos de su captor.

Su «quédate callada, Maddie» terminó con un gruñido cuando Gordon le descargó un segundo puñetazo en la espalda.

Maddie no hizo tal cosa. Clavó las uñas en las manos del hombre y le mordió un brazo, con la melena flameando en torno a su rostro mientras forcejeaba como una posesa.

—Quédate quieta, bruja, o le meteré una bala a tu amante.

Caden vio que se quedaba repentinamente quieta, con aquella particular inmovilidad que le decía que ya estaba empezando a evadirse, a huir de la realidad. Maldijo para sus adentros. Nadie podía prever cómo iba a comportarse Maddie cuando se refugiaba en sus fantasías.

Allí mismo, ante sus ojos, se transformó de mujer aterrada en confiada seductora. Sin solución de continuidad, con una facilidad fantasmal.

—¿Han venido a pasárselo bien, caballeros? —inquirió con voz dulce, sensual.

El presunto caballero no le respondió. Caden sabía por qué. Estaba igual o más asombrado que él.

—No hay necesidad de mostrarse violento con los demás clientes... —alzó una mano para acariciar la barbuda mejilla de su captor—. Habrá para todos.

Un hombre alto y larguirucho, de nariz ganchuda, empezó a retroceder.

—¡Alan, esa mujer está chalada! Yo no pienso tocar a ninguna loca, Alan. Están malditas.

—Eres un gallina, Skeeter.

—Pues yo no pienso perdérmelo —gritó el hombre que retenía a Caden.

—Tendrás que esperar tu turno, Gordon.

—Tomaré el de Skeeter.

—Tú no harás nada, Gordon, hasta que no hayas atado a ese tipo.

Gordon sacó las ligaduras de cuero que llevaba colgando de su cinturón.

—¡Diablos! No empieces sin mí.

—No pienso esperar.

Alan se apoderó de los senos de Maddie a través de la tela de su vestido y se los apretó con fuerza. Skeeter se acercó a Caden y lo aferró de la muñeca. Falló la primera vez porque estaba más ocupado mirando lo que estaban haciendo sus amigos que a él.

—Te gusta, ¿verdad? —Alan volvió a apretárselos.

Maddie gimió, dejándose hacer.

—Ooooh...

Solo fue eso: un «oooh». Pero Caden estaba seguro de que los miembros de cada uno de aquellos hombres saltaron en sus braguetas.

Alan la soltó entonces y se volvió hacia Caden, riendo a carcajadas.

—En vez de huir... ¿volviste por una maldita prostituta?

—Volví a por ella —gruñó Caden.

—Debe de ser condenadamente buena. Ábrete el vestido, déjame ver tus pechitos, guapa.

Maddie esbozó una seductora sonrisa. Todos los ojos de los intrusos estaban fijos en ella. Caden solo necesitaba que continuara distrayéndolos un poco más...

Como si hubiera oído sus pensamientos, Maddie comenzó a contonearse, solo un poco, como al son de una música que solamente ella pudiera escuchar. Sus dedos juguetearon con los lazos de su camisola. Acariciaban más que tocaban los cordones, evocando en los hombres todo tipo de sugerentes imágenes.

—Por supuesto —Maddie empezó a desabrocharse el corpiño del vestido sin un ápice de pudor o de vacilación.

En aquel instante, Caden pudo vislumbrar a la mujer que la había acusado de ser. No la reconocía. Maddie dio un paso a un lado, volviéndose para que pudiera ver su espalda mientras continuaba desabrochándose el vestido con un contoneo insoportablemente sensual. Por mucho que necesitara que distrajera a esos tipos, aquel era un precio demasiado alto. Pero luego advirtió algo más. Con aquel último movimiento, se había puesto directamente en la línea de fuego. Se estaba sacrificando por él. Una vez más.

—Maldita sea, Maddie...

—En un momento estoy contigo, Caden. Antes debo ocuparme de estos caballeros. Parecen muy... hambrientos.

Aquella obscenidad salió de su boca con una voz tan dulce y melodiosa que a Caden le entraron ganas de vomitar. Maddie encogió los hombros y el vestido resbaló por su cuerpo, revelando la camisola desabrochada que llevaba debajo.

—Vaya, vaya, qué preciosa vista...

«¿Dónde diablos se habrá metido Ace?», se preguntaba Caden, desesperado.

—Echa algún leño al fuego, para que tengamos más luz.

—¿De qué color son sus pezones, Alan? —inquirió Gordon—. ¿Rosaditos o marrones?

Maddie se salió del vestido, con su camisola y sus enaguas de un blanco tan cremoso como el de sus hombros a la luz de la hoguera. Parecía una diosa del bosque.

—Todavía no te lo puedo decir —repuso el que llevaba la voz cantante del grupo—, hay otra capa de ropa debajo. Suéltate todos esos lazos, cariño. Déjame ver esos pechos.

Maddie soltó una risita puramente seductora que flotó en la noche y se clavó como un cuchillo en el corazón de Caden.

—Maddie, no te atrevas...

El mandamás alzó su arma y apuntó directamente a Caden, por encima del hombro de Maddie. El cañón refulgió al resplandor del fuego.

—Calla la maldita boca.

Maddie se echó a reír de nuevo.

—Es tan impaciente...

Deslizó los dedos por el arma. Acarició el cañón del revólver como si fuera un falo, con el pulgar y el índice, delicadamente. Alan soltó un gruñido. Decir que Gordon había atado las manos de Caden con muy poca convicción era quedarse corto, ya que toda su atención había estado concentrada en aquellos dedos que sobaban el arma y en aquellos cremosos hombros, aquella estrecha cintura, aquel trasero redondeado...

Caden estaba desesperado, indignado. Aquel cuerpo que así se estaba exhibiendo era *suyo*...

En lugar de retroceder, Maddie volvió a acercarse a Alan. El jefe no bajó el arma, pero sí la mirada.

–Oye, cariño... deja que mis amigos y yo veamos esos senos tuyos...

–Naturalmente. ¿Tenéis dinero?

A Caden seguía sin hacerle caso alguno. Estirándose, le tiró el sombrero al jefe para acariciarle la cabeza, deslizando los dedos por su grasiento pelo. Y Caden se preguntó por lo que habría estado acostumbrada a hacer con los hombres para no estremecerse de asco y de suciedad. Volvió a sacudir la cabeza. Una cosa era saber que Maddie había sido prostituta, pero verla ejercer como tal era muy diferente...

–Si no bajas esa pistola, poco será lo que podamos hacer.

–¿Le has atado bien al árbol, Gordon?

Gordon salió rápidamente de detrás del tronco y corrió hacia su jefe.

–Ajá.

Alan enfundó su revólver.

–Entonces supongo que podremos entretenernos un poco mientras esperamos a que amanezca.

Faltaban al menos dos horas para el amanecer. Caden ni siquiera quería pensar en lo que unos hombres como aquellos podrían hacerle a Maddie en ese tiempo.

Alan parecía encantado de mostrárselo. Agarró a Maddie de la trenza y tiró de ella hacia abajo, hasta conseguir que arqueara la espalda. Maddie ni siquiera pestañeó, aunque aquello tuvo que dolerle. De hecho, continuó restregándose contra el cuerpo del bandido, hablándole y provocándole. Se giró luego de nuevo, atrayéndolo como un imán. Estaba utilizando su cuerpo para ganar tiempo.

Caden maldijo para sus adentros mientras empezaba a

trabajar con sus ligaduras. Trabajando metódicamente con aquel poco seguro nudo.

—Y ahora quítate la camisola —ordenó Alan con voz ronca de deseo.

Maddie se puso a tirar de los lazos como jugando, sin llegar a soltarlos del todo. Sus senos se balanceaban suavemente mientras reía seductora. Alan maldijo y tiró de un borde de la tela. El material se desgarró y los senos de Maddie quedaron al descubierto, grandes y cremosos. Caden no podía distinguir el color de sus pezones, pero descubrió que sentía la misma curiosidad por saberlo que todos los demás. Lo cual no hablaba precisamente muy bien de él...

—¡Quítale las malditas manos de encima!

—No la estoy tocando —se burló Alan—. Aún.

Así era. Era Maddie quien se estaba tocando, delineándose los senos con los dedos desde la punta hasta la base, atrayendo la atención del hombre, pellizcándose los pezones, contorneándose sin cesar... ¿Dónde diablos se había metido Ace?

—Serán dos dólares por revolcón —les dijo ella.

—Cariño, no voy a pagarte un centavo.

Maddie ni se inmutó.

—Pero desearás hacerlo.

—¿Por qué? ¿Tan buena eres?

Ella asintió y se pasó la lengua por los labios mientras volvía a pellizcarse los pezones, alzándose los senos hasta dejarlos suspendidos de las pequeñas puntas rojizas.

—Sí, pero ese no es el porqué.

—¿Cuál es, entonces?

Señaló a Caden con la cabeza.

—Porque él te matará si no lo haces.

Cualquier otra mujer estaría chillando de miedo, pero Maddie... Caden pensó que solo a ella podía ocurrírsele que él era su chulo.

Alan escupió al suelo.

—Ese no va a hacer nada de nada.

Caden sintió que el nudo empezaba a ceder. Por supuesto que iba a hacer algo.

Maddie sonrió y se giró, haciendo ondear su trenza.

—Tú no lo conoces. Lo he visto matar a hombres con las manos desnudas, y ya sabes cómo es la *madama* Tia. Él trabaja para la madama Tia.

«Dios mío», exclamó Caden para sus adentros. Había metido a Tia en el juego...

—Ella no consiente que nadie se meta con lo que es suyo.

Eso era cierto. Tia era con una leona en lo que se refería a sus seres queridos.

—Bueno, Tia no está aquí ahora mismo, mi pequeña dama, y tu guardián está atado a un árbol. Él no puede hacer nada, así que... ¿por qué no acercas esa preciosa boquita tuya y me besas?

Maddie negó con la cabeza.

—Yo no beso a los hombres.

Alan parpadeó extrañado.

—Bueno, cariño, a mí me estás besando.

—En la boca no –lo corrigió–. Nunca beso en la boca.

Gordon se echó a reír y se desabrochó el cinturón.

—Creo que podré soportarlo.

Caden no podía, pero no tenía otra elección. Se vio obligado a contemplar cómo su dulce y frágil Maddie se postraba a los pies de aquellos hombres.

—Maldita sea, Maddie, levántate.

—En un minuto, Caden.

—¡Ahora!

Era como estar hablándole al viento. ¿Dónde se habría metido Ace?

Alan se sacó el miembro y empezó a acariciárselo.

—Vas a tardar más de un minuto en satisfacerme, guapa.

—Oooh.

Otra vez aquel «oooh». Caden no quería oírlo. Como tampoco quería ver a Alan tomando a Maddie de la nuca, hundiendo los dedos en su melena y atrayéndola hacia sí. No quería recordarla arrodillada en el suelo, dando placer a un hombre para salvarlo a él. Tiró con fuerza de las ligaduras, desgarrándose la carne. La sangre le empapó la camisa, humedeciendo las ligaduras de cuero.

—Yo no quiero eso, Maddie —le espetó—. Tú no te puedes vender. Nunca. Por nadie.

Le pareció que pestañeaba, como si sus palabras la hubieran afectado, pero no por ello se detuvo. Alan le sonrió desdeñoso por encima del hombro.

—Puedes mirar todo lo que quieras, amigo. Es el único placer que vas a tener esta noche.

—Vete al diablo.

El cuchillo le laceraba la piel de la espalda mientras continuaba tirando de sus ligaduras, restregándolas contra el árbol, con los músculos abrasados por el esfuerzo. El sudor se le metía en los ojos. La mordedura del cuero en la carne lo atormentaba del dolor, pero estaba empezando a ceder. Estaba cediendo...

—¡Maldita sea, Maddie, para!

Tampoco lo escuchó esa vez. Caden quiso cerrar los ojos mientras Maddie se inclinaba hacia delante, pero no lo hizo. Le debía mucho, así que se quedó con ella, observándolo todo, ansiando matar a Alan, ansiando abrazarla. Vio cómo entreabría los labios rojos y llenos en una seductora sonrisa, rodeaba con sus delicados dedos la base de su miembro y se inclinaba. Cuando su boca tocó la punta, Alan gruñó y Caden tuvo que desviar la mirada. No podía contemplar cómo volvían a robarle a Maddie otro pedazo de su alma. Para salvarlo a él.

—Yo no valgo todo esto, Maddie.

—Canalla... —susurró Gordon, hurgando ya en su bragueta para sacar también su miembro.

Con un grito de rabia, Caden se liberó por fin de sus ligaduras. Saltó la sangre al tiempo que cedía el cuero. Soltando un gruñido de victoria, se abalanzó sobre Alan justo cuando este soltaba un horrible grito. Se retorcía de dolor con la cabeza de Maddie entre las manos.

–¡Zorra chalada! –gritó, mirando a su alrededor con expresión desquiciada. Solo entonces se dio cuenta Caden que no la estaba agarrando: estaba intentando empujarla–: ¡Quitádmela de encima! ¡Quitádmela de encima!

Maddie se puso de pie, rápida como un rayo, reteniendo a Alan de una mano. Forcejearon. Sonó un disparo, y Alan cayó al suelo. Gordon dejó en paz su pantalón y se apresuró a sacar sus armas. Del bosque les llegó el grito del tercer hombre: Ace se había ocupado de él. Caden sacó por fin su cuchillo y lo lanzó. Quedó enterrado en el cuello de Gordon.

Maddie se giró en redondo hacia él. Caden distinguió la oscura mancha de sangre en la boca, y luego la pistola que temblaba en su mano.

–Tranquila, Maddie... ¡Ace! –gritó–. ¿Hay alguno más?

Escuchó un grito ahogado y luego la respuesta de Ace:

–Ya no.

Caden recogió una de las mantas del suelo y se dirigió con ella a arropar a Maddie. Estaba de pie frente a Alan, hermosa como un ángel caído, con la camisola toda desgarrada, el revólver aún en la mano. Y una expresión ligeramente desquiciada cuando empezó a volverse a un lado y otro, mirando a su alrededor como si esperara más peligros. No sabía si estaba con él o no, en la realidad o fuera de ella. Tampoco importaba.

Alan se retorcía en el suelo, gimiendo, agarrándose el miembro con las manos mientras la sangre borboteaba en su pecho. Era un disparo mortal. No tardaría en morir.

Caden le quitó cuidadosamente el arma a Maddie antes de echarle la manta sobre los hombros. Con una esquina, le limpió la sangre de la boca. Maldijo para sus adentros. Si él no hubiera estado allí, ella habría podido salvarse perfectamente sola.

–Eres toda una mujer, Maddie Miller –la atrajo hacia sí–. ¿Dónde diablos aprendiste a hacer eso?

Lo miró entonces, con todo el dolor y la sabiduría que había acumulado en su vida brillando en sus ojos mientras respondía sencillamente:

–Los hombres siempre parecen olvidarse de que una prostituta sabe cuidar de sí misma.

Capítulo 10

«Una prostituta sabe cuidar de sí misma».

Caden tuvo oportunidad de reflexionar sobre esas palabras durante los dos días siguientes, así como de estudiar sus posibles significados y a quién habían estado destinadas. Él siempre había sabido cómo había vivido Maddie antes de su llegada al Ocho del Infierno. Pero después de ver lo que había hecho, arriesgándose tanto para protegerlo, seguía sin salir de su asombro mientras enlazaba otra roca y se concentraba en arrastrarla fuera de la mina. Y, en el proceso, había llegado a la conclusión de que no la conocía en absoluto.

Maddie Miller era una mujer muy complicada. Tenía un poco de niña perdida, un poco de ángel vengador, otro poco de mujer amante y apasionada: en conjunto, una mezcla de contradicciones envuelta en un paquete de completa sinceridad. Y él no había sido capaz de acercarse a ella desde aquella noche. Inmediatamente después del ataque, se había dejado abrazar mientras lloraba, toda estremecida. Caden había necesitado aquello. Había necesitado consolarla y aliviar su dolor. Seguía necesitándolo, pero luego ella había vuelto a retirarse tras un muro invisible y ya no había sido capaz de tocarla desde entonces. Ignoraba si su reacción se debía a la manera en que se veía a sí misma o a la manera en que pensaba que él la veía, pero, en cualquier caso, se estaba cansando de que se escondiera, de que lo eludiera. Era su esposa. Tenía derecho a quererla y a cuidarla.

Se volvió para mirar hacia donde Maddie estaba trabajando, limpiando la zona de la mina que ella misma se había asignado. La falda de su vestido amarillo estaba desgarrada, tenía las manos sucias y la melena le caía sobre su rostro sudoroso. Se estaba matando a trabajar: no había dejado de hacerlo desde aquella noche, como si tuviera algo que demostrarse a sí misma. O a él. Caden desvió luego la vista hacia donde Ace estaba cribando toda una montaña de tierra. Su amigo le lanzó la misma mirada que llevaba dos días lanzándole, y que venía a decirle lo siguiente: «arregla la situación».

De repente, Maddie soltó un grito. Se estaba sosteniendo una mano. Se había vuelto a machacar los dedos, sin duda. Caden sabía ya por experiencia que, si se acercaba, ella le mandaría al diablo. Bueno, quizá no con tantas palabras, pero sí con la mirada. No había vuelto a refugiarse en sus fantasías desde aquella noche. Estaba firmemente anclada en la realidad, en el aquí y el ahora. En cierta forma era una lástima. Aquella furia constante que arrastraba consigo resultaba agotadora.

Caden acortó su arnés. Ace dejó su plato de cribar y se le acercó.

–¿Cuánto tiempo piensas esperar para arreglar esto? –le preguntó Ace.

–Es mi esposa. O sea que es asunto mío –deslizó los pulgares bajo las tiras de cuero.

Ace sacudió la cabeza.

–Ella es del Ocho del Infierno. Lo demostró la otra noche al hacer lo que hizo para salvar tu patético trasero.

–Lo sé.

Ace continuó como si él no hubiera hablado:

—No tenía manera de saber que yo estaba en el bosque, esperando. Maddie nunca había trabajado con nosotros antes. Te estaban maltratando, así que ella se sacrificó por ti haciendo lo que mejor sabe hacer. Lo único que sabe hacer.

—¿Qué quieres que haga yo, Ace?

—Impedir que siga castigándose a sí misma. Tú eres su maldito marido. Si hay alguien en este mundo que pueda hacerla sentir algo, ese eres tú.

Caden pensó que su amigo creía tener una respuesta para todo.

—Uno de estos días, Ace, alguien te pegará una soberana paliza. Se liará a golpes contigo hasta que no sepas si vas o vuelves.

—¿De veras?

—Y cuando lo haga —añadió Caden—, espero estar presente para verte dar vueltas como un trompo.

Ace se echó a reír.

—Es no va a suceder nunca.

—Nunca digas nunca jamás, amigo mío...

Miró a Maddie. Porque él jamás se había imaginado que acabaría un día casado con ella, o que sería capaz de hacerle daño, y sin embargo había hecho ambas cosas. Vio que se detenía para enjugarse el sudor de la frente. El sol de la mañana había cedido el paso al de primera hora de la tarde. Sencillamente hacía demasiado calor para que hiciera lo que estaba haciendo.

—Y ahora, si me disculpas, creo que mi esposa necesita que la rescate.

—¿De qué?

Caden sacudió la cabeza.

—De sí misma.

Seguía agarrándose el dedo cuando Caden se acercó. Vio que se tensaba, pero al menos no le dio la espalda.

—Déjame ver...
Pero ella sacudió la cabeza y escondió la mano detrás de la espalda.
—Quiero verlo, Maddie.
—No es nada.
—Es mi trabajo cuidar de ti.
Vio que abría la boca, y supo condenadamente bien lo que iba a salir de ella. Iba a repetirle que una prostituta sabía cuidar de sí misma. Le puso un dedo sobre los labios.
—Maddie.
Ella lo fulminó con la mirada.
—No lo digas.
Ella volvió a cerrar la boca. Caden deslizó el dedo todo a largo de su hombro y de su brazo, hasta su mano. Ella permaneció de pie, tensa y rígida, nada que ver con la dulzura a la que él estaba acostumbrado. Aquello no le gustó. Al levantar su mano, pudo ver que se había aplastado una uña.
—Probablemente la perderás.
Maddie no dijo una sola palabra. Permaneció mirando al frente, por encima de su hombro. Caden suspiró.
—Ven conmigo.
—Tengo trabajo que hacer.
—Descansaremos.
—Si descansamos ahora, no terminaremos nunca. Podrían venir más atracadores.
Sabía que tenía miedo de eso. Pero más temía Caden a la persona desconocida que había enviado a aquellos tipos.
—Estamos preparados.
Maddie no dijo nada. Simplemente se tensó aún más.
—Nosotros te protegeremos.
—Puedo protegerme a mí misma.
Ignorando la provocación, Caden volvió a tomarle la mano y le acarició el dorso con el pulgar.

—Pero ahora no lo necesitas.

Tiró de ella suavemente, guiándola por el estrecho sendero que descendía hasta la poza. La sombra de los árboles los protegía del implacable azote del sol.

—Estoy pensando que debería habérseme ocurrido la idea de explotar la mina unos pocos meses antes o unos pocos meses después.

—¿Por qué? —le preguntó Maddie, mientras él la ayudaba a atravesar la parte más accidentada del terreno.

—Porque hace demasiado calor para ponerse a arrastrar rocas.

Aquel gesto de sinceridad le reportó una breve carcajada como premio. Era una victoria mínima, pero victoria al fin y al cabo.

Los árboles terminaban en la pequeña poza. El agua tenía un aspecto fresco e invitador, con el sol arrancando reflejos a su superficie. Maddie se detuvo antes de llegar al borde. Caden avanzó un paso más y se volvió para mirarla.

—¿Qué estamos haciendo?

—Te lo dije antes. Tomándonos un descanso.

Maddie se quedó contemplando la poza como si estuviera envenenada. De la misma manera que lo había estado mirando a él durante las dos últimas noches, cuando permanecía tensa y rígida en sus brazos hasta que se quedaba dormida. No era la Maddie a la que estaba acostumbrado. Estaba acostumbrado a la Maddie que lo tocaba sin motivo aparente. Estaba acostumbrado a la Maddie que lo amaba.

Y quería recuperar a aquella Maddie.

Le limpió una mancha de suciedad de la mejilla con el pulgar. No consiguió borrársela. Más bien la extendió junto con el sudor. Tenía las uñas sucias y rotas. Olía a sudor, a mujer y a desesperación, pensó Caden. Una desesperación que no se merecía.

—Maddie, quiero pedirte perdón —las palabras le salieron solas, porque era verdad. Era un canalla.
—¿Por qué?
—Por todo lo que hice. Por haberte insultado, por haberte llamado prostituta —sacudió la cabeza—. Por no haber sabido lo que esa palabra significaba.
—Sabías lo que quería decir —retrocedió un paso, colocándose fuera de su alcance. Él tuvo que dar otro para seguirla.
—Puedo llegar a ser un maldito zopenco cuando me enfado.
Maddie enarcó las cejas, pero no pronunció una palabra.
Caden empezó a desabrocharle el vestido, y ella se dejó hacer como siempre, como se había dejado hacer durante los dos últimos días, sin ninguna reacción por su parte. Si antes se había evadido y refugiado en sus fantasías, ahora simplemente se quedaba quieta, mirándolo desafiante. No sabía lo que le pasaba por la cabeza, pero estaba seguro de que se trataba de un desafío.
Continuó desabrochándole el vestido, botón a botón, hasta que acabó la fila entera. El sudor perlaba su amplio escote. No podía creer que estuviera trabajando tan duro como él y con tantas capas de ropa: el vestido de lana, las enaguas, el corsé, la camisola... Era un verdadero milagro que no se hubiera desmayado.
Le deslizó el vestido por los hombros y luego por las caderas. Se le atascó a mitad de la enagua.
—No quiero que lleves más toda esta maldita ropa.
Vio que asentía con la cabeza, sin mirarlo. Recogió el cordón que sujetaba sus enaguas por arriba y le dio un tirón. No cedió. Vio que tenía un doble nudo. Supuso que una mujer debía de tener cuidado para que la ropa interior no se le cayera hasta los tobillos en un embarazoso momento de descuido. Deshizo los nudos y se la deslizó por los hombros.

Quedó por fin ante él en corsé, camisola y pantalón: el mismo que le había conseguido cuando sus clases de montar.

–Apuesto a que el corsé da calor.

Maddie respondió entonces, mirándolo:

–Estoy acostumbrada.

Pensó que nadie podría acostumbrarse a eso. También estaba empapado de sudor. Empezó a desatárselo. Mientras lo hacía, se puso a charlar. La sentía tan distante...

–Como te estaba diciendo, soy un maldito zopenco. Tú siempre me has tratado de primera, siempre me has entendido.

El corsé era difícil de desatar. Por fin lo consiguió. El calor que despedía su piel era algo increíble. Miró su rostro de nuevo: estaba pálida, más de lo normal. De repente se preguntó asustado si no estaría sufriendo de insolación...

Lanzó el corsé a un lado y la alzó en vilo para que saliera del vestido que seguía a sus pies. Al menos esa vez se apoyó en sus hombros. Era un indicio de que registraba su presencia. Esperaba que lo estuviera escuchando. Nunca antes había necesitado tanto que alguien lo escuchara.

–Siéntate.

Lo miró.

–La hierba está limpia.

Se sentó. Poniéndose en cuclillas ante ella, le desató los zapatos y se los quitó. Cuando vio las ampollas en los talones y en los dedos, se quiso morir. Acunándole un pie en la mano, le preguntó:

–¿Por qué no me lo dijiste?

–Me habías dicho que no querías escuchar ninguna queja mía.

–Eso no es una queja. Las ampollas pueden llegar a complicarse. Puedes perder un pie, por el amor de Dios.

–Ya no me duelen.

–Maldita sea... –miró de nuevo las ampollas. Eran grandes y rojas, tremendamente inflamadas.

Alzándola en brazos, la llevó hasta una roca que alzaba en el mismo borde de la poza. Maddie forcejeó por un segundo al ver que se sentaba allí con ella.

–No quiero meterme en el agua...

–Lo siento, pero sí.

Lo que hizo fue meterle los pies en el agua, mientras la sujetaba con firmeza. La oyó contener primero el aliento y luego empezar a relajarse. La frescura del agua en sus pies abrasados estaba obrando su efecto.

–Estoy bien, Caden.

Le apartó el cabello de la cara y le soltó la trenza.

–No, no estás bien. Te duele y estás triste y terriblemente enfadada, así que no estás nada bien –y él anhelaba que lo estuviera. Quería recuperar a su Maddie. La Maddie que hacía pasteles deliciosos, que se preocupaba por él. La Maddie que le tomaba las manos y le acariciaba la cara interior de las muñecas. Que se aferraba a él como si fuera la única cosa sólida en el mundo–. Supongo que has dejado de adorarme, ¿eh?

–Yo nunca te he adorado.

Recogiendo un poco de agua fresca con el cuenco de la mano, se la vertió sobre las pantorrillas.

–A mí me lo parecía.

–Debiste haberme dicho que te importaba.

–Sí, debí habértelo dicho, pero no lo hice. Eres una mujer muy compleja, Maddie. Capaz de mantener a un hombre en vilo.

–Lo que estás intentando decirme es que estoy loca.

–No. Incluso en medio de tus fantasías dices cosas razonables.

–Dices «fantasías» para no decir «locuras».

–Por cierto que pareces haberte olvidado de ellas. Ya no te evades.

—No quiero hacerlo más.
—¿Por qué no?
—Los niños salen corriendo. Las mujeres hechas y derechas se quedan donde están.
—Parece que estoy oyendo hablar a Bella.
—Bella es una mujer lista.
Seguía tan tensa... Caden empezó a masajearle suavemente la pantorrilla derecha.
Gimió por lo bajo, pero aun así él la oyó.
—Os lleváis las dos muy bien, ¿verdad?
—Me gusta.
—A mí también me gusta. Es una buena pareja para Sam.
—Es muy amable.
—Sí que lo es.
—Sabe luchar por lo que quiere.
—Y que lo digas. ¿Es por eso por lo que te gusta, Maddie? ¿Porque quieres aprender a luchar por lo que quieres?
—Solo quiero saber lo que quiero, y quiero que lo que quiero sea bueno para mí y no como veneno en mis venas.
Dejándola sentada en la roca, Caden se sacó las botas. Se habría quitado el pantalón si no hubiera llevado nada debajo. Se metió en el agua.
—Te mojarás la ropa —le advirtió ella.
—Sí —disfrutó de la sensación de frescor en los pies, con el blando fondo fangoso aliviando sus doloridas plantas. Quizá había llegado el momento de que todos se tomaran un descanso. El sol le calentaba los hombros, lo cual resultaba mucho más tolerable con las piernas metidas en el agua.
—Puedes quitarte el pantalón. No serías el primer hombre al que viera desnudo.
—¿Qué te hace pensar que me verías desnudo?
—No llevas ropa interior.
—¿Cómo diablos sabes eso? —se preguntó si lo habría estado espiando.

—Cuando hacemos la colada no tienes mucha ropa que lavar.

—Oh —así que la explicación era así de sencilla. Una vez más había sido demasiado suspicaz en sus sospechas.

—Puede que hayas visto hombres desnudos antes, pero entre nosotros tiene que haber un mínimo de respeto.

—Las prostitutas...

—No lo digas, Maddie.

—¿Por qué no?

—Porque no es cierto. Porque no lo pienso.

—Pero lo dijiste.

Resultaba obvio que aquellas palabras que le había dirigido se le habían clavado en el alma. No le extrañaba.

—Estaba enfadado.

—Mayor razón para decir la verdad.

—No. Enfadado puedo decir más tonterías y absurdos que un borracho un sábado por la noche.

—¿Por qué?

Caden se encogió de hombros.

—Porque cuando estoy enfadado solo pienso en hacer daño a la gente.

—Oh.

—Y quería hacerte daño a ti.

—Lo sé. Me lo merezco. Debí haber...

Caden maldijo en silencio. No quería tocar aquel tema. ¿Por qué tenían que volver constantemente sobre aquello?

—Tú no debiste hacer otra cosa que lo que hiciste, Maddie. Yo fui al rancho de Culbart a salvarte, y resultó que tú misma te habías salvado, y muy bien.

—Yo no...

—No quiero oírlo, Maddie. No quiero recordar eso. No quiero volver a enfadarme. No sé lo que sucedió entre Culbart y tú. No quiero saber cómo conseguiste metértelo en el bolsillo. Olvídate simplemente del tema.

Caden no quería oír que Maddie se había acostado con

Culbart, o lo que le había hecho para terminar consiguiendo de él lo que quería. No quería pensar en aquel oso gris sudando sobre ella... Sacudió la cabeza en un intento de ahuyentar la imagen.

—¿Qué tal tus pies?
—Mejor.
—Bien.

La levantó de la roca en la que estaba sentada y la llevó en brazos hasta una zona más profunda de la poza. Ella se agarró con fuerza a su cuello.

—Tranquila, Maddie, que no te dejaré caer.

Sacudió la cabeza.

—Si no es eso...
—¿Qué es entonces?
—Que no quiero estar aquí. Es demasiado... difícil.
—¿Qué tiene esto de difícil? —flexionó las piernas para hundirla lentamente en el agua.

Cuando ella enredó las piernas en torno a su cintura, se endureció su miembro pese a la frialdad del agua y a la tensión que lo invadía. Había algo en Maddie tan dulce, tierno e invitador como el primer beso del verano. Se sentó en una piedra sumergida. El agua le llegaba a Maddie hasta los hombros, haciendo flotar su melena.

Recogió un poco de agua y se la echó por la cabeza. Maddie cerró los ojos y suspiró.

—Está rica, ¿verdad? —vio que asentía. La dejó sentada en su regazo—. Lo necesitabas. Estás trabajando muy duro.
—No más que tú.
—Cariño, peso cuarenta kilos más que tú, y soy todo músculo. Para mí no es trabajo duro. Y tú cocinas además.
—No es precisamente una gran ayuda.

Caden sonrió.

—Cuidas del campamento.
—Y tú de los animales.

Se la quedó mirando fijamente.

—Maddie, estoy intentando decirte que no es esto lo que quiero para ti.
—Pero yo no quiero el divorcio... –apretó los labios.
Caden pensó que Maddie estaba yendo más rápido de lo que le habría gustado... a donde él quería llegar.
—Ya nos preocuparemos de eso cuando llegue el momento, pero ahora... –empezó a inclinarla hacia atrás, con la intención de que hundiera la cabeza y se refrescara del todo. Pero ella se aferró desesperadamente a sus hombros, mirándolo con los ojos muy abiertos.
—No lo hagas.
—¿Por qué no? –vio que se esforzaba en vano por decir algo. La levantó un poco más, estudiando de cerca su rostro–. ¿Qué te pasa, Maddie?
Ella sacudió la cabeza.
—Las pozas son peligrosas.
—Quizá en Luisiana sí, pero aparte de alguna culebra que otra, aquí estamos seguros. Yo te protegeré.
Volvió a sacudir la cabeza. De nuevo intentó decirle algo. No podía pronunciar las palabras, por mucho que lo intentara.
—Tranquila, no pasa nada. Te echaré entonces un poco de agua sobre la cabeza –así lo hizo, refrescándole suavemente las mejillas y la cara–. Debí haber traído jabón.
—Así está bien. Qué sensación tan agradable...
Sí que lo era. Caden empezó a frotarle la espalda, arriba y abajo. Le encantaba tenerla sentada tan confiadamente en su regazo. Le encantaba que hubiera dejado de mostrarse tan distante e indiferente.
—Me equivoqué, Maddie. Me equivoqué en lo que dije, me equivoqué en cómo te traté, y no tengo excusa alguna aparte de que estaba enfadado. Pensé que me habías traicionado.
—No te entiendo.
—No pasa nada. Yo tampoco me entiendo a mí mismo.

−¿Qué quieres que haga?
−Ahora mismo solo quiero que sigas sentada y dejes que me ocupe de ti como no lo había hecho nunca antes. Así que cierra los ojos, apoya la cabeza en mi pecho y relajémonos los dos un momento, ¿quieres?

No llegó a apoyar la cabeza en su pecho, pero continuó sentada allí sin pronunciar una palabra. Caden le iba echando suavemente agua por la cabeza hasta que el cabello se le pegó a la cabeza, revelando la pureza de sus rasgos y el moratón de la mejilla, allí donde la había pegado Alan. Pensó que mucha gente habría pensado que Maddie tenía un aspecto normal, ordinario, pero eso era porque no la habían conocido lo suficiente. Tenía un alma bella y un gran corazón. Y había sufrido lo indecible.

Cediendo a un impulso, le besó el ceño levemente fruncido. Vio que daba un respingo.

−Quieres sexo −le dijo ella de pronto, como si hubiera encontrado la explicación a todo.

No podía estar más equivocada. Sí, estaba excitado, pero no era sexo lo que quería. Lo que quería era lo mismo que había estado disfrutando apenas unos segundos antes: su confianza.

−¿Qué es lo que quieres?
−Te quiero a ti. De vuelta.
−Ya me tienes.
−Físicamente estás aquí. Pero tu corazón no lo has traído contigo.

Maddie esbozó una mueca, ruborizándose.

−Eso es una ñoñería...

Caden le delineó las cejas con ternura.

−Quizá. Pero yo lo quiero.
−¿Por qué? ¿Para que puedas usarlo contra mí una vez más? ¿Para que, cuando te enfades, me hieras con alguna confidencia que te haya revelado? −negó con la cabeza−. Yo no quiero eso.

—Nadie quiere eso —repuso él, deslizando los dedos por entre su pelo—. Serías una estúpida si lo quisieras —besó sus párpados cerrados, nada deseoso de leer el miedo en sus ojos cuando le confesó—: Quiero ser tierno contigo siempre, Maddie.

Ella volvió a preguntárselo, solo que de una manera distinta.

—¿Por qué me deseas?

Él le acarició un pómulo levemente salpicado de pecas que parecía invitar a su beso. Cedió al impulso y le besó la punta de la nariz. Luego, sosteniéndole suavemente la cabeza, acercó los labios a su boca sin llegar a tocarla. «Yo no beso», recordaba que le había dicho a Gordon. Y, a juzgar por su resistencia, sospechaba que no había mentido.

—Porque tú eres la única que me hace sonreír.

Le besó por fin la comisura izquierda de los labios y después la derecha, con exquisita ternura. Ella no se movía, ni siquiera respiraba, y eso le dio esperanzas, porque no le estaba mandando al diablo. Fundió luego su boca con la suya, haciéndole ladear la cabeza, y la besó con toda la dulzura que sentía por dentro y la del hermoso día que parecía envolverlos.

Cuando se retiró, vio que tenía los ojos cerrados y que había vuelto a fruncir levemente el ceño. ¿Eso era una buena o una mala señal? Lo ignoraba, pero al menos no había cerrado el puño para propinarle un puñetazo. Esperó hasta que abrió los ojos.

—¿Maddie?

Ella se humedeció los labios. Sus ojos verdes parecieron oscurecerse.

—¿Por qué no me besas?

—No lo sé —frunció el ceño y soltó un suspiro tembloroso—. Antes de irme con mi primer cliente, una de las otras prostitutas me aconsejó que no besara nunca a un hombre.

—¿Y nunca lo hiciste?
—No. Ella decía que besar a alguien era como regalarle el alma.
Caden le acarició los labios con el pulgar. Unos labios tan preciosos...
—¿Qué edad tenías?
—Ocho o nueve, no estoy segura. Mi madre nunca fue muy concreta con mi cumpleaños. Sabíamos más o menos el año y nos inventamos el mes.
—¿Tu madre te crio?
—No. Tenía otros intereses. Había un ranchero que estaba enamorado de ella, y ella planeaba marcharse con él.
—¿Lo hizo?
—No lo sé.
Aquello era bien triste. Caden recordaba a su madre con tristeza, sí, pero siempre con amor. No tuvo necesidad de preguntarle si su madama había sido buena con ella. Cualquiera que hubiera prostituido a una niña pequeña... Maldijo para sus adentros.
—Espero que lo pasara realmente mal —masculló.
—Está muerta.
—Entonces es que no lo pasó lo suficientemente mal. ¿La odias?
—¿Por qué habría de odiarla? Todo el mundo tiene que aprender a ganarse el sustento.
—¿Es por eso por lo que estás arrastrando todas esas rocas, porque te estás ganando el sustento?
Maddie asintió con la cabeza.
—No quiero estar en deuda con nadie.
—Eres mi esposa. ¿Cómo puedes estar en deuda conmigo? Lo que es mío, es tuyo.
—Solo mientras tú quieras dármelo. Los hombres siempre están abandonando a las mujeres. Las dejan tiradas para que luego ellas se las apañen solas.
Caden supuso que aquello era cierto.

—¿Es por eso por lo que quisiste aprender a hornear, verdad?
—Sí. Me gusta y es divertido.
—Ya.
Se estaba espléndidamente allí, con el agua refrescando sus cuerpos y el sol calentando sus espaldas. A su alrededor, cantaban los pájaros y zumbaban las abejas. Un perfecto día de verano.
Bruscamente, Maddie anunció.
—Pienso abrir un horno. Una pastelería.
—¿Dónde?
—Aún no lo he decidido.
Caden se esforzó por reprimir una pequeña punzada de furia, la que le producía que ella quisiera hacer planes sin él.
—¿Algún plan para mí en ese futuro tuyo? —su silencio fue suficiente respuesta. Suspiró—. Dime, ¿no me incluyes en ese futuro porque no crees que yo quiera formar parte del mismo... o porque no me quieres en él?
Le acercó la cabeza hacia sí, obligándola tiernamente a apoyarla en su hombro. El agua era fresca y su piel cálida, y en cualquier otra circunstancia la habría levantado en vilo, habría liberado su miembro y la habría penetrado, deslizándolo a través de la abertura de su pantalón hasta llegar a su ardiente y húmedo sexo. Pero tenía la sensación de que el sexo de Maddie no estaría húmedo, de que semejante acción le provocaría un daño irreparable. Necesitaba volver a recuperar su confianza: solo cuando lo hubiera hecho, podría aspirar a su pasión.
Permaneció apoyada en él, dejándose hacer pero sin colaborar, tensa. Sus dedos no buscaron la cara interior de su muñeca, como a Caden le habría gustado. Había pensado que su esposa estaba loca, pero la verdad era que estaba muy, pero que muy herida. La locura habría sido más fácil.

Con el mentón apoyado sobre su coronilla, la abrazó con fuerza y se dedicó a mecerla en sus brazos. Nada más.
–No tienes que volver a preocuparte de nada, Maddie. Nadie te hará el menor daño.
Antes de que pudiera decirlo él, lo dijo ella, aunque en forma de pregunta:
–¿Ni siquiera tú?

Capítulo 11

Maddie esperó una respuesta que no llegó. Por un lado, pensó, tenía que respetar a un hombre que no se atrevía a formular una promesa que sabía no podría cumplir. Por otro, sin embargo, quería odiarlo por mantener viva aquella esperanza que ella tanto se había esforzado por matar. Algún día aprendería verdaderamente por fin a dejar de amar a Caden Miller.
–Ya me lo imaginaba.
Se separó de los brazos de Caden y se incorporó, tambaleándose cuando el barro del fondo cedió bajo sus pies. Intentó ayudarla, pero ella rechazó su mano y regresó como pudo a la orilla, ignorando sus llamadas. ¿Quién se creía que era? Aquel hombre era una contradicción andante, por prometerle que la protegería cuando le había hecho ya tanto daño... Nunca olvidaría la manera en que la había llamado «prostituta», con idéntico desprecio que los demás hombres. Y ahora quería que ella lo olvidara, solo porque se sentía culpable. Lo cual solo duraría, por cierto, hasta que volviera a enfadarse. Tal vez no conociera a los maridos, pero sí a los hombres. Siempre se enfadaban. Lo sintió detrás de ella, así que apretó el paso.
Sí, había sido una prostituta. Nunca había tenido oportunidad de ser otra cosa, pero ahora lo era e iba a ser me-

jor persona de lo que todos pensaban que podría ser. Iba a ser precisamente la persona que ella quería ser.

Caden la alcanzó tan pronto como pisó la orilla. Chorreando agua, se inclinó para recoger sus enaguas. Él se las quitó de las manos, pero ella consiguió recuperarlas.

–Me pondré lo que quiera.

–Hace demasiado calor, Maddie.

Ella alzó una mano.

–No es decente no llevarlas.

Pensó que si se le ocurría responderle con algún comentario irónico, lo abofetearía. No recordaba haberse sentido nunca tan furiosa. ¿Quién se creía que era él para intentar hacerla sentirse vulnerable con aquel comportamiento tan considerado? Al final optó por no ponerse la enagua, pero no para darle gusto, sino porque no estaba de humor para forcejear con capas y capas de algodón empapado.

Cuando fue a alcanzar su vestido, su mano se adelantó. Y cuando lo recogió, sintió su dedo bajo la barbilla.

–¿Con quién diablos estás tan enfadada?

–Contigo –le dio la espalda.

Podía sentir la llamada de la poza, no de aquella poza sino de *su* poza, de su santuario, y la ignoró también. Habría sido fácil dejarse llevar, pero en ese momento era todavía más fácil quedarse porque, por muy confusa y dolida que se sintiera, estaba decidida a labrarse su propia vida. Se esforzó por permanecer tranquila.

Caden la agarró de un brazo y la obligó a volverse.

–¿Por qué?

¿Cómo se atrevía a preguntarle eso? Después de todo lo que le había hecho...

–Porque esto para ti no es más que un juego, pero para mí es mi vida.

–Soy tu marido.

La verdad se interpuso rotunda entre ellos.

—Te recuerdo que no por mucho tiempo, según tú mismo me dijiste.

Una cosa más que echarle en cara. Caden le soltó el brazo y se pasó una mano por el pelo. Maddie entró dentro del vestido y le dio nuevamente la espalda mientras se lo subía. Él la abrazó entonces por detrás, pegándose a su húmeda camisola, atrayéndola hacia su cuerpo. ¿Quién diablos se creía que era para hacerla sentirse querida, cuidada? Ella no tenía su poza, pero no tenía su muro de odio que oponerle. Un muro que no quería tirar abajo.

—Maddie...

No contestó.

—Maddie mía...

Esa vez le dio un pisotón en el pie.

—¡No me llames así!

No quería que volviera a llamarla así. Caden ni siquiera gruñó. Le retiró el cabello de la cara con aquel gesto tierno que siempre conseguía que le flaquearan las rodillas.

—¿Maddie?

—¿Qué?

—He sido un imbécil.

—Sí.

—Un estúpido.

No estaba dispuesta a discutírselo.

—Pero sigo siendo tu marido.

—¿Durante cuánto tiempo? ¿Una semana? ¿Un mes?

—Hasta que la muerte nos separe.

No quería que él hiciera realidad su sueño. Ya no. Alzó la barbilla.

—Hasta la próxima vez que decidas que soy una prostituta, ¿verdad?, y que yo te moleste. Entonces volverás a decirme que todo ha terminado. O simplemente montarás en tu caballo y te marcharás como todo el mundo, y yo me quedaré sola porque estúpidamente volví a creer en ti.

Vio que Caen daba un respingo, como si lo hubiera golpeado.

—Yo nunca haré eso.

—Claro que sí. Lo haces todo el tiempo.

—¿De qué estás hablando? —frunció el ceño.

—Cada vez que empiezas a sentirte cómodo, cada vez que empiezas a sentir que perteneces a un lugar, haces el equipaje y te marchas. Bueno, pues muy bien, vete, pero no me hagas quererte. No me hagas desear tanto estar contigo... que el corazón se me termina rompiendo cuando lo haces. Yo no quiero. Ahora me doy cuenta de quién eres.

—¿Y quién soy?

—Un egoísta que solo se preocupa de sí mismo.

—Eso no es verdad.

—Claro que sí. Y en cuanto al amor que sentía por ti, simplemente... —hizo un gesto con la mano, como cortando el aire— ha desaparecido —apoyó las manos en las caderas y dio un pisotón en el suelo—. Ahora quiero que te vayas.

—Lo siento, pero no.

Aquellas pocas palabras contenían mucha más emoción que toda su diatriba. A pesar de su resolución, lo miró. Ya no estaba mirando su rostro. Bajó la vista y supo el motivo. La camisola empapada se le había pegado a los senos, delineándoselos perfectamente. Los pezones, endurecidos por el frío, presionaban contra la tela como pequeñas puntas invitadoras. Se apresuró a cruzar los brazos sobre el pecho, privándole del espectáculo.

—Soy una prostituta, ¿recuerdas?

Caden no pestañeó.

—Recuerdo muchas cosas, Maddie mía.

Dio un paso adelante; ella retrocedió otro. Retrocedió otro más, y él avanzó un segundo. Cuando iba a retroceder un tercero, vio que sacudía la cabeza.

—Un paso más y te caerás de espaldas en la poza.

Maddie miró por encima del hombro. Efectivamente, estaba justo en el borde.

—Entonces deja de acercarte.

—No —continuó avanzando—. Tenías razón en algunas cosas, Maddie, y no la tenías en otras. Puedo llegar a ser terco y cabezota, pero también cariñoso y leal.

—No conmigo.

—Eso es mentira y lo sabes.

Maddie se mordió el labio.

—Ya no.

—Te quiero, Maddie —suspiró.

—Me tuviste.

—Sí, te tuve. Y no te supe valorar.

Sus ojos seguían fijos en sus senos; la poza seguía detrás de ella. Maddie se recogió las faldas. Vio que él sacudía la cabeza.

—No tengo por qué escucharte —era una simple bravata.

Caden esbozó aquella sonrisa suya que siempre le aceleraba el corazón.

—Sí, y me escucharás.

Con el siguiente paso que dio se plantó frente a ella, tan cerca que Maddie tuvo la sensación de que podía sentir su calor corporal todavía con mayor fuerza que el de aquel día. El sol arrancaba reflejos a sus ojos. No se permitió mirarlos. Pero era tan difícil...

Pensó en su poza, en su frescura, en su lisa superficie que se rizaba cada vez que tiraba una piedra, en su tranquilidad y en su silencio. Pero cuando sintió su mano en una mejilla la ilusión se resquebrajó, y volvió a estar justo donde no quería estar, de pie frente a Caden, el único objeto de su atención.

—Eres mi esposa, Maddie.

—Ahora te acuerdas.

—Nunca me olvidé.

—Mañana lo harás, cuando te convenga, cuando estés

en la ciudad y veas a alguna dama bonita y respetable. Te acordarás de quién y de lo que soy, y querrás olvidarte.

Maddie sintió sus dedos recorriendo su mejilla hasta detenerse en su pelo.

–Te equivocas en eso –él la acercó hacia sí hasta que ella no tuvo más elección que apoyarse contra su pecho. Luego, con una facilidad que la hizo desear abofetearlo, se dispuso a besarla.

–No.

–Sí.

El aliento de Caden acariciaba los labios de Maddie.

–Yo no beso.

Ella sintió su sonrisa cuando sus labios tocaban los suyos.

–A mí sí.

Maddie no tuvo más remedio que apoyar las manos sobre su pecho. O que cerrar los dedos sobre su húmeda camisa mientras él se inclinaba sobre ella, asumiendo lo que estaba sucediendo. Intentó volver a levantar su muro, pero, con una simple caricia de sus labios, él dio al traste con aquellos esfuerzos.

Fue un beso tierno, dulce, nada que ver con el que había imaginado. Su boca empezó a moverse sobre la suya, y ella esperó a que la obligara a abrir los labios como la mayoría de los hombres hacían siempre que se negaba a hacer lo que ellos querían, pero no fue así. La besó con exquisita dulzura y suavidad, como si la amara de verdad.

–Esto es cruel –susurró, estremecida.

–No, esto es como yo te veo, Maddie.

Maddie se quedó sin aliento. Indignación, esperanza... ni siquiera sabía lo que sentía. Todo era confuso. Pero la sensación era tan agradable... Era todo aquello con lo que había soñado cuando se había atrevido a soñar. Cerrando los ojos contra el resplandor del sol, gimió cuando todo pareció tornarse todavía más intenso. El poder de su contacto, la ternura de su beso. El calor de su cuerpo filtrándose a través de la humedad de su ropa.

Abrió los dedos y extendió las palmas por su pecho mientras se esforzaba por combatir la ilusión. Aquello no era más real que su poza imaginaria. Caden estaba consiguiendo lo que quería: nada más. Se estaba riendo de ella, como los hombres hacían siempre con las prostitutas. Porque podían. Porque por muy valiosa que se considerara una mujer a sí misma, siempre había una parte de su ser que quería importarle a otro. Esa necesidad la hacía sentirse débil y vulnerable. Caden era demasiado perspicaz como para no haber descubierto eso en ella. Y ella era demasiado débil para apartarlo de su lado. Tanto si era real como si no, quería atesorar aquel recuerdo.

Él continuó besándola dulcemente, y ella continuó dejándose, gimiendo mientras Caden le acariciaba los labios con los suyos, delineando su contorno con la punta de la lengua, absorbiendo el estallido de sensaciones que la atravesaba.

Sintió su sonrisa contra su boca cuando dio un respingo de la impresión, gimiendo.

–Me gusta ese gemido.

No le extrañaba: a ella también le gustaba. Era tan delicioso sentir su boca sobre la suya, tan deliciosamente íntimo... No le extrañaba que las prostitutas no besaran. Los besos podían realmente robar el alma de una persona. Como si supiera lo que estaba sintiendo, Caden empezó a subirle las faldas. Luego, inclinándose para agarrarla de las corvas, la levantó en vilo. Maddie soltó un chillido y se aferró a su cuello. Él se echó a reír.

–¿Qué estás haciendo?

–¿Yo? –sonrió–. Achuchando a mi mujer.

¡Achuchando! No era una palabra que asociara fácilmente con Caden. Caden era... simplemente Caden. Duro, terco, decidido, protector y viril. Era su sueño. Pero ella ya no podía confiar en él, justo cuando se estaba revelando como ese sueño.

Continuó agarrada a su cuello mientras Caden atravesaba el claro. Por fin se sentó a la sombra de un árbol, con ella en su regazo como si no pesara más que una pluma. Ella quiso levantarse, incómoda. Una vez que lo logró, soltó un suspiro de alivio... demasiado pronto, porque al momento siguiente, él volvió a tirar de ella.

Reía mientras tiraba de ella lentamente... hasta que la tuvo sentada a horcajadas sobre su regazo. Maddie podía sentir su duro miembro tensando su grueso pantalón. El suyo, húmedo como estaba, apenas supuso barrera alguna cuando él alzó las caderas, presionando su sexo con su verga.

—Quieres fornicar conmigo —lanzó las palabras como si fueran puñales.

Él las recibió como si fueran besos.

—Por supuesto.

Le tomó una mano. Con la otra la tomó suavemente de la nuca para atraerla hacia sí.

—Pero hoy no, Maddie mía. Hoy quiero besarte.

—Ya lo has hecho.

—No —sacudió la cabeza.

Deslizó el pulgar por sus labios, provocándole escalofríos de excitación. Tenía unas manos tan grandes. Manos grandes que podían protegerla y mantenerla a salvo. En ese momento la estaban manteniendo prisionera, sí, pero eran igualmente excitantes. El sordo dolor que sentía entre sus muslos, en sus senos, se intensificó cuando Caden se apoderó con los dientes de su labio inferior. El cosquilleo resultó insoportable. Cuando volvió a soltárselo, Maddie no pudo evitar humedecérselo con la lengua y paladear su sabor.

La risa de Caden flotó a su alrededor como la más deliciosa de las brisas. Volvió a acercarse hasta que su aliento se confundió con el de Maddie, pero no la besó conforme ella había esperado. Simplemente le acarició la nuca y sonrió, mientras ella... ella no parecía capaz de tranquilizarse, de encontrar e imponer su voluntad. Bajó la mirada hasta la boca de Caden y de repente dejó de respirar. Maddie pensó que él tenía una boca preciosa. De labios no solo llenos, sino perfectamente delineados. La boca de un seductor.

–La boca de tu marido –terminó él por ella.

«¡Dios mío!», exclamó para sus adentros. Había pronunciado aquello en voz alta.

–Cuélgate de mi cuello.

Era una orden que cualquier mujer prudente habría ignorado. Maddie subió las manos por su torso, palpando cada duro músculo. Cuando entrelazó los dedos detrás de su cuello, lo vio sonreír, y algo en lo más profundo de su ser la impulsó a corresponder a esa sonrisa.

–Y ahora ven aquí, Maddie mía.

Un leve movimiento y se descubrió envuelta en sus brazos, ladeando la cabeza ante la leve presión de sus dedos. El delicioso cosquilleo que sentía en los labios se confundía con el sordo dolor de su sexo. La sensación era absolutamente deliciosa. Se retorcía, se convulsionaba. Y él se limitaba a besarle una comisura de los labios cuando ella esperaba un pleno contacto. Seguía aferrada a él, enterrados los dedos en sus húmedos mechones.

–He sido un imbécil, Maddie.

–No dejas de decirlo.

Le besó la otra comisura.

–Un completo estúpido.

No iba a oponer nada a eso. Caden sonrió y la miró enarcando una ceja.

–¿No vas a discutírmelo?

–No.

–Bueno. Me gustan las mujeres obedientes.

Ella quiso morderle el labio.
—Entonces necesitarás buscarte una.
—Lo sé.
Caden le bajó la camisola, desnudando sus pezones en punta. Maddie no supo si cubrírselos o alardear de ellos.
—Sé lo que estás pensando —le dijo él mientras se despojaba de la camisa y la arrojaba a un lado. Tenía el pecho musculoso, atezado por el sol, salpicado de un vello oscuro. Hermoso, en suma—. Pero necesito sentir esos preciosos senos contra mi piel cuando nos besemos por primera vez. Solo eso, cariño.
Maddie reprimió un gemido.
—Ya nos hemos besado.
—No. Te he estado convenciendo, pero aun no hemos llegado al beso de verdad.
—Está bien —alzó la barbilla.
Caden se echó a reír y sacudió la cabeza antes de besarla en la punta de la nariz.
—Maddie, Maddie, Maddie... No te estoy usando, y tú tampoco me estás usando a mí. No se trata de que te resignes a nada. Soy un marido demostrándole a su esposa lo que siente por ella.
—Crees que soy una prostituta.
—Creo que eres dulce.
—Te estás castigando a ti mismo.
—Me estoy recompensando.
—¿Por qué?
—Porque puedo.
Eso sí que no lo dudaba Maddie.
—No quiero ser tu recompensa.
—Y yo no quiero ser tu castigo —replicó él.
—¿Entonces dónde nos deja esto?
—Nos deja sentados aquí, al sol.
—Estamos a la sombra.
—Tienes razón —la acercó hacia sí hasta que sus senos

rozaron la piel de su pecho–. ¿Has terminado de discutir conmigo?

Ardor. Presión. Belleza. Maddie tuvo que aclararse la garganta antes de preguntar:

–¿Y tú vas a renunciar a esa ridícula ocurrencia de besarme?

–No.

–Está bien –cedió–. Estoy cansada.

Aunque no por ello iba Caden a conseguir nada. Podía arrancarle un beso, sí. Pero que la estuviera reteniendo por la fuerza de aquella forma no significaba que pudiera obligarla a que lo aceptara o a que le gustara.

–Bien –con una ligera presión en su espalda, él volvió a acercarla hacia sí.

Su boca apenas estaba a un par de centímetros de encontrarse con la suya. Podía hacerse a un lado o echarse hacia atrás. Se decidió por lo primero. Su falo se encajó más profundamente entre sus muslos, rozando aquel lugar suyo tan sensible antes de latir contra su sexo. El sordo dolor de sus senos se fue extendiendo hacia abajo, con lo que aquella ligera presión se tornó mucho más intensa. Sus caderas empezaron a moverse. En aquel instante, lo oyó gemir: un sonido que jamás había imaginado que llegaría a arrancarle algún día. Le gustó.

Contuvo la respiración cuando Caden empezó a regalarle aquellos pequeños y castos besos que ella sabía que eran mentira. Pero no se detuvo, sino que continuó besándola mientras permanecían sentados boca contra boca, pecho contra pecho, sexo contra sexo. Se relajó un tanto, sintiendo la mayor presión de su falo, y esa vez fue ella la que gimió.

–¿Estás cansada de luchar? –volvió a preguntarle.

Ella se preguntó qué sentido tenía mentir. Ninguno.

–Sí –tampoco lo tenía resistirse.

–Bien.

Continuó tocándola, pero algo en aquel contacto cambió. Algo que le hizo contener el aliento mientras Caden alzaba las caderas y deslizaba la lengua entre sus labios, saboreando su humedad interior. Solo entonces, precisamente en aquel instante, supo por qué las prostitutas nunca besaban. Porque besar era como abrir una ventana al alma. Una ventana que le daba a un hombre acceso a cosas que no convenía tocar. Le daba acceso a su corazón.

Demasiado tarde intentó empujarlo, pero no fue Caden quien se lo impidió. Fue su propio amor por él. Aquel estúpido amor tomó el control contra su voluntad. Derritiéndola completamente en sus brazos, volviéndola dócil y receptiva cuando debería haberse mostrado enfadada y rencorosa.

–Buena chica.

Cuando le hablaba con aquella voz, su sentido común se evaporaba. La hacía desear entregarle su corazón, su alma, toda ella para que él pudiera volver a decírselo con aquel tono exacto. Caden le mordisqueó los labios, sonriendo mientras ella se mecía rítmicamente contra él, sin pronunciar una palabra...

Maddie no sabía identificar la emoción que sentía en sus besos, que veía en aquella sonrisa. La única palabra que acudió a su mente fue «ternura». Pero los hombres no eran tiernos con ella. Precavidos y cuidadosos sí, pero no tiernos. Y, sin embargo, él se estaba mostrando tierno y ni siquiera eso era suficiente. Necesitaba más. Deslizó una mano entre sus cuerpos. Caden se la agarró y volvió a alzársela hasta su cuello.

–Quiero mi beso, Maddie.

–No tenemos por qué besarnos solamente...

–Soy tu marido y quiero mi beso.

–Te estoy besando.

–Mmmm... Estás empezando a hacerlo.

¿Empezando? ¿Qué diablos era lo que quería de ella?

—Muéstrame entonces lo que quieres.
—Lo haré.
—Ahora.
Caden se echó a reír.
—Eres una mujer avariciosa... Lo haré a mi propio ritmo, muchas gracias.

Ella quería un ritmo más rápido. No sabía si era porque quería que terminara de una vez o porque quería averiguar lo que había detrás de aquella ternura, pero al final tampoco importaba. Solo quería sentir sus manos en su cuerpo, su boca sobre la suya. Quería su sabor, su aroma, su pasión, y cuanto más la besaba, más crecía ese deseo hasta que fue ella quien entreabrió los labios. Hasta que fue ella quien los deslizó por su boca. Hasta que fue ella quien lo dejó a él sin respiración.

—Oh, sí —murmuró él con una voz profunda que fue como otra caricia de placer—. Ahora sí que estás empezando a besarme.

—¿Querías que llevara la iniciativa?
—No, cariño. Quería que lo quisieras.

Después de aquello, el beso cambió de nuevo. Se tornó más ardiente, más insistente. Caden deslizó la mano a lo largo de su espalda hacia sus nalgas, y Maddie sintió como si sus dedos le marcaran la cadera cuando la aupó para abrazarla de nuevo. Metió la lengua en el interior de su boca, encontrándose con la de ella. Maddie pudo sentir la pasión que acechaba tras aquel lento, tierno gesto. La sintió hervir, y supo que aquella ternura tampoco era lo que él quería, aunque se la estaba regalando de todas formas. Un regalo que ella no conseguía comprender.

—No lo entiendo.

Caden sacudió ligeramente la cabeza.

—Y es una lástima. Quédate solo con esto: me gusta besarte, Maddie mía. Me gusta oírte jadear. Me gusta sentir tus labios contra los míos. Me gusta escuchar esos gemidos que lanzas cuando mi lengua acaricia la tuya. Me gusta lo que me haces sentir cuando revives en mis brazos.

Revivir. La palabra era de lo más adecuada, porque era precisamente eso lo que sentía. Casi como si, por primera vez en su existencia, se sintiera viva. Empezó a frotar las caderas contra las suyas, pero él la detuvo, impidiéndole moverse.

–No. Solo nos estamos besando, Maddie. No hay necesidad.

–Pero no es que yo no...

Él le mordisqueó los labios, cortando el resto de la frase, y hundió de nuevo la lengua en su boca, encontrándose con la de ella, provocándola, tentándola. Así hasta que Maddie hundió las uñas en su nuca mientras le devolvía el beso. Fue entonces su lengua la que se deslizó en su boca y sus labios los que reclamaron los de Caden, que, riendo, la dejó hacer. Sus manos recorrieron sus brazos y sus hombros, bajaron por su delicada espalda y volvieron a subir, rozando sus senos; apenas una leve caricia que hizo sin embargo que Maddie se apretara con mayor fuerza contra él.

Pero no podía frotarse contra él. No podía hacer prácticamente nada con su cuerpo. Solo contaba con su boca para compartir el ardor de su cuerpo, para suplicarle que la dejara desahogarse, pero Caden no tenía piedad. Simplemente se concentraba en intensificar aquella sensación. Sus besos eran tan diestros que le entraron ganas de llorar. Y no por lo mucho que él la deseaba, sino porque se estaba esforzando por demostrárselo, por demostrarle su pasión y su deseo. Por demostrarle lo mucho que le importaba.

–Así es como un hombre besa a una mujer a la que respeta –le dijo–. Así es como un hombre besa a una mujer que le importa.

El beso se profundizó, ardió fuera de control, abolió el

tiempo hasta que solo quedó la carne contra la carne, la boca contra la boca, la pasión contra la pasión. Por fin, cuando ya las uñas de Maddie se hundían profundamente en su cuello y era incapaz de dejar de gemir, Caden se apartó, cubriéndole de besos la mejilla izquierda, la mejilla derecha y la nariz, para terminar besándole la frente.

—Así, Maddie mía, es como un hombre besa a la mujer con quien pretende compartir un futuro.

Maddie tardó largo tiempo en asimilar sus palabras, y cuando digirió su significado, toda aquella tórrida pasión se congeló de pronto. Se apresuró a levantarse del regazo de Caden. ¿Cómo se atrevía a ofrecerle su sueño, a burlarse de la realidad, a tratarla como si fuera una niña? Él estaba hablando de un futuro, pero al día siguiente, o la semana próxima, cuando alguien la reconociera y a él lo mirara con desdén, su orgullo se impondría.

—Maddie —murmuró Caden, suspirando.

Ella se arregló la camisola y recogió su vestido. Besar siempre era peligroso. La hacía sentirse tan débil que hasta deseaba creer en el disparate que él le había soltado, contra todo sentido común.

Evocó aquella vez en que, con doce años, se había enamorado de un joven y las otras chicas se habían burlado de ella. Había vuelto a casa corriendo, desconsolada, y Hilda, la chica a la que había tenido por su mejor amiga, le había espetado:

—¿Y qué esperabas? Las prostitutas son para fornicar. Nada más.

Esa era una realidad que nunca iba a desaparecer. Que se interpondría para siempre entre ella y cualquier cosa que deseara.

—Las prostitutas son para fornicar —le espetó a Caden, y vio que él esbozaba una mueca como si hubiera recibido un golpe—. De modo que si quieres fornicar conmigo, adelante. Yo soy tu esposa y no puedo detenerte, pero no quiero escuchar cuentos de hadas ni promesas que no valen nada.

–Maldita sea, Maddie...

–No, maldito tú por pensar que soy lo suficientemente estúpida como para creerme una mentira.

Caden suspiró de nuevo mientras flexionaba una rodilla y apoyaba el codo en ella, mirándola con expresión suspicaz.

–¿Por qué habría de hacer eso, Maddie?

–No lo sé. Quizá necesites sentirte como si ganaras algo con ello.

–Y para que eso suceda, tú tienes que perder, ¿verdad?

Maddie sacudió la cabeza y repitió:

–Las prostitutas están para fornicar. No tenemos nada que perder.

–Como vuelvas a decir eso, te lavaré la boca con jabón.

–Vuelve tú a besarme y te arrancaré lo que tienes entre las piernas.

Caden la miró enarcando una ceja.

–Lo harías, ¿verdad?

Maddie giró sobre sus talones y se alejó furiosa, pensando que él no tenía ningún derecho a robarle su seguridad.

–Cuenta con ello.

Capítulo 12

Caden quiso seguir a Maddie. Lo necesitaba, de hecho, pero se contuvo. Nunca se había caracterizado por salir corriendo detrás de nadie, y no iba a empezar ahora. Habría preferido mil veces que se refugiara sonriente en sus fantasías, a verla levantar aquel muro de odio. Esa era otra cosa de ella que le había pasado desapercibida hasta ese momento, por culpa de lo mucho que se había acostumbrado a verla evadirse del dolor. Se frotó la muñeca, todavía lastimada por las ligaduras. Iba a llevarle algún tiempo acostumbrarse a la idea de que Maddie había dejado de huir para afirmarse en la realidad y sufrir como el resto de la gente. Tendría que ser más cuidadoso en lo sucesivo.

Maldijo entre dientes. Se pasó una mano por el pelo, palpando el barro y las hojas que llevaba pegadas. Esbozando una mueca, sacudió la cabeza. Para haber bajado a aquella poza a refrescarse, había terminado todavía más sucio y acalorado que antes. Se quitó el pantalón empapado. Se llevó una mano al miembro y lo sintió duro y dispuesto, especialmente sensible a la caricia de la brisa. Mientras se acariciaba la punta con el pulgar, se lo imaginó entrando en contacto con el dulce sexo de Maddie y se estremeció. Sabía sin ninguna duda que aquel sexo se cerraría sobre el suyo como un guante, encajando a la perfección. Porque todo en aquella mujer parecía estar hecho para él, desde la suavidad de sus senos hasta la dulzura de su carácter. Otra caricia de su pulgar, y otro estremecimiento. Resultaba fácil buscar alivio de aquella forma, pensando en ella, pero no lo haría. No alcanzaría el orgasmo hasta que Maddie estuviera dispuesta. Entonces lo alcanzarían juntos. Era una forma de reparación que probablemente ella no apreciaría si llegaba a enterarse, pero Caden necesitaba compartir algo con ella, aunque solo fuera esa frustración. Con un gemido y un juramento saltó al agua. La sensación de frescor fue una bendición para sus recalentados sentidos. Permaneció sumergido hasta que pensó que los pulmones iban a estallarle, esforzándose por apagar el fuego de su sangre. No tuvo éxito del todo. Emergió de golpe y se apartó el cabello de los ojos. Tras nadar durante un rato, regresó a donde podía hacer pie.

—Deberías haberte traído jabón —pronunció una voz desde la orilla.

—¿Qué diablos quieres, Ace?

Ace estaba haciendo girar una moneda entre sus dedos, como tenía por costumbre, con el aspecto más despreocupado del mundo. Caden sabía que su amigo, en algunos aspectos, era un verdadero maestro en el arte del disimulo.

—Bueno, imaginaba que te encontraría de mal humor, después de ver la cara que tenía Maddie cuando volvió al campamento.

—¿Pero? —conocía el tono de Ace. Siempre anunciaba problemas.

—Pero tenemos problemas.

—Diablos —masculló, irguiéndose—. ¿Culbart?

—En cierto sentido, sí.

—No te andes con rodeos.

—Uno de sus hombres vino para advertirte.

—¿Dickens?

–No.

–¿Advertirme de qué? –si Culbart pensaba que podía seguir dándole órdenes, estaba muy equivocado.

–Indios –explicó Ace, echándose el sombrero hacia atrás–. Quemaron un asentamiento de colonos a pocos kilómetros del rancho de Culbart.

Tenía que ser New Haven. Diez familias se habían juntado para fundar aquel pequeño poblado. Estaba aislado, pero bien armado. Si los comanches lo habían destruido, la cosa iba en serio.

–Diablos.

–Nos envió recado: no es seguro que nos quedemos aquí –añadió Ace.

Caden no se engañaba pensando que Culbart podía profesarle algún tipo de simpatía, pero evidentemente estaba preocupado por Maddie. El ranchero tenía razón. Maddie no estaba a salvo allí, si acaso lo había estado alguna vez... Se echó el cabello hacia atrás con las palmas de las manos, enjugándoselo.

–¿Cuándo fue eso?

–Hace tres días.

Estaban a dos días a caballo del Ocho del Infierno. Y a uno del rancho de Culbart, lo mismo que de la población de Simple.

–Culbart dice que puedes dejar a Maddie en su rancho –añadió Ace.

Culbart tenía muchos hombres, pero si los comanches se habían levantado realmente, eso no le serviría de nada. Y lo que era más importante: por lo que se refería a la seguridad de Maddie, no confiaba en nadie.

–No, ella no irá allí.

–Son dos jornadas a caballo hasta el Ocho del Infierno.

–Lo sé.

–Podríamos conseguirlo.

–Sí, pero tendríamos que atravesar territorio hostil durante todo el tiempo. Y tú dijiste que habías visto señales de los indios –le recordó Caden.

–Sí. Muchos jinetes y con prisas. Es probable que se tratara del mismo grupo que asoló New Haven.

–¿Crees que sabrán que estamos aquí?

–Creo que sería estúpido suponer lo contrario.

Caden le dio la razón. Él no era ningún estúpido, y tampoco pensaba arriesgarse con Maddie.

–Simple está solamente a una jornada a caballo de aquí.

–Y es demasiado grande para que la ataquen los comanches. Pueden atacar a unos cuantos colonos por los alrededores, pero no se atreverían con tantos hombres blancos.

–Cierto.

Caden se pasó una mano por el pelo. No podía abandonar la mina. Los Ocho del Infierno necesitaban ese oro para sobrevivir. Le había prometido aquel potro a Culbart, lo que significaba que él iba a tener que quedarse allí... mientras que Maddie iba a tener que marcharse.

–Voy a tener que llevar a Maddie a Simple. Dejarla en el hotel y rezar para que pase desapercibida.

–No le va a gustar nada.

–Lo sé. Desde que llegó al Ocho del Infierno ha estado evitando el pueblo.

–Nadie puede culparla por ello. ¿Cuándo quieres partir?

–A primera hora de la mañana.

–¿Y cuándo piensas decírselo? –quiso saber Ace.

Caden salió del agua y recogió su ropa. Se puso la camisa sobre el torso mojado.

–A primera hora de la mañana.

Ace se echó a reír.

–O eres un gallina o esperas hacer algún progreso mientras tanto.

–¿Tú qué crees? –repuso mientras se abrochaba la camisa.

–Creo que haré guardia esta noche.
Quiero que traslades el campamento a aquella cornisa rocosa desde la que se domina el valle. Al menos allí nadie podrá sorprendernos.
–Ya le pedí a Maddie que se pusiera manos a la obra y empezara a recogerlo todo.
–¿Le contaste lo de los indios?
–No. Supuso que era porque los bandidos nos habían encontrado.
–Están muertos.
–Ya lo asimilará con el tiempo, pero ahora mismo está recogiendo tranquilamente el campamento, preparándose para moverlo a otro sitio.
–¿Está asustada?
–No lo parece. No se ha refugiado en sus fantasías.
Caden se puso el pantalón.
–Ha dejado de hacerlo.
–¿De veras?
Caden se encogió de hombros.
–Supongo que ya no siente la necesidad.
–Tengo que admitir que sería todo más fácil si continuara haciéndolo.
–Lo dudo.
–¿Por qué?
–Lo creas o no... –Caden empezó a ponerse los calcetines y a calzarse las botas–. Me gusta furiosa.
–¿De veras?
–Sí, me gusta –había mucha pasión en Maddie. Y le gustaban aquellas explosiones suyas.
Ace lanzó la moneda al aire y la recogió a la vez que le hacía una burlona reverencia.
–¿No tendrás por casualidad algo de fiebre?
–No –respondió Caden, sonriéndose.
–¿Qué vas a hacer?
–Ayudarla a recoger el campamento.

—¿Qué vas a decirle?
—No lo sé.
Ace se echó a reír y le lanzó el sombrero.
—Es bueno saber que tienes un plan.
—Yo siempre tengo un plan —mintió mientras se lo ponía.
La risa de Ace lo siguió sendero arriba.

Cuando Caden regresó al campamento, vio que Maddie lo tenía todo bajo control, lo cual no era de sorprender. Mirando a su alrededor, vio que los fardos estaban preparados, solo faltaba envolver bien el contenido y atarlos. Y también tranquilizar a Maddie, a juzgar por la nerviosa mirada que le lanzó.
—No sé cómo atarlos...
Así que era eso lo que explicaba su nerviosismo. Maddie siempre se preocupaba por hacer las cosas bien, perfectas. Probablemente porque había sido poca la tolerancia que en el pasado habían tenido con sus errores.
—No te preocupes. Yo te enseñaré.
Cuando se agachó, vio que ella se apartaba con demasiada rapidez. Fingió no notarlo.
—Se hace así.
Tomando las esquinas del fardo, las dobló por el medio antes de cruzarlas sin más con la soga.
—¿Ya está? —lo miró con el ceño fruncido, extrañada de que fuera tan simple.
—No vamos a irnos muy lejos. Los ataría algo mejor si fuéramos a cargarlos en los caballos para una jornada larga.
—Ace dijo que teníamos que movernos porque los bandidos nos habían encontrado.
—Me sentiré mejor con un muro de roca a nuestra espalda. Pasaremos más calor porque la cornisa nos tapará la

brisa, pero será más seguro –se dijo que, estrictamente, no era una mentira.

Maddie se humedeció los labios. Caden fue incapaz de desviar la mirada de la punta de su lengua cuando lo hizo. De repente se dio cuenta de que estaba conteniendo el aliento. Alzó la vista. *Ella* estaba mirando su boca. Se sonrió. Al parecer era tan consciente de él como él de ella...

–Es tan dulce besarte... –sabía que solo estaba consiguiendo ponerla más nerviosa, pero era la verdad–. Maddie mía, a la que nunca nadie había besado...

Hasta que llegó él y lo hizo. Pasó a ocuparse del segundo fardo, en medio del silencio que siguió a sus palabras. Un silencio que finalmente rompió ella:

–No soy virgen.

Caden sacudió la cabeza.

–No importa cuántos hombres te usaran, Maddie. Para mí, eres virgen. Nadie ha tocado nunca tu corazón. Nadie ha despertado nunca esa pasión tuya –terminó de atar el segundo fardo y volvió con el primero. Vio que ella seguía de pie en el mismo sitio, mirándolo fijamente, aunque en ese momento tenía los puños cerrados, pegados a los costados–. La parte más importante de tu persona sigue indemne, esperando al hombre adecuado que la despierte –la miró fijamente a los ojos–. Yo quiero ser ese hombre. El único que te haga arder. El único al que no puedas mirar sin excitarte. El único que te haga gritar de placer.

Maddie desvió la vista.

–Yo sé cómo fingir eso.

Se había puesto firmemente a la defensiva.

–¿De veras? Déjame escucharlo.

–¿Qué?

Caden cruzó los brazos sobre el pecho.

–Déjame escuchar cómo lo finges.

–¿Por qué?

–Porque siento curiosidad por saber cómo una mujer que nunca ha sentido placer puede imitarlo.
–¿Aquí?
–¿Y por qué no? Si se trata de algo fingido, ¿qué puede importar dónde lo hagas?

Parecía inequívocamente incómoda, lo cual no era de extrañar.

–No quiero hacerlo.
–¿Por qué? ¿Tienes miedo de que no me parezca lo suficientemente real?
–Simplemente no quiero.
–Porque no puedes.
–Puedo.

Caden sonrió y dio un paso adelante, esperando que ella retrocediera. Pero no lo hizo, y por alguna razón eso le alegró. Maddie estaba decidida a caminar sola, y él, en vez de impedírselo, iba a estar a su lado para sujetarla si caía. Para que con el tiempo pudiera llegar a comprender que ya no estaba sola. Le resultó más fácil de lo que imaginaba deslizar los dedos por su mejilla para terminar tomándola de la nuca y atraerla hacia sí. Más fácil y más dulce.

–¿Qué estás haciendo?
–Tú sabes lo que estoy haciendo. Y lo que es más, lo deseas.
–No... –susurró ella contra sus labios.

Caden sonrió y la besó profunda, ardiente, apasionadamente. Separándole los labios con la punta de la lengua, provocándola, haciéndole cosquillas en el interior de la boca hasta que ella no pudo evitar sonreírse. Y tentándola aún más hasta conseguir que empezara a gemir, momento en que recibió su pasión como el preciado regalo que era.

No se retiró hasta que no la hubo dejado sin aliento, y entonces apoyó la frente contra la de ella, sonriendo y mirándola a los ojos. Parecía impresionada, como un pajarillo sorprendido fuera de la seguridad de su nido, y supuso que eso era precisamente lo que era el pequeño mundo de fantasía de Maddie: un nido. Sin él, la vida solo era una avalancha de experiencias con las que no sabía lidiar.

—Te diré una cosa.

—¿Qué? —le preguntó con una voz ronca que fue como una caricia para el miembro de Caden.

Quiso oírla pronunciar su nombre con aquella misma voz, preferiblemente cuando se estuviera deslizando en su interior la primera vez. Pensaba encargarse de que no lo olvidara nunca.

—Esta noche, cuando no acostemos juntos, quiero que me enseñes cómo lo finges.

—Yo no me acuesto contigo. Solo duermo.

—Está bien. Esta noche, cuando estés tumbada a mi lado, intentando fingir que yo no estoy, quiero que me enseñes cómo lo finges.

Volvió a besarla en la boca, deslizando la lengua por la parte interior de su labio inferior y acariciándole al mismo tiempo la nuca.

—Sí. Ah... y Maddie...

—¿Qué?

—La próxima vez que te bese...

—No habrá próxima vez.

No pudo menos que sonreírse ante su terquedad. Le dio un toquecito en la mejilla con un dedo. Era tan bella...

—La próxima vez respira por la nariz.

Maddie pasó nerviosa toda la tarde, atenta al sol como un condenado a muerte que contemplara un patíbulo. Caden volvió a sacudir la cabeza. ¿Qué se pensaría ella que iba a suceder? ¿Acaso que iba a convertirse en un monstruo deseoso de hacerle daño? Evidentemente, le quedaba todavía mucho trecho para ganar su confianza. Y ahora que habían acabado de cenar, los platos estaban fregados y la fogata apagada, con Ace haciendo la guardia en lo alto de la cornisa rocosa, él disponía de su primera oportunidad de empezar a conquistarla. Poniéndose en pie, se sacudió el pantalón.

Maddie se levantó con igual rapidez, en un revoloteo de faldas. Caden no pudo menos que recordar la belleza de sus piernas, con aquellas esbeltas pantorrillas y aquellos muslos llenos, aquellas caderas deliciosamente redondeadas...

–Voy a hacer una ronda para asegurarme de que todo está bien.

Ella se volvió para mirarlo asombrada.

–Maddie, er... –él sacudió la cabeza al ver su asombro–. Te estoy dando tiempo para que hagas todo lo que tiene que hacer una mujer antes de que su amante se reúna con ella.

–Tú eres mi marido.

–Y tu amante. Harías bien en recordarlo.

–Pero yo no tengo nada...

–¿Qué quieres decir con que no tienes...? No es problema. Yo no necesito cremas aromáticas ni ropa interior de lacitos.

Pero ella lo miraba como si estuviera hablando otro idioma.

–¿Qué crees que puedas necesitar que no tengas aquí? –vio que ella sacudía la cabeza. Por más que se esforzaba, no se le ocurría nada–. ¿Maddie?

–No tengo mi... –se interrumpió.

Apretó los labios de tal forma que Caden supo que no iba a decírselo. Suponía que podía insistir, pero... ¿a quién diablos le importaba?

–Entonces prescindiremos de ello.

En ese momento se lo quedó mirando con los ojos muy abiertos.

–Te aseguro que la falta de lo que sea que sea eso... no conseguirá disuadirme.

Maddie se humedeció los labios y cruzó los brazos sobre el pecho. Nada que ver con la clásica imagen de la novia bien dispuesta.

—No puedo evitar concebir.

La respuesta lo dejó impresionado y también un punto entusiasmado. Le habría encantado engendrar un diminuto bebé pelirrojo con Maddie, verla gestar a su hijo...

—¿Y quién ha dicho que yo quiera que lo evites?

—Es solo que yo, quiero decir, yo soy...

La interrumpió.

—Eres mi esposa —terminó por ella, para luego añadir—: Y, Maddie, te tomaría ahora mismo, tal como estás, y estaría encantado de engendrar un hijo contigo. Pero me estoy comportando como un caballero.

—¿Por qué?

—Porque te mereces tanta ternura como consideración.

Vio que ella sacudía la cabeza. Con un gesto de su mano, despreció los altruistas sentimientos que él estaba intentando transmitirle.

—¿Por qué querrías tomarme ahora?

—Porque te deseo.

—¿Qué es lo que me hace deseable ante tus ojos?

Quería saber lo que él veía en ella. Una pregunta razonable, partiendo de una mujer tan inquieta y asustadiza.

—Eres bella, Maddie.

—Soy normal y corriente. Tengo pecas.

—Eres bella, Maddie. Por dentro y por fuera, y si hubieras venido a nosotros de otra manera de como lo hiciste, me habría plantado ante tu puerta para cortejarte. Pero durante mucho tiempo estuviste curándote, y yo no me permití fijarme en ti hasta que llegó un punto en que empecé incluso a engañarme, a fingir ante mí mismo. Pero luego Culbart te secuestró, y no tuve más remedio que ir a buscarte. Esperaba encontrar a una mujer destrozada, perdida en sus fantasías: la misma niña perdida que eras cuando llegaste al Ocho del Infierno. En lugar de ello encontré a una mujer fuerte que simulaba esas fantasías y se esforzaba por hacer lo que fuera con tal de sacarnos a todos de aquella situación. Y la misma fantasía con que yo te protegía se hizo pedazos.

Maddie empezó a retorcerse las manos hasta que los nudillos se le pusieron blancos.

—Yo no sabía que Culbart iba a obligarme a casarme contigo.

—Lo sé, y creo que una de las razones por la que tú le seguiste la corriente fue porque cualquier cabezonería que se me hubiera ocurrido habría podido costarme la muerte.

Maddie pareció impresionada ante la revelación. Caden fingió no notarlo.

—A veces pienso, Maddie. No siempre pienso antes de hablar, pero procuro reflexionar sobre las cosas hasta que las entiendo. ¿Qué tú te prestaste al juego para conseguir casarte conmigo, traicionando así a un Ocho del Infierno? ¿Tú, que siempre habías tenido un sentido de la lealtad tan arraigado? —sacudió la cabeza—. No. Eso me parecía absurdo.

—¿Y por eso ahora quieres tener sexo conmigo?

—No me obligues a abordar ese tema, porque si lo haces... me temo que no vas a disponer del tiempo que necesitas para sentirte cómoda.

Vio que ella retrocedía un paso. Él avanzó otro, la tomó de la mano y la atrajo hacia sí.

—Una de las lecciones que necesitas aprender es la diferencia entre una amenaza de pasión y una amenaza de peligro.

—¿Cuál es la diferencia?

—La primera debería hacerte sonreír.

Ella se humedeció los labios.

—Tú quieres que me guste *eso*, lo sé.

—Sí que quiero.

—Pero a mí no me gusta.

Caden sonrió y deslizó un dedo a lo largo de su cuello y de su mandíbula, hasta llegar a los labios y terminar con un golpecito en la nariz.

—Entonces te doy permiso para que me enseñes cómo lo finges.

—Pero ahora ya sabes que puedo fingirlo.

—Cariño, todo hombre sabe que una mujer puede fingirlo.

—¿De veras?

—El desafío consiste en ver si uno puede conseguir pasar de lo falso a lo verdadero.

—¿Y crees que tú puedes conseguirlo conmigo?

—No sé si podré conseguirlo esta noche, pero espero que sí. Hay tanta pasión y belleza en ti... Pero si no puedo, haré todo lo posible por demostrarte que lo que tenemos es bueno.

—No sé lo que tenemos.

—Somos marido y mujer. Tenemos un futuro que construir.

—Dijiste que te desembarazarías de mí.

—Cambié de idea.

Caden ignoró su «pero quizá yo no» y giró sobre sus talones, con una sonrisa en los labios.

Realmente no era tan buena fingiendo.

Maddie permanecía a los pies del petate concentrada en respirar con normalidad. Cinco minutos. Él le estaba dando cinco minutos. Cinco minutos para recordar... no, ni siquiera para recordar, sino para *aprender* a ser una esposa. ¿Qué era lo que quería de ella? Había hablado de ella como si fuese una virgen, pero ambos sabían que no lo era. Había estado con hombres que habían querido que simulara que eran los primeros. ¿Sería eso lo que quería Caden que hiciera? Con él probablemente podría conseguirlo. Porque con Caden le resultaba siempre tan fácil sentirse tan... nueva.

Cuantas más vueltas daba a la idea, mejor le parecía. Simular ser una virgen no era tan difícil. Los hombres tenían ideas muy concretas sobre cómo se comportaban las vírgenes. Preferencias muy claras sobre lo que deseaban de ellas.

«Déjame que te suelte el cabello». Sí, primero necesitaba hacerse una trenza. No demasiado apretada. Los hombres tal vez quisieran que tuviera un aspecto virginal, pero también les gustaba un toque de pasión. A los aficionados a las vírgenes les gustaba soltarles el cabello y deshacerles las trenzas. De la misma manera que les gustaba pensar que podían desatar y desencadenar su pasión.

«No seas tímida».

Y les gustaba también desvestirlas. Les gustaba pensar que tenían el poder de hacerlas perder todas sus inhibiciones. «No tengas miedo». Más voces del pasado resonaron en su cabeza. «Tú simplemente quédate quieta. Yo sé lo que hay que hacer. Tú quédate ahí tumbada».

Aspiró profundamente y rebobinó todas aquellas frases en su mente hasta que recuperó la confianza. Caden era un hombre como cualquier otro, y ella sabía bien lo que los hombres querían de las vírgenes. Sabía lo que quería Caden. Sacando su cepillo de la alforja, se cepilló bien la melena y se la recogió luego en una trenza suelta. Inalcanzable y a la vez disponible; eso era lo que los hombres querían. A uno de sus clientes solía gustarle mucho ver latir su pulso en la base de su cuello. Le gustaba el miedo y tener a alguien a quien inspirárselo. No había sido un hombre tierno.

Se desabrochó los dos primeros botones de su corpiño. Bueno, en realidad no podía recordar la época de su virginidad: aquellos primeros años habían sido tan dolorosos que se había esforzado por olvidarlos, hasta que era ya como si nunca hubieran existido.

Oyó los pasos de Caden. El crujido de una rama mientras se acercaba. Se sentó en el petate, extendiendo sus faldas, alisándolas, juntó luego las manos sobre el regazo e irguió la espalda, adoptando el aspecto más recatado posible. No tuvo que fingir miedo. Estaba muy nerviosa y temerosa. No quería decepcionarlo.

Caden entró en el círculo de luz que proyectaba la fogata. Las sombras le daban un aspecto siniestro, hasta que ella logró distinguir su rostro. No había furia en sus ojos: solo ternura. Ella no sabía qué hacer ante la ternura, no sabía cómo reaccionar a ella, pero de seguro que era mucho mejor que el odio, así que sonrió tímidamente... con una timidez que tampoco fue fingida. Se le antojaba extraño pensar en acostarse con Caden, e incluso, todavía a esas alturas, pensar en él como en su marido. Sabía que aquello no iba a durar, que no era más que un juego que él quería jugar, como la mayoría de los hombres, pero al menos sería un recuerdo que atesoraría durante los años venideros. Y quería que fuera un buen recuerdo.

—Hola.

La miró y frunció el ceño.

—¿Estás dispuesta?

—Sí.

Caden suspiró.

—Quizá sería mejor que fingieras, después de todo.

—No lo entiendo —Maddie sintió que el pánico le cerraba el estómago.

Se sentó a su lado. Parecía descontento. Se sacó las botas, la segunda le costó un poco más que la primera.

—¿Maddie?

—¿Que?

La miró con expresión inescrutable.

—¿Cómo esperas tú que irán las cosas esta noche?

—Bueno, yo voy a fingir que soy una virgen —respondió. La frase «y tú vas a fingir que te quedas contento» se le atascó en la garganta.

—¿Eso es lo que crees que yo quiero? ¿Que finjas?
—Tú me dijiste que fingiera.
—Sabes perfectamente que estaba siendo sarcástico.
Maddie sacudió la cabeza.
—Yo no sé nada —cerró los puños sobre el regazo. Sin saber cómo ni por qué, le entró una rabia tremenda—. Pareces pensar que debería saberlo todo, cuando en realidad no sé nada. No sé lo que quieres tú. No sé lo que tú quieres que sea. No sé cuánto tiempo va a durar todo esto. No sé cómo voy a sobrevivir cuando todo esto termine, y yo...

Caden le rodeó los hombros con un brazo para atraerla hacia su pecho. Ella quiso golpearlo. Pero en lugar de ello abrió el puño y extendió la palma sobre su corazón, sintiendo su firme latido y el calor de su cuerpo transmitiéndose al suyo.

Cerró los ojos, incapaz de resistirse al abrazo. Había habido tan pocos abrazos en su vida... Se desconcertaba cada vez que él le daba uno. Sintió el roce de sus labios en su pelo.

—¿Maddie?

Estaba empezando a desagradarle la manera en que pronunciaba su nombre. Porque siempre era como la antesala de más sondeos, de más dolor, de más revelaciones sobre la persona que era y que ya no quería ser.

—¿Qué?

—Quiero hacerte el amor, y no... fornicar contigo.

Maddie pensó que había conocido hombres a los que eso también les gustaba.

—Solo dime cómo quieres que sea y lo seré.

—Yo no quiero que seas nada —le alzó la barbilla con un dedo.

Maddie no podía distinguir su expresión con demasiada claridad entre las sombras, pero estaba segura de que él podía ver la suya.

—Quiero que lo que sea que suceda entre nosotros sea

sincero. Si no sientes nada, no disimules. Quédate como estás, como un cuerpo muerto.

—A los hombres no les gusta eso —replicó. A no ser que quisieran que se hiciera la muerta, pensó. Eso le ponía la carne de gallina—. A mí no me gusta hacerme la muerta.

Lo sintió retraerse, y supo que esa vez sí que lo había sorprendido.

—¿Qué diablos te hace pensar que yo quiero eso?
—Dijiste que me quedara como un cu...
—Diablos —musitó—. Maddie.
—¿Qué?
—¿No podemos empezar con un abrazo?

Eso sí que podría soportarlo. Maddie asintió con la cabeza.

—Bien.

Caden se tumbó, y ella se tumbó también, solo que guardando las distancias. Esperó durante unos segundos, luego suspiró y estiró un brazo hacia ella.

—Ven aquí.

Ella cedió, como hacía siempre, y apoyó la mejilla sobre su hombro. Fue incapaz de volver a respirar hasta que sintió sus brazos en torno a ella. Una vez que su cuerpo entró en contacto con el suyo, el pánico que sentía por dentro se disolvió. Caden no hizo nada más que abrazarla y frotarle suavemente la espalda.

Estaba nerviosa. No podía soportar la espera, la tensión del silencio. Hasta que al fin le espetó:

—¿Quieres oírme fingir ahora?

Caden se rio, apretando su abrazo. Y, maravilla de las maravillas, Maddie sintió que la tensión la abandonaba.

—Creo que prescindiré de eso. Por el momento.

«Maravilloso», pensó Maddie.

Capítulo 13

—¿Quieres oírme fingir ahora?
Caden sacudió la cabeza. ¿Cómo podía una mujer yacer en sus brazos de una manera tan dulce y tierna, y al mismo tiempo hacerle una pregunta tan ridícula? Él no quería para nada que fingiera, pero, a juzgar por su tensión, tenía la sensación de que decírselo no iba a llevarlo a donde quería llegar con Maddie. Y ansiaba desesperadamente llegar *allí* con Maddie.
La besó en la coronilla y deslizó los dedos por su brazo, sintiéndola tensarse. La oyó contener el aliento. Para cuando alcanzó el primer botón de su vestido, se dio cuenta de que había cesado completamente de respirar. La miró a la débil luz de la fogata, que ya se estaba apagando.
—¿Qué piensas exactamente que voy a hacerte, Maddie?
—No lo sé. Lo que te haga feliz.
El plan era hacer feliz a los dos. Y pronto. Tenía el miembro tan duro que la presión del pantalón era un rozamiento de lo más erótico.
—¿No crees que sea tan diferente de los otros hombres? —esbozando una mueca, quiso patearse el trasero. Si había algo en lo que no quería que pensara Maddie, era en sus pasadas experiencias.
—No —negó con la cabeza.

—¿Entonces por qué estás tan asustada?
—No sé lo que te gusta.
—¿No esperas que yo te lo diga?
Volvió a encogerse de hombros. Caden deslizó las puntas de los dedos por su mejilla, acariciándole las pecas con el pulgar.
—Soy tu marido, Maddie. Nada de lo que suceda entre nosotros te avergonzará, ni hará que te sientas dolida o triste.
—Eso no lo sabes.
Apartándole la trenza, bajó la mano para acariciarle con los nudillos la cara exterior de un seno.
—¿Qué es lo que no sé?
—Si lloraré.
Caen supuso que tenía razón.
—Bueno, si lloras, te doy permiso para que me dispares —al ver que ni siquiera sonreía, le preguntó—: ¿No hay nada que pueda decir para que te tranquilices?
Maddie volvió a negar con la cabeza.
—En ese caso, quizá deba hacer simplemente lo que estoy haciendo, y ver cómo nos va.
—Adelante —asintió.
No era la invitación más ardiente que había recibido, pero era una invitación, al fin y al cabo. Incorporándose sobre un codo, se inclinó sobre ella.
—¿Qué estás haciendo?
—Había pensado en darte un beso —consideró una victoria que ella no le recordara que no besaba. Le acarició tiernamente los labios con los suyos, lamiéndoselos con suavidad, besándole las comisuras. Y ella le dejó. Obviamente iba a tener que ejercitar a fondo su paciencia esa noche, además de toda su maestría.
Subiendo la palma de la mano, se apoderó de un seno a través de la tela del vestido. La oyó inspirar hondo y el sonido le llegó hasta el alma: Maddie, la endurecida prosti-

tuta contenía el aliento cuando un hombre le tocaba un seno. Sacudió la cabeza. Era un crimen que no hubiera conocido un placer tan sencillo. Manteniendo una presión tan leve como natural, la besó hasta que logró que separara los labios, invitando a su lengua a entrar. Con la misma sutil persistencia, consiguió provocarle una respuesta con la mano que seguía sobre su seno, el pulgar en el pezón, sin forzar nada. Dejó que se fuera acostumbrando a su peso y sensación, a la busca de aquella pasión que había sentido antes, enterrada debajo de tanto miedo.

Conseguir que se relajara le costó varios minutos de dulces, tiernos y deliciosos besos. Sonrió cuando la sintió removerse levemente bajo su mano, y mató el impulso de apretar y frotar: era demasiado pronto. Pero se moría de ganas de hacerlo. Maddie tenía el cuerpo más sensual y apetecible del mundo. Una fiesta para los sentidos de un hombre. Para *sus* sentidos.

La besó de nuevo. Al ver que abría los ojos, le sonrió.

–Hola, Maddie mía.

Ella parpadeó varias veces y le devolvió la sonrisa.

–¿Te sientes ya con ganas de darme un abrazo?

Otro parpadeo de extrañeza. Luego, aquellas pequeñas manos subieron hasta su cuello y se colgaron de él con increíble fuerza, como si le fuera la vida en ello.

–Así es, Maddie. Agárrate bien a mí.

Vio que movía los labios, sin llegar a proferir ningún sonido.

–No necesitas decir nada, cariño.

–Lo siento.

–¿Qué es lo que sientes?

–Tú quieres algo salvaje, excitante...

Él la acalló con un beso.

–Te quiero a ti, Maddie. Salga como salga lo nuestro. Puedes quedarte más rígida que una tabla y aun así todo estaría perfecto.

—Mientes —ella frunció el ceño.
Caden se encogió de hombros.
—Un poco. Pero lo cierto es que esto es solo la primera vez. No es cada vez. Es un principio, que no un final. Voy a hacerte el amor con la mayor dulzura que pueda. Voy a darte el mayor placer posible —vio por su expresión que Maddie no tenía ni la menor idea de lo que estaba diciendo—. Y cuando todo termine, me dormiré contigo en los brazos como el hombre más feliz del mundo. Y cuando te despiertes por la mañana, seguiré estando a tu lado, abrazándote, esperando.

Lo miraba como si quisiera creer en él. Caden quería que empezara a pensar en el dar y recibir como en un ejercicio realmente recíproco. No solo que él tomara y ella diera, sino también al revés.

—¿Y qué esperarás tú a cambio?

Podía decirle lo que ella ya sabía, pero si quería escucharlo, no tenía ningún problema al respecto.

—Un beso de buena mañana.

Vio que a ella se le humedecían los ojos y maldijo para sus adentros. Si Maddie lloraba, él perdería su erección; eso era seguro. Pero no lloró, y tampoco se refugió en su mundo de fantasía. En lugar de ello, se acercó aún más y levantó su rostro hacia el suyo.

—Eso me gustaría.

Él pensó que su Maddie era única entre un millón.

—Bien.

Tomándola de la nuca con una mano, deslizó los dedos de la otra por la cara exterior de su seno mientras la besaba.

Ella no solo lo siguió, sino que colaboró activamente, imitando sus movimientos, enredando su lengua con la suya, delineando su labio superior por dentro, mordisqueándole el inferior, al tiempo que hundía las uñas en la parte posterior de su cuello. Y esa vez fue Caden quien gimió, quien sonrió.

Porque a Maddie le gustaba darle placer de la misma manera que a él le gustaba darle placer a ella.

—Diablos, eres una mujer excitante, Maddie Miller.

Vio que ella daba un respingo al escuchar su nombre de casada. Sonrió. Le gustaba que ella llevara su nombre. Si se salía con la suya, acabaría dejando su marca por todo aquel maravilloso cuerpo.

Fue besándola de la mejilla hasta la oreja, capturando el lóbulo entre los dientes, mordisqueándoselo suavemente. Maddie se estremeció de la cabeza a los pies y luego hizo algo increíble; ladeó la cabeza levemente, invitándolo a continuar. A seguir adelante.

—Ah, Maddie...

Se ocupó de complacerla, acariciándole con la lengua la sensible zona de detrás de la oreja, caminando por aquella delicada frontera entre la pasión y la ternura, por lo muy nuevo que era todo para ella. Lo veía en cada suspiro de vacilación, en cada pausa entre caricias. Le había hecho creer que estaba de vuelta de todo, pero lo que Caden veía era a una mujer atrapada por sus recuerdos e intentando liberarse, y él quería estar allí para sostenerla cuando lo hiciera, para enseñarla a volar, para verla arder en sus brazos.

—No puedo imaginarme acostándome sin tenerte entre mis brazos —le dijo mientras empezaba a desabrocharle el botón del vestido y le besaba el pequeño y delicioso hueco de la base del cuello—. Despertarme por la mañana y no oírte reír, no ver tu sonrisa... No, no quiero saber lo que sería eso...

Pero lo sabría porque al día siguiente tendría que dejarla en el pueblo. Allí no estaba a salvo. Y eso lo iba a matar.

—Nunca te dejaré —le dijo ella con los dedos enterrados en su pelo, entreabriendo inconscientemente las piernas.

Caden se instaló entre ellas con el corazón acelerado, pulsante su miembro. Le dolían los testículos. Capturó su labio inferior entre los dientes, imaginándose lo que sería deslizar su falo en aquella preciosa boca...

–Dime que eres mía –necesitaba al menos oír eso.

–Sí –suspiró Maddie contra sus labios.

Los botones del vestido cedieron con facilidad. También lo hizo Maddie, alzando los senos al encuentro de sus manos. La tensión de sus dedos parecía indicarle lo que quería que le hiciera.

–Adelante –la animó él–. Sabes lo que quiero.

–¿Qué?

–Invita a mi boca a besar tus senos –al ver que ella sacudía la cabeza, mordiéndose el labio, añadió–: No lo haré si no me lo pides, Maddie. Esta noche no sucederá nada que tú no me pidas.

Gimiendo, Maddie miró a su alrededor.

–Ace...

–Ace está de guardia.

Ella gimió de nuevo.

–¿Qué es lo que quieres, Maddie? Esto es para ti. Dime lo que quieres.

Por toda respuesta, le rozó los labios con los dedos. Caden ya estaba harto. Le desató los lazos de la camisola y se la bajó para descubrirle los senos. Unos senos tan hermosos... Ansiaba verlos a la luz del día, pero aquello tampoco estaba tan mal. Eran cremosos, con los pezones de un color rosa pálido. Finos y delicados pezones que deseaba sentir endurecerse bajo su lengua. Vio que alzaba una mano para cubrírselos. Él sacudió la cabeza.

–No, cariño –sujetándole las manos, se las alzó por encima de la cabeza antes de apoderarse de un pezón con los labios. Se lo lamió suave, delicadamente, con la misma ternura con que la había besado, tentándola y provocándola hasta que consiguió endurecerlo. Pudo sentir cómo contenía el aliento ante la caricia de su lengua.

Le soltó las manos. Al ver que no las movía, sonrió.

Acunándole el seno izquierdo en la palma, le acarició el pezón con el pulgar mientras le lamía el derecho. Empezó con exquisita lentitud, apenas un simple roce.

–Pídemelo –le dijo, aplicando solamente una mínima presión y dándola a entender lo que podría suceder si la intensificaba.

–¡Oh!

Le daría todo lo que ella deseaba, pero antes tenía que pedírselo. No iba a forzarla. Y tampoco quería que recordara ninguna mala experiencia si acaso se sentía forzada, obligada.

–Caden... –el ronco susurro provocó que su miembro se tensara aún más bajo el pantalón.

–¿Qué?

–No sé –le tiró del pelo, inconscientemente. Parecía incapaz de expresarse.

–¿Preferirías que te acariciara más fuerte, Maddie mía? ¿Necesitas que te lama los senos con mayor... energía? –le preguntó, con el pezón contra sus labios.

–Sí.

–Entonces pídemelo.

–Por favor, acaríciame más fuerte –pronunció tras una mínima vacilación.

Al fin, la autorización que esperaba... Se metió la punta de su seno en la boca y empezó a succionarle el pezón, sintiéndola arquearse de inmediato. Pero fue de miedo, que no de pasión. Le acarició entonces una mejilla con un dedo.

–Tranquila, cariño. No voy a hacerte daño alguno. Solo le estoy demostrando a mi esposa lo mucho que la deseo y lo mucho que quiero que goce conmigo.

El respingo que dio al oír la palabra «esposa» fue un verdadero misterio para Caden hasta que la oyó susurrar:

–Se suponía que tenía que hacerte disfrutar.

–¿Qué te hace pensar que no es así?

—No te estoy tocando.

—Si no estoy disfrutando, entonces explícame cómo es que estoy a punto de correrme.

No parecía tener una respuesta para eso, algo de lo que Caden se alegró. No estaba de humor para mantener una conversación civilizada. Terminó de desabrocharle el vestido.

—Levanta un poco las caderas —le dijo mientras se lo bajaba para quitárselo.

Quedó tendida ante él en pantalón y camisola.

—¿Te importa si me deshago la trenza? —alzó la mirada hacia él—. Me la hice para que pudieras hacerlo tú.

Tardó un momento, ocupado como estaba en contemplar sus senos, en procesar la información.

—Maddie, ¿no estarás por casualidad representando algún papel conmigo? ¿Refugiándote en alguna de tus fantasías?

—No, no estoy fingiendo.

—Pero estás representando un papel.

—Me dijiste que era virgen. Sabes que no lo soy.

Sí que lo sabía.

—Cariño, te dije que eras virgen en el sentido de que no sabías de qué iba esto.

—Sé lo que hay que hacer.

Le tomó una mano y se la llevó a los labios.

—No sabes nada. Sabes lo que significa ser forzada. Sabes lo que es dar servicio a un hombre, pero no sabes absolutamente nada de cómo deberíamos hacerlo.

—¿Sería distinto?

—Lo nuestro tiene que ser algo natural. Un intercambio de placer.

Vio que ella se estaba humedeciendo los labios de nuevo, clara señal de que estaba nerviosa.

—¿Qué te pasa ahora? —le preguntó.

—Yo no siento placer.

¿Cómo diablos iba a sentirlo? Nadie se había molestado nunca en proporcionárselo.

–Es normal que no lo hayas sentido nunca. Pero ahora es distinto. A partir de ahora vamos a cambiar eso.

–Vamos a construir nuestra propia vida –repuso, repentinamente animada.

Parecía que le gustaba la idea.

–Eso es. *Nuestra* vida.

Pero acto seguido su expresión se tornó seria:

–¿Qué quieres que haga?

–Quiero que cierres los ojos y te relajes. Y cada vez que te sientas bien y que te guste, quiero que me lo digas.

«Chillando, mordiendo, arañando...», pensó Caden. Todos esos verbos acudieron a su mente.

–¿Qué tal si me regalas uno de esos pequeños suspiros y sonrisas que me gustan tanto?

–De acuerdo, pero... ¿y si no me gusta?

–Entonces tendré que cambiar de técnica hasta conseguirlo. Eso es todo. No es demasiado difícil.

Le lamió rápidamente un seno con la lengua y la miró. Tuvo que esperar un poco y repetirlo, pero al final consiguió la sonrisa que estaba buscando.

–Te gusta.

Maddie asintió con la cabeza.

–No sé por qué, pero me siento bien.

–¿Un poco bien o muy bien?

–Un poco bien.

Así que necesitaba ejercer un poco más de presión...

–Maravilloso. Vamos a ver si podemos mejorarlo.

Sabía que era como fuego contenido en sus brazos. Solo necesitaba el toque adecuado, la persuasión correcta, y ardería fuera de control. Quería ser la llama que desatara su incendio. Mientras rodaba a un lado hasta quedar tumbado de espaldas y la sentaba encima, con su sexo presionado contra su miembro, susurró:

—Ven aquí, cariño.

Así lo hizo ella, y con un entusiasmo que lo dejó más que excitado.

—Así es.

Maddie se humedeció los labios, regalándole una vista de su pequeña lengua rosada, y Caden tuvo una visión de aquella lengua deslizándose por su miembro. Gruñó cuando la sintió mover las caderas contra las suyas. Vio que abría mucho los ojos mientras la sensación la atravesaba. Le sonrió.

—Siempre me produces ese efecto. Me vuelves loco, cariño.

—Cualquier mujer podría hacer eso.

Caden sacudió la cabeza.

—No estoy diciendo que no disfrute del deporte de cama como cualquier otro hombre. Pero, últimamente, lo de fornicar por fornicar no es para mí. Resulta... —le apartó los suaves mechones de la cara, sujetando su trenza cuando ella se incorporó sobre su pecho para mirarlo. Le desató el lazo para empezar a deshacérsela— que llevaba tiempo deseando algo especial. Alguien especial.

—Yo no soy especial.

—Eso soy yo quien tiene que decidirlo.

—Pero yo...

Caden le puso un dedo firmemente sobre los labios.

—Tú eres mi esposa. Nuestro futuro comienza aquí. Y necesito que prestes atención, porque quiero hacer esto muy bien para que sea un buen comienzo. Para que cuando un día mires hacia atrás y nuestra hija te pregunte qué es lo que debería esperar de su noche de bodas... sonrías.

—¡Oh!

—¿Qué?

Maddie sacudió la cabeza, hundiendo las uñas en su pecho.

—Abrázame.

—¿Por qué?
—Tú solo abrázame.
Así lo hizo.
—Pero haré algo mejor que eso. Voy a amarte.
Le bajó el pantalón por las caderas, hasta los tobillos, y se los quitó. Maddie continuaba pasivamente tendida encima, cuando lo que él quería era fuego. La obligó suavemente a incorporarse, de modo que quedó sentada a horcajadas sobre su regazo. Su miembro continuaba prisionero en el pantalón, presionado con fuerza contra su sexo. Y empezó a mover las caderas, viendo como ella contenía el aliento por el íntimo frotamiento de la basta tela.
—¿Te gusta?
Ella asintió mientras jadeaba.
—Mucho.
Gruñó cuando ella empezó a moverse. Había pasado mucho tiempo desde la última vez, y Maddie era tan sensual...
—Tranquila, cariño.
A modo de respuesta, volvió a moverse. A frotarse.
—Diablos.
Ella se echó a reír y se inclinó luego para susurrarle al oído:
—Llevas demasiada ropa.
Era verdad. Haciéndola a un lado, se desnudó tan rápido que hizo saltar un botón. Pero antes de que pudiera volver a tenderse, ella se apoderó de su falo con una mano. Él se la cubrió con la suya, sacudiendo la cabeza.
—Esta vez es para ti.
Ella lo miró con una maliciosa sonrisa que inflamó inmediatamente su deseo, excitándolo casi tanto como sus palabras musitadas con voz ronca:
—Lo sé.
No le soltó el miembro. En lugar de ello, se lo acarició todo a lo largo, desde la base hasta la punta, que acunó

luego en su palma. Caden cerró los ojos y la dejó hacer. Esperó que lo tocara con la mano diestra de una prostituta, pero en lugar de ello pareció dedicarse a experimentar, incluso a jugar... y descubrió que, para Maddie, aquel era precisamente otro comienzo. Disfrutar de un hombre, que no darle servicio.

Maddie alzó la mirada. Esa vez fue él quien sonrió.

–No hay nada mejor que sentir tu mano en mi miembro...

Ella se humedeció los labios, aquellos labios tan llenos y suaves, y bajó la mirada antes de inclinarse hacia él. Resultaba curioso: él era un hombre muy experimentado, pero con Maddie se sentía tímido... porque aquello le importaba demasiado. La detuvo antes de que su boca entrara en contacto con su miembro. Un solo toque de aquellos labios y todo habría terminado, y era mucho el placer que quería regalarle antes de que eso sucediera.

–Después –al ver su mirada de sorpresa, él explicó–: Quiero saborearte primero.

Parpadeó extrañada.

–¿No ha saboreado nunca nadie ese dulce sexo tuyo? –al ver que negaba con la cabeza, musitó–: Ah, cariño, vamos a divertirnos mucho...

Un solo movimiento de su cuerpo fue lo único que necesitó para tumbarla boca arriba en el petate. La melena se derramó sobre su rostro, añadiendo una nueva luminosidad a sus ojos. Se inclinó y la besó.

–Maddie mía –recorrió con aquel beso la mejilla, el cuello, el hombro. Podía sentir la presión de sus pezones contra su pecho, pequeñas puntas de calor, mayores evidencias del fuego que él quería desatar. Fue bajando cada vez más, deslizando una mano bajo su muslo y cerrándola sobre sus caderas para sujetarla con firmeza. Cuando la oyó gemir, susurró–: Bien. Eres una niña buena.

–No soy una niña.

Él se apoderó de un seno con una mano, llevándose el pezón a la boca.

—No, no lo eres. Pero eres igual de buena.

Maddie volvió a asentir. Caden succionó con fuerza la dura punta y ella arqueó la espalda... dándole oportunidad de deslizar la otra mano bajo su cintura para presionarla con fuerza hacia sí.

Continuó torturando el pezón con la lengua y los labios hasta que sus gemidos se volvieron más altos, más roncos, e insistió todavía más, haciéndola arder para él.

—¿Mejor, cariño?

Estaba tan perdida que Caden creyó que no lo había oído, pero entonces vio que sonreía levemente y sintió sus dedos en su pelo, acercándolo hacia sí. Le besó luego el otro seno, pellizcando el pezón primero, y despertando un nuevo incendio en aquella zona antes de acariciárselo con la lengua y succionarlo también. Maddie clavó los talones en su espalda. Caden anhelaba con desesperación hundir su falo en el calor y en la tersura de su sexo. Ya llegaría ese momento. Pero antes...

Le cubrió el vientre de besos mientras ella contenía el aliento, mordisqueándole la piel cuando llegó al ombligo, rodeándoselo con la lengua. A continuación deslizó un brazo y luego el otro bajo sus corvas, para alzarle las piernas y apoyárselas sobre sus hombros, exponiéndola por completo a él.

Los labios de su sexo estaban cubiertos por un fino vello rojizo. Ante ellos, el rosa más dulce pareció dar la bienvenida a su mirada: estaba húmedo, aunque no lo suficiente. Sobre todo cuando ansiaba que estuviera chorreando para él, exigiéndole a gritos que la tomara.

Su aroma asaltó su olfato: a almizcle, a mujer limpia y dulce. No podía creer que nadie nunca hubiera amado, adorado aquel sexo. Era tan perfecto... Los pétalos interiores eran tan delicados como su naturaleza dulce y sensual...

Mientras se inclinaba, ella le tiró del pelo. Caden ignoró la orden y aplicó la lengua en la pequeña uve que rodeaba su clítoris para hundirla en su interior, lamiéndola y frotándola suavemente, trabajando con aquel apretado nudo de nervios, sintiendo la tensión que irradiaba a través de sus muslos.

Agarrándola de nuevo de las corvas, le alzó aún más las piernas para acercarla toda ella a su boca, exponiéndola al asalto de su lengua y de sus dientes. La amó con exquisita ternura, al ritmo de sus gemidos y de sus jadeos, incrementando la presión y por tanto su gozo, sintiendo cómo aquella deliciosa tensión iba penetrando poco a poco en sus músculos. A la espera de que se incrementara, escuchando los desesperados jadeos que indicaban que estaba casi a punto, se concentró en succionarle el clítoris a la vez que lo atrapaba con los dientes. Y pudo sentir en aquel preciso instante cómo su cuerpo se conmocionaba de sorpresa, oír el grito desgarrador que anunció su primer orgasmo. Le lamió el sensible botón mientras la sentía convulsionarse, embebiéndose de sus gritos. Con su falo inflamado a punto de estallar mientras oía sus sollozos, tan dulces...

Continuó lamiéndola hasta que ella empezó a empujarlo, retorciéndose como si no pudiera ya soportarlo más, como si fuera demasiado. Todavía tenía que aprender que nunca podría ser demasiado.

Suavizó, sin embargo, sus caricias para concentrarse en sus labios exteriores mientras volvía a encenderla, y deslizó delicadamente un dedo en el interior de su sexo. Lo sintió apretarse en torno a él y volvió a ocuparse de su clítoris, apoyando sin más la lengua en la zona hasta que ella dejó de temblar.

Solo entonces deslizó otro dedo aprovechando que arqueaba las caderas, y empezó a moverlo lentamente mientras volvía a succionar la hinchada punta.

—¿Qué me estás haciendo? —le preguntó mientras le arañaba los hombros, haciéndole sangre.

El dolor solo consiguió inflamar su pasión. Necesitaba entrar en ella...

–Amarte –su boca volvió a ascender por su cuerpo, mordisqueándole el vientre y los senos, besándole los labios.

Maddie abrió las piernas para entregarse inmediatamente a él. Aquella instintiva muestra de sumisión desactivó la ferocidad de su deseo, dándole la fortaleza necesaria para retomar la ternura. Deslizó la gruesa cabeza de su falo por su clítoris antes de penetrarla, y por un segundo la sintió tensarse. Le besó las mejillas, la nariz, los ojos.

–No, cariño. Solo un poco más de placer.

Maddie abrió los ojos; él leyó primero el miedo en ellos, pero luego la confianza, ahuyentándolo. Su Maddie confiaba en él, después de todo lo que había sufrido. Le acunó el rostro entre las manos y apoyó la frente contra la suya.

–Mía –musitó tan bajo la palabra que no supo si ella lo había oído. Su sexo estaba apretado y ardiente: fuego líquido que envolvía su miembro. Quiso contenerse, hacer que durara, pero era demasiado. Empezó a retirarse con los dientes apretados–. Córrete conmigo.

Maddie sacudió la cabeza.

–No puedo.

–Sí puedes –deslizó una mano entre sus cuerpos hasta alcanzar su clítoris con el pulgar. Lo tenía aún hinchado, caliente, húmedo. Empezó a frotárselo, lentamente al principio, recorrida su espalda por sucesivos estremecimientos, tensos los testículos, hasta que la necesidad de verter su semilla en ella, de marcarla como suya, resultó abrumadora. Pero se resistió de todas formas, deseoso de que Maddie lo acompañara durante todo el proceso. Deseoso de alcanzar el orgasmo al mismo tiempo que ella, esa primera vez. Deseoso de que todo fuera perfecto.

Vio que se quedaba sin respiración, arqueando la espalda.

–Eso es.

Empujó con mayor fuerza. Maddie lo atrajo hacia sí. Se montaban, cabalgaban mutuamente, anhelando ambos un mismo momento: aquel en el que conseguirían lo que querían. Ella a él. Él a ella. Su recíproca posesión.

El clímax lo recorrió como una llamarada, haciendo que su nombre le aflorara a los labios. El sexo de Maddie se cerró sobre su falo mientras su cuerpo se convulsionaba, embebiéndose de su semilla. Ella musitó su nombre en un silencioso grito y él explotó. Todo su mundo se redujo a aquel instante, a aquella mujer. Su amante. Su esposa.

Su Maddie.

Capítulo 14

Por primera vez desde que tenía memoria, Maddie se despertó feliz y satisfecha. Sonrió y aspiró profundo, respirando el aroma de Caden y la sensación de encontrarse desnuda en sus brazos y sentirse al mismo tiempo maravillosamente bien. Él la hacía sentirse segura. Evocó la pasada noche: la pasión, la ternura, los besos. Incorporándose, le tocó la boca con los dedos. Le encantaba besar. Bajo sus yemas, aquellos labios se curvaron en una sonrisa. Ella se estiró y, mientras Caden se incorporaba, lo besó.

–Qué maravilla –murmuró Maddie contra su boca.
–¿Qué?
–Besar.

Caden le acarició una sien y bajó la mano hasta su oreja, en una familiar caricia que terminó en la nuca.

–¿Y lo otro?
–Eso es probablemente lo más increíble de todo –reconoció ella–. Porque nunca antes me había gustado.
–No es de sorprender.
–Pero me gusta contigo –sonrió–. Lo siento como algo... natural.
–¿Natural?
–Como debería ser.
–Quizá es que estabas destinada a arder por mí, cariño.

Pensó que esa clase de conversación debería haberla hecho sentirse incómoda. Pero con su sexo sintiendo todavía la huella de su falo, y los pezones tan sensibilizados por sus besos, resultaba difícil sentirse incómoda con nada. Era como comer unas gachas calientes: todo blandura y flojera por dentro.

Le echó los brazos al cuello. Las palabras se le escaparon contra su voluntad:

—Te quiero.

—Ah... —esa vez Caden la besó con mayor pasión, y ella respondió sin vacilar, separando los muslos para que él pudiera instalarse entre ellos.

Ella acogió con fluidez el pene de Caden en su cuerpo, y este gimió mientras se cerraba deliciosamente en torno a él. Maddie no experimentó ni un ápice de temor: tan solo una gran expectación. Porque sabía ya dónde iba a terminar aquello: en el paraíso.

Clavó los talones en el suelo y arqueó las caderas. Caden enredó los dedos en su pelo y su boca encontró su cuello, la clavícula, el comienzo de sus senos... que fue delineando hasta que encontró el pezón, mientras su miembro se hundía aún más en su sexo ardiente.

Ardor. Todo estaba ardiendo. Lo oyó gemir su nombre. Ella suspiró el de él, abriéndose en cuerpo y alma, ofreciéndole la emoción que la recorría. Él era su marido. Le pertenecía. Nunca más estaría sola. Era una sensación tan maravillosa...

Un dedo de Caden encontró su clítoris y comenzó a frotarlo. Una llamarada atravesó el cuerpo femenino. Los dientes de él encontraron su pezón y lo mordieron con exquisita delicadeza, lo suficiente para provocarle un orgasmo a ella. Caden empujó con mayor fuerza, mordió con mayor fuerza, acarició con mayor fuerza sin concederle el menor descanso, catapultándola a una verdadera tormenta de emociones. Maddie fue a su encuentro con todo su ser, gritando su nombre y olvidándose de todo: dónde estaban, quién era ella, Ace, los Ocho del Infierno... todo. Solo quedó Caden y la manera en que la hacía sentirse. Perfecta. Simplemente perfecta.

Cuando todo hubo terminado, él seguía allí, abrazándola, besándola, unido a ella, regalándole la única cosa que siempre había querido: una sensación de pertenencia. Y se aferró a esa sensación con la misma fuerza con que se aferraba a él, dejando que se derramara sobre ella como el sol de la mañana, fuerte y radiante.

Bella tenía razón. Había necesitado descubrir lo que quería ser, que no era otra cosa que la esposa de Caden. Apretando su sexo sobre el miembro que ya empezaba a relajarse, sintiendo la humedad de su semilla entre los muslos, sonrió. Era definitivamente eso: la mujer de Caden.

No supo durante cuánto tiempo permanecieron así. A ella se le antojó una eternidad, en el buen sentido. No quería que terminara nunca, pero desde el bosque que tenían a su izquierda, les llegó un casi estruendoso rumor de pasos y ramas rotas, acompañado de un sonoro silbido.

Era Ace. Se subió la manta hasta el pecho. Caden se echó a reír.

—Me parece que es Ace, avisándonos de que se dirige hacia aquí con su peculiar discreción.

—¡Bueno, pues dile que no se dé tanta prisa!

Ni siquiera recordaba dónde había arrojado Caden su ropa. Recogió su camisola y se la metió por la cabeza, pero el pantalón no lo encontró por ninguna parte. El muy maldito de Caden seguía sentado allí, mirándola y riendo. Abrió la boca para gritar, pero él se le adelantó:

—¡Estaremos contigo en unos minutos, Ace!

—¡Pues daros prisa! Tengo el estómago vacío. No todo el mundo puede vivir del amor.

Maddie no pudo evitar sonreírse. Incluso Ace sabía que aquello era amor...

—¿Dónde está mi pantalón? —siseó.
Caden se encogió de hombros.
—¿No quieres arrastrarte para buscarlo?
Se disponía a hacerlo cuando se dio cuenta de sus intenciones.
—Solo quieres verme el... —se ruborizó.
—¿El trasero? Tienes toda la razón —señaló los pies del petate—. No me disgustaría ver cómo te arrastras con el trasero en pompa...
—¡No haré tal cosa! —no con Ace al otro lado de aquellos arbustos.
Sentada en el petate, apartó las mantas y empezó a levantarse. Antes de que lo hubiera hecho del todo, Caden le dio un azote en el trasero desnudo. Maddie se quedó sin aliento. Y él no retiró la mano, sino que se dedicó a acariciar la zona dolorida...
¿Qué sentido tenía mentir? Sintió el movimiento de sus dedos desplazándose hasta su sexo y explorando su clítoris con una delicadeza tal que le flaquearon las rodillas.
—Oh, claro que lo harás... —Caden esbozó una sonrisa maliciosa que todavía hizo que a Maddie le entraran ganas de besarlo—. Tendrás que experimentar con eso algo más tarde...
¿Con su clítoris o con los azotes? Lo ignoraba, pero, una vez más, no le importó. Quizá con ambas cosas. Nunca le habían dado azotes antes, y no era algo que imaginaba que pudiera disfrutar, pero no podía negar el delicioso calor que le había proporcionado el que acababa de recibir. Y dado que quien lo haría no sería otro que Caden...
Lo miró, allí tendido sobre la manta como un dios pagano, con una segunda manta cubriendo apenas su ancho torso, su musculoso estómago y aquella sugerente tira de vello que partía de su ombligo para perderse en... Humedeciéndose los labios, recogió la manta con los dedos y la retiró

lentamente. Su impresionante miembro viril se irguió ante sus ojos.

Cerró entonces los dedos en torno a su miembro, sonriente.

—Creo que tienes razón.

Caden gimió y tiró de ella para colocarla sobre su regazo, boca abajo. Le separó al mismo tiempo los muslos de modo que su falo quedara bien apretado contra su sexo antes de propinarle tres fuertes azotes en el trasero. Sus dedos viajaron luego por sus nalgas hasta llegar a su sexo, ya húmedo: entraron allí, empapándose de sus jugos, para dirigirse a continuación hacia su ano. La habían violado por allí antes, pero aquello no era una violación. Era pura seducción, y lo que antes le había dolido la hacía jadear en ese momento de placer. Sobre todo cuando el dedo de Caden rodeó el estrecho y apretado agujero antes de hundirse en él, primero levemente y después del todo, a fondo. Y cuando lo sacó para volver a meterlo otra vez, dilatándola a su placer. Haciéndole sentir.

—Dios mío, cariño, me haces arder...

Maddie gimió a modo de respuesta.

—Dime si te gusta esto.

No pudo hacer otra cosa que asentir con la cabeza. Caden hundió y sacó el dedo dos o tres veces, haciéndola preguntarse e imaginarse lo que sería sentir su falo, que no el dedo... En ese momento, el ruido de ramas y pasos en la espesura se intensificó. Retiró el dedo. Otro azote en el trasero, esa vez más tierno, seguido de una consoladora caricia.

—Deja de seducirme, mujer. Tenemos compañía.

La levantó de su regazo, riéndose cuando ella se apartó el cabello de la cara y lo fulminó con la mirada. Luego, después de rebuscar bajo la manta, él sacó su pantalón. Maddie se lo arrebató indignada, con fuego en las mejillas y en los ojos. Toda ella estaba ardiendo.

Tuvo el tiempo justo de ponerse el vestido y volverse para abrochárselo cuando apareció Ace.

–Podías habernos dado unos minutos más –le reprochó Caden.

–Diablos, si lo hubiera hecho, mi estómago me habría devorado. Además, por mucho tiempo que os diera, para vosotros nunca sería suficiente.

La vergüenza y el deseo batallaban en el interior de Maddie.

–Voy a bajar al arroyo a lavarme.

Ace le entregó una cazuela.

–Te haré unas gachas si me llenas esto.

La recogió junto cono un poco de jabón y desapareció rumbo al agua. Volvió a trenzarse el pelo y tardó poco en lavarse: la cara, los brazos, la entrepierna y las axilas, refrescándose mínimamente hasta que, ya avanzado el día, pudiera darse un buen chapuzón. Esperaba bajar para entonces acompañada de Caden, para que la vigilara mientras disfrutaba del baño. Se lo imaginó sentado en la orilla. Aquellos ojos gris azulados estudiándola, hermoso a pleno sol, radiante. Quizá lo invitaría también a hacerle compañía en el agua...

«¡Cielos!», exclamó para sus adentros. Se estaba convirtiendo en una mujer lasciva, algo que en alguna ocasión la habían llamado pero que nunca había tenido la más remota idea de lo que quería decir. Pero con su marido entendía perfectamente la palabra, y esa era otra supuestamente mala cosa que resultaba increíblemente buena. Con la persona adecuada, las cosas malas se transformaban en buenas. Era la persona la que obraba la diferencia.

Después de llenar la cazuela de agua, regresó al campamento. Cuando se estaba acercando al claro, en el mismo linde del bosque, oyó a Ace que le preguntaba a Caden:

–¿Se lo has dicho ya?

—No —respondió al cabo de un silencio.
—¿Cuándo piensas soltárselo?
—Cuando llegue el momento.
—Empezaremos a recoger el campamento dentro de una hora. ¿Vas a esperar hasta que esté montada en el caballo?
—Me lo preguntará ella misma antes de entonces.
—¿Por qué no se lo dices ahora?

Maddie se acercó un poco más, deseosa de ver el rostro de Caden cuando respondiera a la pregunta de Ace.

—Ella misma lo descubrirá mucho antes.
—Cuando lo haga, ¿qué vas a decirle?
—La verdad.
—¿Cuál verdad?
—No es asunto tuyo.
—Creo que deberías habérselo dicho antes de hacerle el amor.
—¿Por qué?
—Para que tuviera elección.
—Ella tiene elección.
—Yo lo que creo es que ella no habría querido apuntarse a la lista de las mujeres a las que uno ama para luego dejarlas.

Vio que Caden resoplaba. Por dentro, el hielo estaba empezando a congelar la cálida llama de la felicidad.

—¿Cómo lo llamas tú? —le preguntó Ace—. Probablemente te has pasado la noche entera haciendo que dependa de ti, haciendo que te quiera... cuando de aquí a seis horas la dejarás en el pueblo, sola. ¿Cómo diablos imaginas que se va a sentir?
—Es mi esposa. Estará bien.
—Es una mujer. Se pondrá hecha una furia.
—Me da igual. Es lo que tiene que hacerse.
—¿Por qué? ¿Porque tú lo dices?
—Métete en tus propios asuntos, Ace.

Maddie seguía allí, con la cazuela en la mano, asimilando la terrible verdad. ¿Caden iba a abandonarla?

–Maddie es del Ocho del Infierno, y por tanto es asunto mío.
–Es mi esposa. Mi mano gana a la tuya.
Maddie dio otro paso hacia el campamento. Ace y Caden se encaraban con actitud desafiante, tensos los hombros. Se le derramó un poco de agua en los pies. Estaba fría, pero no tanto como la frialdad que la recorría por dentro.
–¿Vas a dejarme? –le preguntó a Caden.
–No puedes quedarte aquí.
–¿Por qué?
–No es seguro.
–Lo ha sido durante los dos últimos días.
Caden miró a Ace. Al ver que se limitaba a cruzar los brazos sobre el pecho, gruñó por lo bajo.
–No, no lo ha sido. No quería preocuparte, pero los comanches están haciendo incursiones.
–¿Y? No nos molestarán aquí.
Caden se pasó una mano por el pelo.
–Cariño, nos molestarían allá donde tú estuvieras...
–Entonces podemos ir al rancho de Culbart –a cualquier sitio, pensó Maddie, menos a un pueblo lleno de gente dispuesta a juzgarla y condenarla.
–Ni hablar.
–¿Qué es lo que tiene de malo ir allí?
–No tiene hombres suficientes para protegerte.
–Posee prácticamente un ejército y se lleva bien con los comanches. Les da ganado.
Una sombría expresión oscureció el rostro de Caden.
–Cariño, con la rabia que lleva encima esa gente, unas cuantas cabezas de ganado no servirían de nada.
Maddie miró a Ace. Tenía la misma expresión que su amigo.
–Él tiene razón. El único lugar donde estarás a salvo es el pueblo.

Lo maldijo por haberse puesto de parte de Caden, pero... ¿qué esperaba? Eran como hermanos.

—Yo no quiero ir al pueblo —en Simple había gente que podía conocerla. Allí la esperaban la censura y la vergüenza.

—Tienes que ir.

—¿Te quedarás tú allí conmigo?

Caden negó con la cabeza.

—Ahora mismo no puedo dejar la mina. He encontrado un lugar donde el derrumbe dejó un túnel al descubierto. Si puedo meterme por él, conseguiré llegar hasta el oro.

—Y eso sí que importa —«mientras que yo no», añadió Maddie para sus adentros.

—Cariño, se trata de nuestro futuro.

No. Su futuro eran los dos, juntos.

—Tú nunca me dijiste que me amabas...

Caden no abrió la boca. Y de repente Maddie recordó un detalle sumamente importante: que cuando ella le declaró su amor, él no le contestó. No pronunció las palabras.

—Diablos, Caden... —masculló Ace.

El reproche de Ace fue la gota que colmó el vaso. Se limitó a sacudir la cabeza. Caden la había manipulado. Y ella se había dejado.

Sin pronunciar una palabra, dejó la cazuela en el fuego y se puso a recoger los petates. Anhelaba por dentro que Caden se reuniera con ella, que la buscara... pero no lo hizo. Fue peor que Ace estuviera presente para verlo, aunque no tanto. Poco podía empeorar lo que ya era horrible de por sí.

Cuando tuvo todos los petates enrollados y bien atados, se irguió.

Caden dio un paso adelante y estiró una mano hacia ella:

—Maddie...

Era demasiado tarde. Sacudió la cabeza y apretó su petate contra su pecho, sosteniéndole la mirada sin verlo en realidad, sintiendo aquel familiar zumbido en los confines de su mente. Incapaz de tocarlo como se había acostumbrado tanto a hacer, pero incapaz también de escapar y de fingir. Solo podía quedarse allí y sentir cómo el dolor y la humillación la anegaban. Tenía que soportarlo. Toda la culpa la tenía él.

Sacudiendo la cabeza, retrocedió un paso.

—Nunca debiste haberme besado.

El viaje hasta Simple transcurrió en silencio, con Caden mirándola expectante y Ace con preocupación. Pero ninguno de los dos habló, algo de lo cual se alegró Maddie. Mientras se esforzaba por mantener la compostura, por dentro se sentía como si estuviera partida en un millón de pedazos, con el corazón extraviado en algún lugar entre los fragmentos. Ahora entendía por qué las prostitutas no besaban. Había pensado que aquella regla no podía aplicársele porque ella tenía un marido, pero no era cierto. Los maridos eran los hombres más peligrosos de todos.

Dejó que la llevara al hotel. Escuchó mientras le decía al hotelero que quería una habitación para un mes. Vio como el dinero cambiaba de manos, tomó el recibo cuando Caden se lo entregó.

—Podrías necesitarlo.

Asintió con la cabeza. Una mujer sola estaba expuesta a muchas cosas, incluida la deshonestidad de un hotelero que pudiera querer embolsarse el dinero y echarla de su local. Dejó que Caden la acompañara hasta la habitación. Era limpia y funcional. Un jarro con flores sobre la mesilla ponía una nota de color. Las flores no la alegraron.

Caden suspiró.

—Maddie, mírame.

En lugar de hacerlo, pasó de largo delante de él, abrió la puerta y se hizo a un lado, invitándolo a que se marchara de una vez.

–No tenemos nada que decirnos.

–No te estoy abandonando.

Había pagado un mes por adelantado y se marchaba. Maddie sabía cómo funcionaban esas cosas. Para cuando terminara aquel mes, Caden no volvería. Para cuando terminara aquel mes, o se buscaba un nuevo protector o se encontraría en la calle. Así era como se despedían los hombres cuando querían simular que no tenían nada de lo que sentirse culpables. Una seguridad temporal seguida de... nada. ¿Cómo podía haberse equivocado tanto con él?

–¿Te gusta la habitación?

Maddie asintió con la cabeza.

–Está bien.

–Volveré a por ti, Maddie. Necesito asegurar la propiedad de esa mina, pero volveré.

En silencio, le ofreció la aceptación que él parecía desear tanto, sabiendo en el fondo que no volvería. Nunca volvían.

–Maldita sea... –él atravesó la habitación. Agarrándola de los hombros, la atrajo hacia sí y la abrazó.

Maddie sintió su boca recorriendo la suya con la misma pasión que tanto la había excitado la noche anterior... y que en ese momento la dejó fría. Falso. Todo era falso. El amor estaba de su lado; la propia conveniencia, del de Caden.

–Ten por seguro que volveré a por ti, Maddie –se apartó por fin–. Aquí estarás mucho más segura.

Ella se lo quedó mirando en silencio y volvió a asentir, ofreciéndole nuevamente lo que deseaba escuchar. Pero consciente durante todo el tiempo de la verdad que se ocultaba detrás de aquellas frases.

–Aquí estaré –¿adónde si no podía ir? No tenía dinero

ni familia. Simple era un lugar tan bueno como cualquier otro para volver a empezar. En ese momento era el único donde podía quedarse.

–Bien. Tienes el recibo. Si el hotelero pretende echarte, enséñaselo al sheriff, pero no lo entregues ni lo pierdas. Es tu única prueba.

Ella asintió, pensando que no estaría tan preocupado si pensara realmente en volver a buscarla.

Caden se sacó unas cuantas monedas más de su alforja y se las puso en la mano.

–Con esto tendrás más que suficiente para comer. No te dejes estafar. E intenta quedarte en la habitación todo lo posible. No quiero que nadie sepa que estás aquí.

–Gracias –asintió de nuevo.

El dinero le quemaba en la palma de la mano. Sabía que era el pago de una conciencia culpable. Le entraban ganas de arrojárselo a la cara.

–Tengo que irme, Maddie. He de volver a la mina. No puedo dejarla abandonada mucho tiempo, no vayan a encontrarla los bandidos.

–O los comanches.

Su respuesta fue algo lenta, pero afirmativa:

–O los comanches.

–Si tanto peligro vas a correr, ¿cómo puedo estar segura de que sobrevivirás?

–Si no vuelvo en seis semanas manda recado al Ocho del Infierno.

–¿Para decirles qué?

–Que no cumplí mi promesa.

–Las promesas que me hiciste a mí nunca las cumpliste.

–¡No es verdad!

–Me dijiste que no te marcharías sin despedirte de mí.

–Está bien. Fue solo una vez, Maddie. No me pareció tan importante.

«No, probablemente no», pensó. Pero para ella sí que lo había sido.

—Solo fue esa vez —insistió él.

Ella sacudió la cabeza. No, habían sido más. Le había prometido que no le haría daño, y en ese momento se sentía como si se estuviera muriendo por dentro.

—Maddie.

—¿Qué?

—Cariño... —le acarició la sien y la mejilla, para terminar tomándola delicadamente del mentón—. Volveré. Te lo prometo.

—De acuerdo.

Caden bajó la mirada hasta sus senos, y ella cruzó los brazos sobre el pecho, para escondérselos. Si volvía a querer algo sexual de su persona, tendría que tomarlo a la fuerza. Si había violado ya su corazón, ¿qué importaba que violara su cuerpo?

—No quiero que te preocupes.

—No querías que me quejara. No querías que mi tristeza te agriara la diversión. Conseguiste lo que querías. Y ahora vete y déjame en paz.

—Veo que no tiene sentido hablar contigo en este momento.

—No —ninguna conversación que tuviera con él podría cambiar nunca la realidad.

La señaló con el dedo:

—Estarás aquí cuando vuelva.

Resistió el impulso de mordérselo.

—Ya te he dicho que sí.

Estaba harta de huir. Si era allí donde tenía que volver a empezar, allí se quedaría.

—¿Necesitas algo más?

«Un hombre en el que pueda creer», respondió para sus adentros. Le dolía mirarlo, ver lo que podía haber sido, lo que había pensado que era. Pero lo que más le dolía era saber que si ella hubiera sido una mujer respetable, eso nunca hubiera sucedido. Solo que ella era una prostituta. Engañar a una prostituta estaba bien. Mentirle estaba bien. Muchos hombres incluso lo consideraban un deporte. ¿Pero jugar aquellos juegos con una mujer decente, y exponerse a que la familia de ella le pidiera cuentas? Los hombres no jugaban a eso por la sencilla razón de que el precio era demasiado alto.

Una llamada a la puerta los interrumpió. Ace apareció en el umbral.

–Todo arreglado –sonrió a Maddie–. Te hemos abierto una cuenta en la tienda y pagado un adelanto –le tendió el recibo.

Miró la cantidad: llegaría para dos bonitos vestidos. Más dinero culpable.

–Estaremos de vuelta dentro de un mes, más o menos –le informó Ace.

¿Qué había esperado? ¿Que no hubiera respaldado la mentira de Caden? O quizá se la había creído. Era difícil decirlo. No habría sido la primera vez que un amigo engañaba a un amigo, pero ella sabía que incluso aunque ese hubiera sido el caso, al final no importaría. Ace siempre sería amigo de Caden, como ella siempre sería la prostituta que se había presentado en el Ocho del Infierno para intentar en vano salir del arroyo.

Miró por la ventana. Estaba cayendo la tarde.

–¿No tenéis que iros ya?

Ace miró a Caden y frunció el ceño. Ella miró a uno y a otro y no sintió nada. Se sentía como bloqueada por dentro, afortunadamente insensible. Y ni siquiera había tenido que escapar a su mundo de fantasía para conseguirlo.

–Sí. Tenemos que irnos –dijo Caden. Aun así, no se movió. Finalmente se caló el sombrero con gesto impaciente–. Recuerda esto, Maddie: si necesitas ayuda, envía un telegrama a Caine Allen a través del padre Bernard, en San Antonio.

Ella asintió.
—Apúntate el nombre.
No se molestó en hacerlo. Nunca enviaría ningún telegrama al padre.
Caden terminó por escribírselo en un papel, después de lo cual ya no hubo nada que decir. Tras un largo e incómodo silencio, Ace se marchó. Caden se demoró un poco más. A manera de despedida, al tiempo que le acariciaba una mejilla con la punta de los dedos, le dijo:
—Cuídate mucho, y recuerda que *volveré*.
Maddie asintió una vez más y cerró la puerta a su espalda. Un giro de la llave y la puerta quedó asegurada con un rotundo y final chasquido. Después de todo el trabajo que había realizado durante el último año, volvía a estar justo como había empezado. Sola.

Durante tres días enteros, Maddie no salió de aquella habitación. Durante tres días bebió el té que le subía la esposa del hotelero y mordisqueó la cecina que había traído en las alforjas. No tenía hambre. No estaba triste. No estaba enfadada. No estaba *nada*. Estaba sola en una población extraña, como solían terminar siempre las prostitutas.
Al cuarto día empezó a enfadarse. Todo comenzó con un sueño, el mismo que tantas veces la había asaltado y en el que su madre no era su madre sino otra mujer, buena y cariñosa. Alguien que la protegía del mundo, que le preparaba las comidas, que sonreía ante sus pequeños éxitos. Aquel sueño siempre la enfurecía porque, cuando abría los ojos, el contraste entre lo que deseaba y lo que tenía era como una bofetada en la cara.
Aquel día se sentó junto a la ventana a ver pasar a la gente, cada quien ocupado con su vida. Hombres y mujeres moviéndose de un edificio a otro con una finalidad, un propósito. Niños que se reunían en la calle a jugar al aro,

al rescate o al escondite. Todo el mundo tenía un propósito, según parecía, excepto ella. De hacer caso a Caden, su propósito no era otro que sentarse y esperar. Pero ella sabía cómo terminaría aquella espera. Según su madre, su propósito en la vida era servir y complacer a los hombres. Sabía también adónde conducía aquello.

Si hacía caso a Tia, lo que tenía que hacer era ser una buena esposa. Lo cual no la había llevado a nada. Y si hacía caso a Desi y a Bella, lo que debía hacer era ser lo que quisiera ser, fuera lo que fuese. Así que continuó mirando por la ventana y observando a la gente que sí sabía lo que hacer con su vida.

Aquel día pidió que le subieran la cena. Comió sola en la habitación, masticando una comida que no tenía ningún sabor, ensimismada en sus pensamientos.

Al quinto día, nada más despertarse, volvió a ocupar su puesto junto a la ventana. Los carruajes recorrían las calles, las familias se reunían en el restaurante de la planta baja del edificio.

Al siguiente día hizo lo mismo, esto es, nada. Dejar pasar las horas.

Para el séptimo, ya no pudo soportarlo más. Tenía que dejar aquella habitación, y la excusa la tenía sobre la mesa. No le habían servido pan con la comida.

Recogiendo las últimas monedas que le quedaban, se las guardó en el bolsillo interior de la falda. Bajó luego las escaleras y se detuvo en el mostrador de recepción para preguntar dónde estaba el restaurante. El dependiente le señaló una puerta a la derecha. Le dio las gracias y se dirigió hacia allí.

Cuando entró, resultaba obvio que los dueños estaban preparando la comida. Podía oír a alguien trabajando al fondo y un olor a cebolla frita flotaba en el restaurante. Una mujer de unos cuarenta años y aspecto atareado levantó la mirada hacia ella.

–Lo siento. Si está buscando trabajo, no tengo nada para usted.

–No estoy buscando trabajo. Soy residente del hotel. Me llamo Maddie Miller –se le hacía extraño presentarse con ese nombre.

–Yo soy Lucia Salinger, y el hombre que está en la cocina es Antonio, mi marido.

Era una mujer atractiva de aspecto hogareño, acogedor, casero. Tenía los ojos grandes y castaños, la tez olivácea, una boca de labios rojos y cabello oscuro salpicado de gris.

–¿Qué puedo hacer por usted? La próxima comida no la serviremos hasta dentro de una hora.

Maddie sacudió la cabeza.

–No quiero comida. Quiero pan.

–¿Perdón?

–Llevo tres días encargando las comidas a la habitación, y cada vez que me la han subido se han olvidado del pan.

Lucia se irguió mientras se limpiaba las manos en el delantal.

–Lamento que la comida no sea de su gusto.

Maddie volvió a sacudir la cabeza.

–No, la comida estaba bien. Pero faltaba el pan.

–No he tenido tiempo de hacerlo y no hay horno en la población, así que no es que me haya olvidado: es que no hay.

–¿Habitualmente no sirven pan?

–Diablos –exclamó Antonio–. Hemos estado tan ocupados con esa nueva tropa de mineros comiendo en el restaurante cada día, que no hemos parado un momento. El solo hecho de tener las comidas a tiempo es todo un desafío.

De repente a Maddie se le ocurrió algo.

–¿Lo venderían si pudieran conseguirlo?

–Diablos, sí. Nada le gusta más a un hombre que el pan fresco recién horneado. Probablemente venderíamos todo el que consiguiéramos y ganaríamos además una fortuna. Y no hay nada como unas galletas o unos dulces caseros para que un hombre se ponga a pensar en el hogar... –se volvió hacia la comida que estaba preparando–. El problema es que no tenemos panadera.

Maddie asintió y miró a su alrededor. Una alocada idea estaba cobrando forma en su mente.

–Yo sé hornear.

Lo dijo en una voz tan baja que no se sorprendió cuando Antonio le preguntó:

–¿Perdón?

Tragó saliva y lo intentó de nuevo. Nunca se había postulado para un trabajo decente. Nunca había estado entre gente decente. Pero dentro de un mes su dinero se habría acabado, y con él sus opciones. Si había un momento adecuado para actuar con decisión, era ese.

–¿Por qué querría hornear usted? Es residente del hotel.

Tragó saliva y se aclaró la garganta.

–Se trata de una situación temporal.

Lucia enarcó las cejas, Antonio sacó la sartén del fuego y la dejó a un lado. Era un hombre grueso, de rasgos carnosos y mirada bondadosa.

–¿Perdió a su marido?

–Sí –no era estrictamente una mentira–. Y solo tengo el dinero justo para quedarme hasta final de mes.

Lucia apoyó las manos en las caderas.

–Pero sabe hornear –pronunció con un tono inequívocamente escéptico.

Si se hubiera referido a cualquier otra habilidad que no hubiera sido aquella, Maddie se habría amedrentado.

–Sí, sé hornear.

La mujer frunció al ceño y se dirigió a su marido en un

idioma que Maddie no pudo entender. Antonio le contestó en la misma lengua. Por fin, Lucia se volvió hacia ella.

–No me estará mintiendo, ¿verdad?

Maddie se dirigió a la pared donde estaban almacenados todos los ingredientes, detrás de una vieja mesa de madera. Tia solía guardar sus cosas de la misma forma en la cocina del Ocho del Infierno. No le resultó difícil encontrar la harina.

–¿Tiene levadura?

Lucia pareció relajarse. Sacando una vasija, la puso sobre la mesa de madera.

–Sí. Al menos no la he tirado.

Eso estaba bien. Maddie descolgó un delantal de un gancho.

–En vez de explicárselo... ¿me permite que se lo demuestre?

Capítulo 15

Una semana después, Maddie estaba agotada. Lo que Antonio le había dicho era cierto: todo el pan que hacía terminaba desapareciendo para media tarde. No podía atender tanta demanda. Si hubiera dispuesto de más tiempo de horno, habría podido. O incluso si hubiera dispuesto de más espacio para trabajar. Pero en la abarrotada cocina de los Salinger, era poco lo que podía hacer. Si hubiera tenido un horno propio, sin embargo, su producción se habría vendido sola.

Se palpó las monedas que guardaba en el bolsillo. Las comidas gratis formaban parte de su trato con los Salinger. Había gastado más bien poco del dinero que Caden le había dejado para comida, y ahora cobraba un porcentaje de las ventas de sus panes y dulces. No sabía si le llegaría para abrir su propio negocio, pero podría ser un comienzo.

Una vez que se le ocurrió la idea de abrir su propio negocio, ya no la soltó. Un hogar propio. Un futuro propio. Recordó la famosa frase de «yo iba a...», que había atormentado su vida durante tanto tiempo. Su lista de cosas pendientes por hacer había quedado tristemente abandonada: montar un negocio, comprarse una casa, viajar por el mundo. Para todo eso se necesitaba dinero. Un dinero que no tenía. Un dinero que nunca tendría si se quedaba donde estaba. Un dinero que *podría* tener si corría el riesgo.

Cerró el puño sobre las monedas, dentro del bolsillo, y volvió a mirar por la ventana del hotel a toda aquella gente que se movía por la vida con un propósito aparente. Con unas vidas que ella siempre había envidiado. En ese momento tomó una decisión. Estaba cansada de estar siempre al margen. Había llegado la hora de hacer algo al respecto. Abandonó la habitación y bajó las escaleras, deteniéndose en el mostrador de recepción como solía hacer cada día para preguntar si había telegrama de Caden. Alguna prueba, por mínima que fuera, de que se acordaba de ella. No había ninguno. Dio las gracias al recepcionista, se alisó las faldas y salió a la calle. La tarea primera era encontrar un lugar donde pudiera vivir y empezar a trabajar.

Vagó por las calles, de casa en casa, y descubrió la realidad de una floreciente población de frontera como era Simple: la vivienda escaseaba. Al fondo de la avenida, junto a la tienda, había un cartel de *Se Alquila* con una fecha señalando a un lado. Pensó que podría tratarse de una habitación, pero cuando llegó al final del estrecho callejón, se encontró ante una casa pequeña. No había nadie por allí, así que se dedicó a examinarla bien, rodeándola.

Era muy pequeña, con dos habitaciones: un salón con un sofá y una mesita con un quinqué de petróleo, con una cocina detrás. Por la ventana de la cocina distinguió una especie de cobertizo al fondo del patio. Era un lugar diminuto, pero el horno era grande y había espacio suficiente para dos mesas de trabajo. El corazón se le aceleró. El letrero del exterior decía que se preguntara en la tienda. Se dirigió hacia allí, avanzó hacia el mostrador principal y esperó, con el corazón en la garganta y un nudo de nervios en el estómago. Se aproximó para atenderla un hombre calvo, con unas lentes montadas en la punta de la nariz.

–¿En qué puedo ayudarla, señora?

Seguía sin poder acostumbrarse a que la llamaran «señora».

−He visto una casa detrás, que se alquila.

−Ah, era de mi suegra, que Dios se apiade de ella.

−Murió.

−A mi esposa no le gusta que lo diga, pero sí: murió en ese mismo sofá.

A Maddie no le importaba el sofá.

−¿Cuánto?

El hombre nombró un precio para un mes que hizo que Maddie parpadeara de asombro. Era el doble de lo que costaba su habitación de hotel. Se encogió de hombros.

−La vivienda está cara aquí, señora. El pueblo está creciendo con rapidez.

−Por ese precio, necesitaría alguien que me cortara la leña.

−¿Leña, señora?

Maddie miró a su alrededor. Los estantes que contenían dulces y golosinas estaban casi vacíos. Quizá podrían llegar a un arreglo.

−Sí, soy hornera.

−¿De veras? −inquirió el hombre, interesado.

−Podría ofrecerle algunos productos de horno, a cambio de sus servicios.

−Tengo un chico lo suficientemente mayor como para que le corte la leña.

−Tendría que ser de confianza.

−Usted también.

−Lo soy.

El hombre se la quedó mirando, pensativo.

−¿Es usted buena hornera?

−Sí.

−Aun así, tendría que pagarme el alquiler.

Con el dinero que Caden le había dado le alcanzaría para la comida, pero la renta...

—Le pagaré tres semanas por adelantado. Y la cuarta semana en forma de productos de horno gratis.
—Podría alquilar ese lugar por mucho más...
—Sí, y probablemente se le llenaría de mineros. ¿Quiere usted tener a gente tan ruda como esa tan cerca de su familia?
—Es por eso por lo que aún sigue vacía —reconoció el hombre.
—¿Entonces hacemos el trato?
La miró de nuevo, fijándose en su dedo anular, sin anillo, y en su ropa polvorienta.
—Hacemos el trato. Pero quiero probar lo que hace. Si no me gusta, lo romperemos.
Maddie asintió.
—Podría hablar con Lucia, en el restaurante. Ella respondería por mí. Pero le aseguro que eso no será ningún problema.
La expresión del hombre se suavizó. Volvió a mirar su mano sin anillo. Pareció compadecerse.
—No hace falta que me pague las primeras tres semanas de golpe. Con la renta semanal bastará.
Eso le permitiría comprar los ingredientes para ir empezando. Experimentó un alivio tan inmenso que le flaquearon las rodillas.
—Gracias.
—Ah, y... señora, si me entrega una lista con todo lo que necesite para empezar: azúcar, harina y demás... se lo llevaremos a casa.
¿Tan obvia resultaba su apurada situación?, se preguntó Maddie. Aunque así fuera, ¿qué le importaba a ella? Iba a montar su propio negocio. Le dijo al hombre lo que necesitaba, y él lo apuntó todo. Cuando mencionó la palabra «canela», se le iluminaron los ojos.
—¿Piensa hacer pastelitos de canela?
—Si me llega, sí.

–Tengo mucha en el almacén. Se la compré a un comerciante que no pudo llegar hasta California. Demasiado cara para la gente de aquí –explicó, y nombró un precio.
–También es un poquito cara para mí –le confesó ella.
–¿Es realmente tan buena hornera?
Pensó en Caden y en la confianza que exudaba.
–Tan buena y mejor –replicó, y sugirió una cifra más baja.
–De acuerdo. Lo compensaremos con la venta de los productos.

Maddie no tenía dudas al respecto. Estaba segura de que, después de la primera semana, terminarían compartiendo los beneficios. Con el corazón en la garganta, entre aterrada y entusiasmada, regresó al hotel. Si aquello no funcionaba, se arruinaría en una semana, que no en tres. Era un riesgo.

«Yo iba a...», volvió a escuchar la voz de Hilda.

Para cuando terminara aquella semana quizá se encontrara sin casa. O quizá se encontrara con casa y con negocio propio. Y ya no volvería a pronunciar aquella frase, porque su sueño se habría hecho realidad.

Se dirigió al mostrador y le dijo al recepcionista lo que quería. El hombre se resistió a entregarle el dinero que Caden le había entregado en forma de adelanto, pero Maddie se lo exigió con tanta firmeza que acabó cediendo.

Después de guardarse el preciado acopio de monedas en el escote de su corpiño, fue al restaurante para avisar a los Salinger de que aquella sería su última noche de trabajo. Les explicó también que pensaba abrir su propio horno y que podría venderles parte de su producción.

Tan poco contentos se mostraron por la noticia que incluso intentaron retenerla. Maddie sabía bien por qué. Al día siguiente, el dinero que ellos estaban ganando con las ventas del pan iría a parar a su propio bolsillo. Sin embargo, con sorprendente buen humor, Antonio le deseó suerte y se comprometió a comprarle lo que ella quisiera venderles.

Era un comienzo.

Durante los tres primeros días, Maddie no hizo otra cosa que hornear. Amasaba sin descanso hasta que se le agarrotaban los dedos. Hizo barras y barras de pan hasta que empezó con los pasteles dulces y de canela, que glaseaba con azúcar y llevaba ella misma a la tienda. Los clientes sabían ya cuándo iba a salir qué producto, de manera que los mineros formaban cola ante la puerta de su casa, algunos borrachos, otros sobrios, pero dispuestos todos a comprar lo que ella tuviera que ofrecerles. Aunque en ocasiones esperaban que les ofreciera algo más que panes y dulces. Y aquellos momentos eran aterradores.

Cuando Antonio se enteró, le entregó un arma. Maddie aprendió a usarla y la llevaba siempre a la cintura. No tardó en aprender a identificar a los individuos problemáticos y aficionados a la bronca, y para la tarde del quinto día, descubrió otra cosa. Que una mujer trabajadora con un producto apreciado por la gente solía ganarse la protección de esa misma gente.

En cierta ocasión, cuando un hombre empezó a acosarla, la misma multitud lo sacó a empujones. Fue algo sorprendente de ver, y cuando el hombre desapareció, dos de los mineros se sentaron a la puerta con sendos palos y se pusieron a afilarlos con sus navajas. Maddie los miró extrañada, y ellos le dijeron que siguiera trabajando, que no necesitaba preocuparse de nada. Fue entonces cuando lo comprendió. Se había establecido. Y tan pronto como continuara produciendo panes y dulces, sería un miembro apreciado de la comunidad.

Pagó la renta de la primera semana por los pelos, después de haber abonado el precio de las provisiones y de los ingredientes, pero la segunda semana consiguió algo de beneficio. Y para la tercera obtuvo el suficiente para empezar a plantearse que, tratándose de una mujer sola, la cuenta de un banco sería mejor lugar para guardar sus ahorros que un florero sobre el mostrador. De modo que buscó tiempo entre turno y turno y, después de darse un buen baño y de ponerse un vestido limpio, se encaminó hacia el banco.

Nunca antes había estado en un banco. Había pasado por delante de muchos, pero nunca se había atrevido a trasponer aquel umbral imponente. Aquel día no fue una excepción. Aquellas puertas le daban miedo. Solo la cantidad de dinero que llevaba en su retícula le impidió dar media vuelta y salir corriendo. En aquella retícula estaba todo lo que tenía en el mundo. Necesitaba guardarlo en un lugar más seguro que un florero en una casa alquilada. Además de que todo empresario tenía una cuenta bancaria.

–Buenos días, señora.

Dio un respingo y sonrió al caballero elegantemente vestido que estaba a punto de entrar en el banco.

–Buenos días.

Se tocó ligeramente el ala de su sombrero hongo. Tenía unos ojos de mirada bondadosa detrás de sus lentes de montura de alambre.

–¿Salía o entraba?

–Quiero abrir una cuenta.

No había planeado soltarlo de golpe. No le extrañó que el caballero se sonriera.

–Bueno, entonces yo soy el hombre indicado para atenderla. Me llamo John Laughton –abrió la puerta y se la sostuvo.

–¡Oh! –detrás podía distinguir la elegante sala con sus macizos escritorios, sus sillas de cuero y su mostrador con barrotes de bronce. Todo estaba limpio y reluciente. Próspero. La niña que habitaba en el interior de Maddie le gritó que aquel no era su lugar, mientras que la mujer que llevaba dentro intentaba convencerla de lo contrario–. Maddie... Miller –se presentó a su vez.

–Encantada de conocerla, señora Miller –con un elegante gesto, le indicó que pasara–. Después de usted.

No tuvo más remedio que entrar. El lugar olía incluso a dinero. Aferró su retícula mientras seguía a John Laughton a través del banco hasta un despacho situado detrás del mostrador. Le señaló un enorme sillón frente a un igualmente enorme escritorio.

–Tome asiento.

–Gracias.

Se sentó en el borde del sillón. El hombre rodeó el escritorio y se sentó en una silla de alto respaldo. El tono pardo de su traje parecía fundirse con el del cuero del asiento, dándole como una mayor sustancia.

–¿Ha abierto con anterioridad alguna cuenta aquí antes?

–No.

El hombre abrió un cajón y sacó un libro de registro, que abrió por una página marcada. Hundiendo la pluma en el tintero, alzó la mirada.

–¿Tiene su marido alguna cuenta con nosotros?

No lucía anillo alguno, así que supuso que estaba tanteando el terreno. Se sentó más erguida.

–No lo sé.

El hombre enarcó las cejas.

–Entonces quizá debería hablar antes con él y volver luego...

–Eso sería imposible.

De nuevo arqueó las cejas.

–Como usted comprenderá, necesitamos su firma.

–Pero se trata de mi dinero.

–Sí, pero él es su marido.

–No entiendo.

–¿Es usted recién casada, señora Miller?
Se humedeció los labios, nerviosa.
–¿Qué le hace pensar eso?
–Su vacilación a la hora de pronunciar su actual apellido.
–Ah. Sí.
–He de informarle, señora, que sin la firma de su marido, no puede usted abrir una cuenta.
–Pero si él firma, tendrá acceso a mi dinero.
–Tendrá acceso a su dinero de todas formas. Es su marido.
–Oh –no había caído en ello. La retícula parecía pesarle como un plomo en el regazo. Ahora que se había convencido a sí misma de que ingresara el dinero en el banco, no podía soportar la idea de dejarlo en un lugar tan expuesto como el mostrador de su cocina.
–Él no puede venir –murmuró.
–¿Cuándo podrá?
Al final le dijo la verdad:
–No lo sé.
–Seguro que, hasta que él venga, su dinero de bolsillo estará a salvo donde sea que lo esté guardando.
–No –sacudió la cabeza.
–Ojalá pudiera ayudarla, pero tenemos unas normas.
Luchó contra el impulso de salir corriendo de allí. Giró la cabeza cuando se abrieron las puertas y entró Antonio con las ganancias del fin de semana. Aunque forastero, se dirigió directamente al mostrador con absoluta seguridad. Había visto su dinero: no era diferente del suyo. Y su negocio. La única diferencia estribaba en cómo ella se veía a sí misma. Y en cómo el señor Laughton la veía a ella. Con lo que se hizo una pregunta: ¿de qué manera se comportaría Bella en aquellas circunstancias? La respuesta era sencilla. De frente, aprovechando todas las ventajas que tuviera.

—Creo que no lo entiende —Maddie puso su retícula sobre el escritorio. Se notaba que abultaba bastante—. He montado un negocio que está teniendo bastante éxito. Mis beneficios difícilmente podrían calificarse de «dinero de bolsillo».

Laughton bajó la mirada a la retícula. Maddie la abrió y volcó el contenido sobre la mesa. Noventa y cinco dólares: para ella, toda una fortuna. Y quizá tampoco una simple calderilla para él...

—¿Durante cuánto tiempo ha estado ahorrando?

—Ocho días.

Laugthon estiró una mano hacia el dinero, deteniéndose justo antes de tocarlo.

—¿Puedo?

Maddie asintió. El banquero lo contó rápidamente, hábil. Apiló cuidadosamente monedas y billetes.

—¿Ha ganado todo esto en ocho días?

—El negocio tardó en arrancar, pero está marchando bien.

El hombre se recostó en su silla.

—¿Puedo preguntarle en qué tipo de negocio ha invertido usted?

Su tono insinuaba que podría tratarse de algo ilícito. Maddie forzó una sonrisa.

—He abierto un horno.

La actitud del banquero cambió radicalmente. Inclinándose hacia delante, le preguntó:

—¿Es usted la que hace esos pastelitos de canela tan sabrosos que compra mi mujer?

—Supongo que sí.

Desde el otro lado de la sala, Antonio la vio y la saludó con la mano. Cuando ella le devolvió el saludo, él alzó un dedo como indicándole que le esperara. El señor Laughton observó su silencioso diálogo.

—¿Conoce al señor Salinger?

—Sí. Abastezco de panes y dulces a su restaurante.

–Entiendo.

Antes de que Maddie pudiera añadir algo más, Antonio se acercó. El señor Laughton cubrió discretamente el dinero con su secante de escritorio.

–Ya veo que ha conocido usted a nuestra mina de oro personal, señor Laughton. Hace un pan que ni el dinero de todos los mineros podría llegar a pagar –volviéndose hacia ella, le sopló un beso con un expresivo gesto.

–Precisamente estábamos hablando de su negocio –le informó el banquero.

Antonio le dio a Maddie una cariñosa palmadita en la espalda.

–Esta dama tiene un gran sentido de los negocios. No es una frívola, sino una leona. Nos hará ricos a todos.

–No es para tanto...

–Lo es, pero yo venía a pedirle algo, si se me permite interrumpir –miró a Maddie.

–Por supuesto.

–Me gustaría doblar nuestros encargos de fin de semana. Los hombres se están llevando el pan a casa. Se nos acaba enseguida.

–Claro –sabía que ganaría más dinero si se lo compraban directamente, pero Antonio cerraba tarde los fines de semana y ella tenía que dormir. Aunque quizá, si la tienda seguía dando beneficios, podría permitirse también contratar a alguien.

–¿Podrás hacerlo? ¿No será demasiado trabajo?

–Podré hacerlo.

–Bien, bien... Lucia se pondrá muy contenta.

Maddie sonrió. De repente ya no se sentía tan fuera de lugar como antes.

–Dale recuerdos, por favor.

–Lo haré. Y ahora tengo que volver al trabajo.

Tan pronto como se hubo marchado, Maddie suspiró y fue a recoger su dinero:

–Yo también tengo que marcharme.

Pero en lugar de devolvérselo, el señor Laughton le entregó un papel.

–Si firma usted con el nombre de su marido aquí –le señaló un recuadro– podrá abrir su cuenta.

–¿Pero...? –se lo quedó mirando sorprendida.

El banquero enarcó las cejas.

–A veces conviene ser un poco flexible con las reglas.

Justo en aquel instante, Maddie aprendió otra cosa: que el dinero podía abrirle puertas que de otra manera estarían cerradas. Mientras esperaba a que el señor Laughton rellenara el recibo, experimentó la primera punzada de orgullo. Una vez que el banquero se lo hubo entregado, lo dobló cuidadosamente mientras se aguantaba las ganas de reír de felicidad. Era una mujer de negocios. Se estaba manteniendo a sí misma. Era una mujer respetable. Levantándose, tendió la mano al banquero.

–Que tenga usted un buen día, señor Laughton –sonrió mientras se la estrechaba con fuerza–. Y gracias.

La siguiente semana transcurrió en medio de un verdadero remolino de actividad. El ritmo frenético de trabajo fue solamente roto por una incómoda sensación de inquietud, como si alguien la estuviera observando, pese a que cada vez que se volvía para mirar, no detectaba nada extraño. Hiciera lo que hiciera, seguía sin poder sacudirse esa inquietud, que parecía crecer por momentos. Empezó a ir al banco dos veces al día, demasiado nerviosa como estaba para guardar el dinero en casa. Eso la hacía sentirse algo mejor, pero poco. Y cada día que pasaba se sentía más y más tensa y expectante ante la perspectiva del retorno de Caden... hasta que empezó a relacionar las dos inquietudes.

Justo el día en que se cumplía el mes de su marcha, se

despertó sudorosa y alterada, con el corazón acelerado y el miedo reverberando por todo su cuerpo. Encendió el quinqué y corrió a asomarse a la ventana, para encontrarse únicamente con la mirada de su propio reflejo. Tendiéndose en el sofá, aspiró profundamente y se obligó a relajarse. Caden le había dicho que lo esperara en el hotel: cuando volviera, si acaso llegaba a hacerlo, no la encontraría allí. En realidad tampoco la encontraría a *ella*, dado lo mucho que había cambiado, y Maddie no se engañaba pensando que eso iba a gustarle. A Caden no le gustaban las sorpresas. Como tampoco le gustaba que las cosas no salieran de la manera que él esperaba.

Se levantó del sofá, enjugándose el sudor de la frente. El verano se había abatido sobre el pueblo con toda su fuerza y el calor era sofocante en una casa tan pequeña. Vertió agua en el aguamanil, tomó el jabón y se concentró en lavarse. Le habría gustado poder borrar con la misma facilidad el temor que la recorría. Había trabajado muy duro para conseguir todo lo que había conseguido. No podía perderlo.

Desvió la mirada hacia la pistola que descansaba sobre la mesa. Hacía ya dos semanas que no la llevaba. Todos aquellos que habían intentado causarle problemas habían captado bien el mensaje: ahora estaba bajo la protección del pueblo. Pero decidió que ese día, después de vestirse, la llevaría. Aquel era su negocio. Nadie, absolutamente nadie, se lo arrebataría.

Con un suspiro, fue a la puerta trasera y la abrió. La gatita que había adoptado se enroscó en torno a sus pies, maullando.

—Buenos días, Preciosa. Hoy es el gran día.

La gatita maulló de nuevo, esperando la leche que le daba cada mañana.

—En seguida te la doy. Antes tenemos que ocuparnos de nuestro negocio.

Se detuvo en el cobertizo antes de dirigirse al pozo para lavarse de nuevo las manos y sacar un cubo de agua. Preciosa maullaba durante todo el tiempo sin apartarse de ella, quejándose del retraso a la hora de recibir su desayuno, como solía hacer todos los días. Maddie sacudió la cabeza y sonrió. La gatita era traviesa y exigente, pero era su gatita. Su primera mascota en su primera casa, y sería capaz de matar a cualquiera que le hiciera daño.

La recogió del suelo y frotó la nariz contra la suya

—Vamos —volvió a bajarla y recogió el cubo de agua. Una vez en la casa, llenó un platito de leche, que dejó al lado de las sobras de estofado de la cena.

La gatita las devoró rápidamente y lamió luego la leche, ansiosa. Definitivamente, Preciosa tenía sus preferencias. Al principio a Maddie le había preocupado que los perros pudieran atacarla, pero la gatita era lista, sabía cómo sobrevivir. Algunas noches, antes de dormirse, se sorprendía pensando que quizá Preciosa podría darle lecciones de supervivencia. Porque era en aquellos momentos, justo antes de dormirse, cuando su resolución flaqueaba y evocaba la sensación de los brazos de Caden en torno a su cuerpo, lo cerca que se había sentido de él, la ternura con que habían hecho el amor, lo muy especial que se había sentido... Tanto que a la mañana siguiente se le hacía duro despertarse para darse cuenta de que todo aquello no había sido más que una ilusión, una simple parte del juego que él se había traído entre manos. Un juego que ella no comprendía, pero juego al fin y al cabo.

Volvió a salir para buscar leña para el horno y abrió las puertas de ambos lados de la casa. Se moría de ganas de comprarse un horno exterior. Era duro hornear dentro de una casa tan pequeña y con aquel calor.

Dos horas después, alguien tocó a la puerta. Maddie sonrió al ver a la pequeña Lissie Mayers con su cesta al brazo.

–¿Son esos mis huevos?

La niña asintió. Maddie recogió el pastelito de canela que había envuelto y apartado la noche anterior.

–¿Cuánto te dijo tu mamá que te diera?

La niñita le enseñó dos dedos. Maddie le entregó una moneda.

–Y esto es para ti –le entregó el pastelito de canela. El rostro de la niña se iluminó con una sonrisa de felicidad, revelando los dos incisivos que le faltaban.

Maddie se preguntó cómo sería ser madre y tener una hija como aquella... Suspiró mientras se echaba la trenza a un lado. Tenía cosas que hacer. Necesitaba volver a visitar al abogado al que había acudido después de abrir la cuenta en el banco. En aquella primera visita le había hecho todo tipo de preguntas sobre los detalles legales de su negocio, pero no había llegado a preguntarle si su matrimonio tenía plena validez jurídica, y si ese era el caso, de qué manera podría sortearlo o invalidarlo. Porque lo cierto era que no podía soportar la idea de renunciar a la independencia que tanto se había ganado durante las últimas semanas, y entregar así el control de su vida a un hombre: que era precisamente lo que iba a suceder si volvía Caden. Todo sería suyo para que hiciera de ello lo que se le antojara, incluida su propia persona, y eso no podía consentirlo.

Esperó hecha un manojo de nervios durante todo el día, lo cual afectó tanto a su apetito como a su trabajo. El pan no le salió tan sabroso como normalmente. Nadie se quejó, pero ella lo sabía, como lo sabían también algunos clientes a juzgar por las miradas que le lanzaron.

Cuando cayó la noche sin que recibiera noticia alguna de Caden, soltó un suspiro de alivio y empezó a pensar que quizá no fuera a volver, después de todo, con lo que todas sus preocupaciones habían carecido de fundamento. Esa misma noche, sin embargo, cuando soñó, lo hizo con sus manos sobre su rostro, sus labios sobre los suyos... Por muchas vueltas que daba cada vez que se quedaba dormida, volvió a oír su promesa. Y lloró.

No estaba precisamente de buen humor cuando se levantó a la mañana siguiente, y la tempranera llamada a la puerta tampoco la ayudó. Imaginando que era Lissie, recogió el dinero de los huevos y atravesó el salón... para detenerse en seco cuando la puerta se abrió de golpe y apareció Frank Culbart. Era un Frank distinto al que recordaba. Se había afeitado la barba. Llevaba el pelo bien peinado y la ropa limpia. Seguía pareciendo un gran oso y seguía teniendo ese aspecto suyo tan agresivo, pero cuando Maddie lo miró a los ojos, le pareció distinguir un brillo de ternura en ellos.

–Maddie.

Lamentó estar toda sudada y con el pelo pegado a la cabeza. Y con las manos llenas de harina.

–Frank.

–Oí que estabas en el pueblo.

–¿De veras?

–Bueno, oí que estaba una preciosa pelirroja de nombre Maddie, que horneaba como los ángeles –el hombretón se encogió de hombros–. No podía haber muchas en el país.

Maddie sonrió.

–Siempre tuviste una gran debilidad por mis pastelitos de canela.

–Me comería uno con gusto ahora mismo, acompañado de una taza de café, si tuvieras tiempo.

No lo tenía, pero lo buscaría. Se hizo a un lado para dejarlo entrar. Vio que esbozaba una mueca cuando sintió el sofocante calor de la casa.

–Es el horno –explicó ella–. Tengo que tenerlo encendido todo el día. Pero puedes sentarte en el patio, a la sombra. Se está bien allí.

Frank asintió, y ella lo siguió a través de la casa. Se detuvo un momento en la cocina para contemplar su caos organizado. Enarcó las cejas.

–Te las estás apañando muy bien.

Maddie asintió con la cabeza, sin saber qué era lo que querría de ella. Se detuvo también en la cocina para servir el café y se lo ofreció.

–Los pastelitos de canela estarán en seguida. Tengo que sacarlos del horno.

–Esperaré.

Le ponía nerviosa la manera que tenía de mirarla. Pero era un huésped, y tenía que resignarse. Sacó los pastelitos del horno, los glaseó con azúcar y los sirvió en un plato. Recogió uno y se lo entregó sobre una servilleta, para que no se quemara los dedos.

Frank sonrió y lo engulló al momento con una expresión de felicidad.

–Cometí un error al no casarme contigo.

Lo miró enarcando una ceja.

–¿Es una disculpa?

–Más bien una lamentación. Debí haberte reservado para mí.

–Tú no estás enamorado de mí, Frank. Estás enamorado de otra mujer.

–No importa. Ella nunca me hará pastelitos de canela.

Sonrió, sacudiendo la cabeza.

–Quizá lo hiciera si le dejaras ver tu lado tierno...

Le pidió con una seña otro pastelito. Maddie, a su vez, le señaló la puerta trasera.

–Sal a sentarte fuera. Yo también aprovecharé para descansar de este calor. Me tomaré un café contigo.

Frank obedeció con un gruñido. Maddie sirvió cuatro pastelitos en un plato y lo siguió. Se los entregó mientras se sentaba a su lado en el banco, a la sombra del roble del patio, con su taza de café.

–¿Tú no vas a comer ninguno?

—Uno. Los otros tres son para ti.
—Normalmente me das cuatro.
—Ya te has comido uno.
El hombretón suspiró profundamente.
—La cosa no funcionó con el tal Caden, ¿eh? —al ver que negaba con la cabeza, añadió—: Debiste habernos dicho en seguida, cuando te secuestramos, que ya no eras una mujer de la vida.
—Formabais una tropa que daba miedo.
Frank desvió la mirada, y a Maddie le pareció distinguir un rubor en sus pómulos.
—Yo jamás forcé a una mujer. Lo pasé mal. Hiciste que me entraran unas ganas terribles de hacerlo. Y por poco lo hice.
—Nadie te obligó a hacer nada.
—Estaba borracho.
—Estabas triste y solo.
La miró de nuevo.
—Tú me recuerdas a ella.
—¿De veras?
—Sí. Aunque ella no tiene tu carácter.
—¿Cómo puedes decir eso?
—Ella nunca dejaría a su familia para venirse conmigo.
—Como yo tampoco habría dejado nunca un burdel para ser libre, si no me hubiera animado alguien a hacerlo.
La miró arqueando las cejas.
—¿Por qué no? ¿Acaso te gustaba estar allí?
—Cielos, no.
—¿Entonces por qué no te marchaste?
—Porque me aterraba no saber con qué me enfrentaría si me marchaba. Solo conocía aquellas paredes, aquellas reglas... Era el único mundo que existía para mí.
Frank asintió con la cabeza.
—Elsbeth lleva una vida muy cómoda. Está acostumbrada a las cosas lujosas. Distinguidas.

—Y tú no te consideras un hombre distinguido —no lo dijo como una pregunta y él no simuló que lo fuera.

Le enseñó entonces las manos, llenas de callosidades y cicatrices. Aunque obviamente se había lavado y acicalado para ella, seguía teniendo suciedad debajo de las uñas.

—Estas manos no son las de un caballero.

Maddie le tomó una y se la apretó.

—Pero son manos honestas, de trabajador honesto y honrado. Manos que una mujer podría aceptar con toda confianza, sabiendo que no la dejarían tirada.

Frank bajó la mirada.

—Me estás agarrando la mano.

—Sí, pero no soy yo la mujer que quieres.

—Puedo aprender.

Maddie le soltó la mano.

—¿Te me estás proponiendo?

—¿Estarías interesada?

Ladeó la cabeza. Tan pronto como Frank se dio cuenta de que ella no era una colaboradora voluntaria, la había echado de su cama. Había llegado a echarla incluso de su casa, tan furioso se había puesto. Pero a los diez minutos había vuelto a llamarla para leerle la cartilla sobre la necesidad de ser sincera con la gente, así como sobre los peligros a los que se exponía una mujer que engañaba a los hombres. Tanto la había asustado que había vuelto a refugiarse en su mundo de fantasía, lo cual a su vez lo había asustado a él.

Frank no había sabido qué hacer con ella hasta que anunció formalmente a sus hombres que les estaba absolutamente vedada, y que debían respetarla como huésped que era del rancho. Maddie no se había sentido cómoda con su condición de huésped, ya que ello había significado estar en deuda con él. Así que un día se puso a hacer pastelitos, y a partir de entonces todo cambió a mejor. Con cada desayuno, café, almuerzo o cena compartida, Frank y ella habían ido tejiendo una amistad, y una noche en que él había bebido demasiado, Maddie se había enterado de la existencia de Elsbeth, su amor imposible. La mujer por la que había levantado aquel próspero rancho, para tener algún día el dinero suficiente para ofrecerle lo que él imaginaba que ella podría desear. Sacudió la cabeza. ¡Y pensar que los hombres creían que las mujeres tenían ideas raras…! Ellos sí que eran raros...

−¿Sabes, Frank? Creo que te llevarías una buena sorpresa si volvieras para pedirle la mano a Elsbeth.

−¡Nah! No tiene motivo alguno para cambiar de idea.

−Sí que lo tiene. Cuando piensas que la persona que quieres siempre estará a tu lado, acabas por acostumbrarte. Lo das por hecho. Pero cuando esa persona desaparece... −pensó en Caden y en la manera en que la había dejado allí, en aquel pueblo−, entonces empiezas a replantearte quién eres, lo que quieres y lo que podrías hacer...

−Parece que hablas por experiencia.

−Sí, tengo experiencia al respecto. Lo que no tengo es práctica para poder asimilarlo bien.

Frank se pasó una mano por el pelo. Maddie se sonrió, pensando que era un hombre absolutamente decente. No el hombre de su vida, pero sí un hombre bueno y cabal.

−Puede que se haya casado.

−O puede que no.

−Podría destrozarme el corazón.

−Podría −asintió Maddie.

−¿Crees que debo ir?

−Creo que preferirías no hacerlo. Te llevará años seguir levantando ese rancho, años durante los cuales tú estarás solo y ella estará sola. Quizá sea así como debas acabar, no lo sé. Pero si yo tuviera la misma oportunidad que tú, al menos me gustaría saberlo con seguridad. Me arriesgaría.

Frank se limpió los dedos en la servilleta y apuró el

resto de su café. Aunque era un hombre bueno y ella lo conocía bien, seguía teniendo un carácter brusco, bronco. De repente la abrazó con fuerza.

–¿Estás segura de que no preferirías enganchar tu caravana a la mía?

–No serías feliz –sonrió Maddie–. Solo sería una sustituta de la mujer adecuada.

–Sabes que lo intentaría.

–Lo sé. Pero yo siempre sería consciente de ello.

–También está el pequeño detalle de que ella ya está casada –pronunció de repente una voz, con un acento demasiado familiar.

Caden.

Maddie se giró en redondo. Estaba en el umbral de la casa, mirándolos, con una mano apoyada en la culata de su revólver. Y no parecía muy contento.

Maddie maldijo para sus adentros.

Capítulo 16

Maddie se levantó rápidamente, al contrario que su interlocutor. Frank terminó tranquilamente su pastelito y se lamió el azúcar de los dedos. Maddie se había quedado sin aliento, y no por ninguna de las razones que había esperado. En ese momento no le parecía posible, pero se había olvidado de lo guapo que era, de su belleza de rasgos duros, de que el simple hecho de verlo bastaba para detenerle el pulso.

–Culbart –lo saludó Caden.

–Miller –repuso el ranchero, levantándose con naturalidad después de volver a limpiarse los dedos en la servilleta que le había entregado Maddie–. ¿Qué te trae por el pueblo?

–Me parece que eso debería preguntártelo yo a ti.

–El rumor de una pelirroja que hacía unos pastelitos de ensueño llegó hasta el rancho. Sentí curiosidad y vine a comprobarlo.

–¿No tienes suficientes problemas que te mantengan entretenido en casa?

–No creo que... –intervino Maddie, pero Culbart la acalló alzando una mano:

–Esto es un asunto entre hombres, Maddie.

¿Cómo podía aquello no ser un asunto de *ella*? Antes de que pudiera protestar, Caden se le adelantó.

—Es con mi esposa con la que estás hablando.

La amenaza implícita en la ronca voz de Caden no pareció tener el mismo impacto en Culbart que en ella. Mientras que Maddie no deseaba otra cosa que retirarse y escapar, Frank parecía... estimulado.

—Si es tu esposa... ¿cómo es que está aquí toda sola, luchando por sobrevivir y trabajando tanto? ¿Cómo es que no la has estado manteniendo?

Caden dio un paso hacia ella, obligándola a retroceder. Y, con ello, a alejarse también de Frank.

—Nada relacionado con mi esposa es asunto tuyo.

Maddie se sintió inmediatamente culpable. Caen había sido generoso con ella. Le había dejado dinero para aguantar un mes en el pueblo.

—Él ha cuidado bien de mí, Frank.

El ranchero se fijó en las profundas ojeras de sus ojos, así como en la harina que manchaba su vestido.

—Ya lo veo.

—Lo del negocio fue idea mía.

—¿Por qué habría de ponerse a trabajar una mujer felizmente casada?

—Es una buena pregunta —dijo Caden—. Y tan pronto como tú te vayas, Maddie y yo discutiremos sobre ello.

Pero a Maddie no le gustó su tono.

—No hay nada que discutir.

—Yo no recuerdo que la dama me haya invitado a marcharme —dijo Culbart.

Lo último que quería Maddie era una pelea en su casa. Ambos hombres eran grandes y fuertes y probablemente lucharían hasta la muerte, y ella no ganaría nada con que uno de los dos muriera. Tenía que elegir. Frank era su amigo, pero Caden era su marido y pertenecía al Ocho del Infierno.

—No pasa nada, Frank. Agradezco tu preocupación, pero tengo cosas que hablar con mi marido.

–Creo –pronunció Culbart con tono suave, con aquella voz suya tan grave–, que tú, Miller, y el resto del Ocho del Infierno, vais a descubrir que aquí la pequeña Maddie vale muchísimo más de lo que vosotros pensabais –se caló su sombrero–. Pero dado que me preocupo por su bienestar, voy a darte un consejo.

Caden agarró a Maddie y la colocó detrás de él, tenso.

–Guárdatelo.

Culbart sonrió, desdeñoso.

–Tu tendencia a comportarte como un arrogante bastardo no te llevará a ningún sitio –se tocó el sombrero–. Adiós, Maddie.

–Adiós, Frank.

Se volvió para enfilar por el callejón que comunicaba con el patio trasero y corría paralelo a la casa. Maddie lo observó alejarse, contando los pasos en un esfuerzo por aquietar su alocado corazón. No le sirvió, latía salvajemente.

–Se ha ido. Puedes dejar ya de fingir que lo estás mirando.

Cruzando los brazos sobre el pecho, se volvió hacia Caden.

–Estás enfadado.

–Por supuesto que estoy enfadado. Te dejé dinero suficiente. ¿Qué diablos ha sucedido?

–Nada. Solo que vi una oportunidad.

–¿De arrastrar mi nombre por el fango? Todo el mundo aquí sabe que eres mi esposa.

Maddie se encogió de hombros.

–Pero ahora todo el mundo sabe también que sé hornear.

–¿Y qué es lo que consigues con ello?

–Respeto.

–Ya lo tenías antes.

–Como tu esposa, no como persona.

–¿Y eso importa?

Maddie recogió las servilletas y las arrojó al plato antes de recoger las tazas vacías de café y llevárselo todo a la cocina. Caden se adelantó para sostenerle la puerta.

—Te he hecho una pregunta.

—La respuesta es obvia.

—Aun así, quiero escucharla.

Colocó los platos sobre el mostrador y se giró hacia él:

—¿Por qué? ¿Porque no me quedé sentada en aquella habitación de hotel esperando a que se me acabara el dinero?

—Te dije que volvería.

—Los hombres siempre dicen que volverán.

—Yo no soy así. Yo soy tu marido.

—Sí, y me abandonaste. Me dijiste que no lo harías, pero lo hiciste: otra promesa rota.

—Cumplí mi palabra y volví.

—Me parece a mí que eres muy selectivo con las palabras que cumples y las que rompes.

Caden suspiró. De repente vertió el agua caliente de la olla en la pila y recogió las dos tazas sucias del mostrador para sumergirlas. Ante la asombrada mirada de Maddie, se puso a fregarlas.

—¿Qué pasa? —le preguntó él al ver su cara de sorpresa—. Tia se aseguró de enseñarnos a todos a fregar.

Eso ya lo sabía Maddie.

—Sí, pero... ¿por qué lo estás haciendo aquí?

—Porque esta es nuestra casa, no tengo nada que hacer y me parece que no te vendría mal un poco de ayuda.

Maddie no tuvo nada que replicar a eso. Mientras él fregaba, se dedicó a observarlo en busca de alguna herida visible. Parecía perfectamente sano.

—¿Fue todo bien en la mina?

—Tuvimos un par de escaramuzas. Nada del otro mundo.

—De modo que al final no había ninguna necesidad de que me dejaras aquí.

Caden dejó un plato limpio y seco en el armario y se secó las manos con un trapo. A continuación salvó en dos pasos la distancia que los separaba, y que a ella le había parecido segura. Tomándola de la nuca, la atrajo hacia sí.

–En este momento estoy más enfadado que nunca, Maddie. Te sugiero que no me rechaces... Eres mi condenada esposa. Mi responsabilidad es protegerte, y no pienso ponerte en peligro solo porque no me guste la idea de pasar una temporada alejado de ti.

Parpadeó asombrada. Nunca lo había considerado de aquella forma.

–Por aquí cerca va a haber algo más que un par de escaramuzas con los indios. Todos esos colonos que tienen sus casas repartidas por ahí no tardarán en descubrir las desventajas de vivir tan aislados. Correrá sangre, y mucha. Y estoy decidido a que ni una sola gota sea tuya.

De nuevo Maddie se había quedado sin saber qué decir.

–¿Qué pasará con los Ocho del Infierno?

–Puede que sufran un ataque, pero tienen la capacidad necesaria para defenderse. Los hombres necesarios. Y definitivamente nuestra localización es muy ventajosa.

–¿Por qué estás tan seguro de que habrá derramamiento de sangre?

Caden apretó los labios.

–Puedo ver las señales.

–¿Las huellas del suelo te lo dicen?

Retiró la mano de su cuello.

–Me lo han dicho los cuerpos calcinados y sin cabellera.

–¿Viste cadáveres? –inquirió Maddie, asustada, mientras buscaba una silla donde sentarse.

–Claro. Y también Culbart. Sospecho que es por eso por lo que ha venido.

–Él me dijo que había venido a verme.

Caden resopló, escéptico.

—Esa pudo haber sido una de las razones, pero no la principal. Te apuesto lo que quieras a que vino aquí a por armas. Su rancho será uno de los primeros en ser atacados.
—¿Por qué, si tiene tantos hombres para defenderlo?
—Para infundir miedo al enemigo. Ataca un rancho como Fallen C y le meterás a todo el mundo el terror en el cuerpo.
—Los indios nunca atacarían el pueblo, ¿verdad?
—Simple no. Pero sí poblaciones más pequeñas.
—Entonces yo estaba a salvo.
—Estabas a salvo en el hotel. Pero en esta casa de las afueras, sola como estás, eres un objetivo fácil para cualquiera. Si hubiera querido que te pasara algo, te habría dejado en mitad de la llanura.
—Si hubieras querido que no me pasara nada, no me habrías dejado en ningún sitio. Me habrías mantenido a tu lado.
—Tenía trabajo que hacer en la mina. El tiempo corría en mi contra.
—Así que, entre el oro y yo, escogiste el oro. Es lo mismo.
—Escogí nuestro futuro.
—¿Nuestro futuro? No. No es nuestro futuro cuando podrías, a capricho, apartarme de todo y quedarte con mi dinero, y con mis hijos si los tuviera, para luego volver a abandonarme.
—¿De qué estás hablando? —parpadeó, estupefacto.
—He hablado con un abogado.
—¿Que has hablando con un abogado? ¿Para qué?
—Para saber qué derechos tendría en caso de divorcio.
—¿Quién ha hablado de divorcio?
—Tú me abandonaste. Quería saber cuáles eran mis derechos.
—¿Y qué has averiguado exactamente?
—¡Que no tengo ninguno! Pero... ¿sabes qué es lo peor

de todo, Caden? –cruzó los brazos sobre el pecho–. Que como prostituta tenía más derechos que lo que tengo ahora como mujer casada.

–No me digas.

–Sí te lo digo. ¿Y sabes otra cosa? Que no me gusta. No me gusta que tú me digas una noche que me quieres para luego dejarme tirada al día siguiente, como si fuera un saco que te hayas cansado de arrastrar.

–Ya te expliqué la situación.

–Pero no me preguntaste qué era lo que yo quería.

–No es tarea mía preguntártelo. Mi responsabilidad es mantenerte a salvo, y la tuya hacer lo que yo te digo.

–Eso es una condenada patraña.

–Cuida tu lenguaje.

–Cuida tú el tuyo –le espetó ella.

–¿Se puede saber qué diablos se te ha metido en la cabeza?

Lo ignoraba, pero se sentía gloriosa, terriblemente enfadada. Y no estaba dispuesta a seguir soportando aquello por más tiempo.

–Nada que no debería haber estado allí desde hace mucho tiempo.

–Recoge tus cosas. Nos vamos de aquí.

–Recoge *tú* tus cosas y vete.

Caden miró a su alrededor, contemplando la diminuta casa.

–No puedes pensar en serio en quedarte aquí.

–Y tú no puedes esperar en serio que abandone mi negocio.

–¿Qué negocio?

–Tengo un horno –señaló la cocina.

–¿Unas cuantas barras de pan para la gente del pueblo?

Su tono desdeñoso la sacó de quicio. Le entraron ganas de arrancar las tablas del suelo debajo de las cuales guardaba su dinero de emergencia, para demostrarle lo grande que era su negocio. En lugar de ello, apretó los dientes.

–El dinero que me dejaste lo tengo en el banco.

–¿No te lo gastaste?

–Parte sí. Pero lo repuse y está en el banco, esperándote.

–No podría sacarlo sin tu firma.

Maddie sacudió la cabeza.

–Lo único que tienes que hacer es entrar allí y decirles que eres mi marido, y podrás sacar todo lo que quieras.

La cara de estupor que puso Caden alivió un tanto su furia.

–¿Qué diablos te hace pensar que podría hacer eso?

–No lo sé, pero me pone enferma que puedas hacerlo. Que el dinero por el que tanto he trabajado durante estas últimas semanas pueda desaparecer en tu bolsillo. Si fueras jugador, lo perdería en un santiamén.

–Yo no juego.

–Y si fueras un borracho, te lo beberías.

–Yo no bebo.

–Sí que bebes.

–No más de una cerveza o dos –agarrándola de los brazos, le dio una ligera sacudida–. Maddie, ¿acaso te has vuelto loca otra vez... solo que de una manera diferente?

Sí, lo estaba. Estaba locamente furiosa con la vida, con su injusticia, con la incertidumbre de saber que aquel negocio que había empezado, que aquella nueva identidad que se había forjado, podía desaparecer a su capricho. Quería un mínimo de seguridad que ninguna ley podía garantizarle. Pero no podía esperar que Caden comprendiera eso. La ventaja estaba toda de su lado, y solo un estúpido podía renunciar a ella. Caden Miller no era ningún estúpido.

–No. No estoy loca.

–Me temo que no podrías demostrármelo.

–¿Necesito hacerlo?

Maldiciendo por lo bajo, Caden se giró en redondo y se marchó después de dar un portazo. Maddie se apoyó en el mostrador mientras se llevaba la otra mano al pecho con un suspiro de alivio. No tenía la menor duda de que volvería, pero un día de tregua estaría bien. Pasándose los temblorosos dedos por el pelo, se acercó al aguamanil y se lavó rápidamente las manos.

La masa que había dejado antes casi se le había secado. La sacó rápidamente y se puso a alisarla con el rodillo, sobre el mostrador. No había terminado de prepararla cuando volvió Caden. Llevaba sus alforjas al hombro y un rifle en cada mano.

–¿Qué estás haciendo?

–Instalarme.

–Yo creía que irías al hotel.

–Ya fui.

Se detuvo en el salón y miró a su alrededor, buscando alguna puerta.

–¿Dónde está el dormitorio?

–Estás en él.

–¿Dónde duermes tú?

Maddie miró el sofá.

–Diablos –masculló mientras descargaba sus cosas en el suelo.

–No tienes por qué quedarte si no quieres.

–Voy a quedarme, Maddie.

A ella le entraron ganas de ponerse a gritar.

–¿Pero por qué? Ni siquiera tengo una cama.

–Porque es aquí donde estás, y te prometí que me pegaría a ti para no abandonarte nunca –volvió a mirar la diminuta casa– . Aunque sería mucho más cómodo hacerlo en una habitación de hotel, con una buena cama y una buena bañera.

Maddie pensó que lo de la bañera sonaba bien.

–Hay una poza en las afueras del pueblo.

Él se volvió para mirarla:
—¿Me estás diciendo que huelo mal?
No era así. Olía levemente a sudor, pero, por lo demás, olía como siempre, de maravilla. Sacudió la cabeza.
—Solo pensé que podrías tener calor.
—Lo tengo. Quizá después de comer podríamos bajar tú y yo a esa poza a refrescarnos un poco...
Ella volvió a sacudir la cabeza. Recordaba con demasiada claridad lo que había sucedido la última vez que se habían «refrescado».
—No puedo.
—¿No puedes o no quieres?
—Caden, horneo desde que me levanto hasta que me acuesto.
—¿Por qué?
Se preguntó qué sentido tenía decírselo. Esperó demasiado tiempo para hacerlo, porque Caden hizo un gesto de impaciencia con la mano.
—Es igual. De todas formas, no quiero oírlo —fue a la cocina—. ¿Tienes algo aquí que se pueda comer?
Le ofreció un pastelito de canela. Lo miró, desdeñoso.
—¿Regalas pastelitos a todos tus admiradores?
—Solo a los que me gustan —vio que se quedaba un tanto sorprendido por su respuesta.
Se alegró de ello.
—¿Lo quieres o no?
—¿Cuántos se comió Culbart?
—Cuatro.
—Yo comeré cinco.
Le puso los cinco en un plato, que acompañó de una taza de café.
—Cuando hayas terminado, puedes hacer algo útil o bien marcharte. Tengo muchos encargos que atender.
Los clientes ya habían empezado a hacer cola ante su puerta, como era habitual.

–Y ya voy retrasada –añadió.
–¡Hey, ricura! ¡He venido a por mi ración de azúcar!
Caden alzó la cabeza al escuchar la voz procedente del callejón.
–¿Quién diablos es ese?
Maddie maldijo para sus adentros. Era Rodney, «El Pendenciero». Y tenía que haber aparecido justo aquel día.
–Hola, guapísima –gritó de nuevo–. Ven a traerme algo dulce...
Caden le susurró entonces a Maddie:
–¿Estás sirviendo algo más que pasteles?
Aquello le dolió en lo más profundo. Alzó la barbilla mientras volvía a cruzar los brazos sobre el pecho.
–Vete al infierno.
Caden miró el sofá del salón.
–Creo que ya estoy en él.
–Es muy cómodo –era una mentira descarada.
Caden se la quedó mirando fijamente durante un buen rato, hasta que finalmente sacudió la cabeza y maldijo entre dientes. Rodney la llamó de nuevo. Maddie oyó entonces a alguien de la cola diciéndole que se callara la boca. Pensó que iba ser una mañana desagradable. Y esas expectativas empeoraron cuando vio a Caden dirigirse hacia la puerta.
Corrió detrás de él: no podía permitirse que ahuyentara a sus clientes. Caden salió como un rayo y agarró a Rodney del cuello, levantándolo en vilo. Rodney no era un hombre pequeño. Tampoco lo era Caden, que además estaba furioso. Sin soltarlo, caminó varios pasos con él en el aire hasta que lo empujó contra un árbol. Rodney manoteaba y pataleaba. Caden ni se inmutó.
–¿Tiene usted algo que decirle a mi esposa, señor?
Rodney abría mucho los ojos mientras negaba con la cabeza. Caden seguía sin soltarlo.
–Una sola grosería más dirigida contra mi esposa, o

una sola mirada grosera más, y te arrancaré esas pelotas de las que estás tan orgulloso y te las haré tragar. ¿Entendido?

El hombre asintió. Caden miró a su alrededor, a la multitud que se arremolinaba junto a la puerta. Maddie tuvo la impresión de que le sorprendió ver la cantidad de gente que había. Porque había al menos veinte personas esperando por sus productos de horno.

—Y esto va para vosotros también.

—Oiga, señor, que de nosotros no puede tener queja alguna. Hacía tiempo que Rodney se lo tenía merecido.

—Nosotros solo queremos nuestros pastelitos de canela.

—Y pan. Yo necesito dos panes ahora mismo.

—Señorita Maddie —llamó Anna Lee—. Necesito una docena de pasteles para la cena del domingo.

Empezaron a llover los encargos. Maddie alzó una mano.

—¡Un momento! Voy a buscar un lápiz para apuntarlo todo. Hoy llevo algo de retraso.

Una de las mujeres miró a Caden de la cabeza a los pies, acariciándolo con los ojos.

—Es fácil adivinar por qué, cariño.

Era Hester, una de las prostitutas del pueblo, que tenía una afición especial por los pastelitos de canela.

—Diablos —continuó la mujer—, si este fuera mi marido, no abriría la puerta en toda la mañana.

Caden miró a la multitud y luego a Maddie antes de sacudir la cabeza como si no entendiera nada absolutamente. No era de extrañar. Había dejado en el hotel a una temerosa y acobardada esposa, y había vuelto para encontrarse con una mujer de negocios. Pero la gente desesperada hacía cosas desesperadas, unas estúpidas y otras inteligentes. Ella había sido inteligente.

La gente empezó a acercarse a Caden para saludarlo y estrecharle la mano, dándole la bienvenida al pueblo, deshaciéndose en elogios sobre Maddie y felicitándolo por lo afortunado que era de tenerla como esposa. Un caballero mayor se palmeó la prominente barriga mientras le auguraba que, al cabo de unos pocos años, él tendría una igual. Caden rio la ocurrencia, aunque Maddie sabía que por dentro seguía enfadado. Pudo haberlo llamado para salvarlo del cordial acoso de la multitud, pero no lo hizo. Necesitaba unos minutos de tranquilidad.

Cuando Caden volvió a entrar en casa un cuarto de hora después, lo único que dijo fue:

–Se ve que has estado muy ocupada mientras yo estuve fuera.

Maddie asintió mientras le servía otro café y se dedicaba a apartar los platos y cuencos que había que fregar para la siguiente ronda de ingredientes. Vio entonces que Caden recogía un estropajo y se dirigía a la pila para llenarla de nuevo de agua.

–No tienes por qué hacerlo.

–Sí que tengo. Considéralo una disculpa.

–¿Por qué?

–Por todo lo que te dije.

–No me dijiste nada más que la verdad.

–No es cierto. Te va a llevar algún tiempo superarlo, ¿eh?

–No hay nada que superar. Es así como me ves.

–Y un cuerno.

Alguien llamó a la puerta. Era la señora Petittot en busca de su pan de canela, que Maddie le entregó al momento. Caden se la quedó mirando con una expresión extraña, como si fuera la primera vez que la veía... aunque no había nada en aquella expresión que dijera que le gustaba lo que estaba viendo. A muchos hombres, la mayoría en realidad, no les gustaba que las mujeres trabajaran para ganarse su propio dinero. Lo veían como un insulto a su masculinidad.

Caden terminó de fregar. En realidad no tenía nada más

que hacer, aparte de que estaba estorbando más que otra cosa. Maddie lo tenía todo organizado y él estaba justo en medio. A la cuarta vez que chocó contra su corpachón, vio que entendía el mensaje: salió la cocina y recogió su sombrero.

—Me voy a la cantina.

Maddie ignoró la punzada de pánico que la asaltó al pensar en todas las mujeres desocupadas que había en la cantina, y sacudió la cabeza.

—Gracias.

—¿A qué hora habrás terminado aquí?

—Suelo parar a las cinco para cenar.

—Estaré aquí a las cinco, entonces.

Maddie forzó una sonrisa.

—De acuerdo.

—Ya sabes que tenemos que hablar.

Asintió de nuevo. Vio que se detenía en la puerta y se volvía para mirarla.

—¿Realmente pensaste que no volvería a buscarte, Maddie?

—No podía correr el riesgo —se encogió de hombros.

Se marchó por fin, dando un portazo. Maddie tuvo la extraña impresión de que acababa de herir sus sentimientos.

Tan pronto como Caden entró en la cantina, descubrió a Ace sentado en una mesa del fondo. Recogió la botella de whisky del mostrador sin detenerse. El dueño se quejó, pero Caden le lanzó una moneda que cubría con creces su precio.

Tomó luego dos vasos, que dejó en la mesa de Ace junto con la botella.

—Deduzco de esto... —dijo Ace, señalando la botella— que tu reunión con Maddie no ha ido demasiado bien.

–Ha montado un negocio.
–Y, por lo que he oído, bastante exitoso. Tienes un cuantioso depósito en el banco.
Caden soltó un gruñido.
–¿Qué pasa? –protestó Ace–. Eso demuestra una gran resolución por su parte.
–Era innecesario –Caden sirvió los dos vasos y se bebió uno de un trago. Ace saboreó el suyo más lentamente.
–Quizá desde tu punto de vista.
–¿Qué otro punto de vista importa?
–El de ella.
–Mi esposa no tiene por qué ganarse la vida trabajando.
–Quizá no, pero quiere hacerlo.
–¿Cómo diablos lo sabes tú?
–Si realmente hubiera pensado que no ibas a volver, y si realmente no hubiera querido trabajar, habría batido aquellas largas pestañas suyas y se habría metido en el bolsillo al principal banquero del pueblo.
–Cállate y bébete tu whisky.
–¿Por qué? No te gusta escuchar la verdad.
–No.
–¿Qué verdad no quieres escuchar? –inquirió Ace–. ¿Que tienes una mujer lo suficientemente lista como para montar un negocio de éxito y además mantenerse a sí misma? ¿O que lo hiciste todo tan mal que hasta tu propia esposa pensó que no volverías a buscarla?
Caden apretó su vaso con fuerza.
–Me dirás que no es asunto mío, pero ya que te has sentado a mi mesa y te has puesto a hablarme de ello, voy a hacerlo mío. ¿Por qué crees que te estoy diciendo todo esto?
–Porque piensas que soy como mi padre
–¡Por el amor de Dios! –Ace apuró su copa y se la acercó para que se la rellenara–. Tú no te pareces en nada a tu padre.

—No lo conociste.
—Lo conocí. Todos lo conocíamos. Era absolutamente encantador y completamente irresponsable. Pasaba más tiempo en la cantina que en casa. Tenía mujeres por todas partes, y le gustaba fingir que andaba buscando oro... cuando el único oro que encontró nunca fue entre las piernas de alguna mujer fácil.
—¿De qué diablos estás hablando?
—Tu padre era un bala perdida, Caden. No estoy diciendo que no te quisiera. Estoy diciendo que era un bala perdida de tomo y lomo.
—Me quería a mí y quería a mi madre.
—Sí, por supuesto. Pero era una pésima persona. No podía soportar la responsabilidad. La responsabilidad de ser padre y marido. Prefería jugar a las cartas antes que llevar comida a casa. Prefería andar a la caza de sus quimeras a estar contigo. Eso no significa que no te quisiera, pero era la persona menos fiable del mundo.
—¿Quién lo dice?
—Todo el mundo lo dice. Todo el mundo lo sabía. Y tú también, si te pusieras a pensarlo. ¿Por qué diablos crees que te preocupa tanto que puedas parecerte a él?
Caden se limitó a sacudir la cabeza.
—Era tu padre y lo querías. Lo quisiste, a pesar de todo. Pero te criaste de otra manera y te convertiste en una persona distinta. Y si no te hubieras complicado tanto la vida intentando cumplir una promesa que le hiciste y que probablemente ni siquiera él se tomó en serio, tu mujer no estaría ahora mismo aquí montando un negocio propio.
—Está orgullosa de él.
—Por supuesto que sí. ¿Quién no estaría orgulloso de algo como eso? Diablos, yo lo habría estado. ¿Por qué diablos entonces te enfada eso tanto?
—No lo sé, pero me enfada.
—Entonces será mejor que te estrujes el cerebro y averi-

gües el porqué, antes de que vuelvas allí para hablar con tu mujer. Ella hizo lo que pensaba que necesitaba hacer. No se tendió boca arriba y se abrió de piernas. No se entregó a ningún hombre. Usó su cerebro y su talento para fundar un negocio legítimo para mantenerse a sí misma cuando pensó que no ibas a volver. Ahora bien, si tanto te molesta que tu mujer no tenga fe en ti, entonces te sugiero que reflexiones sobre lo que hayas podido hacer tú para que la perdiera. ¿Pero ponerte a despotricar y a rabiar sobre lo mucho o lo poco que te pareces a tu padre? Eso no son más que tonterías que no os ayudarán a ninguno de los dos.

–¿Alguien te ha dicho alguna vez que hablas demasiado?

–¿Alguien te ha dicho alguna vez que no hablas lo suficiente? Todo te lo guardas dentro y crees que tus acciones hablan por ti. Bueno. Pues no es así. Desde hace más tiempo del que puedo recordar, casi la mitad del tiempo que llevo conociéndote, no he tenido ni la menor idea del porqué de lo que has estado haciendo. Simplemente he creído que tendrías una buena razón para ello. Tu esposa te conoce desde hace menos de un año y tú sigues esperando a que lo entienda todo sobre ti... Pues bien, eso no va a suceder, Caden. Quedándote sentado aquí bebiendo whisky no vas a resolver tus problemas. Como tampoco los has resuelto yendo a esa casa y poniéndote a gritar como un loco.

–¿Cómo diablos sabes tú eso?

–Todo el mundo lo sabe. Todo el pueblo sabe que el marido de Maddie Miller se ha presentado en su casa y se ha puesto hecho una furia; y es una verdadera lástima, Caden, porque alguien se lo contará a ella también. Y siempre duele que la persona a la que amas no se sienta orgullosa de tus logros.

Caden seguía sin decir nada. Ace apuró otro whisky y bajó el vaso antes de añadir en voz baja:

—Eso duele muchísimo, y Maddie no se lo merece, Caden. Te has pasado todas estas semanas buscando oro en una mina... cuando ya lo tenías en tu esposa —se levantó de la mesa.

—¿Dónde diablos vas?

—Me aburre tanto la presente compañía que he pensado acercarme a saludar a Maddie.

—Mejor será que te mantengas alejado de ella.

—¿Por qué? ¿Porque eres un celoso canalla?

—Por eso también.

Ace recogió el vaso de Caden y apuró también su contenido de un solo trago.

—Entonces será mejor que dejes de beber y te adecentes un poco, porque voy a ir allí y pienso hablar con ella. Quizá haga algo más que saludarla. Y cuando hayamos terminado de conversar, me iré de cabeza al hotel y me echaré en la cama a dormir, que bien lo necesito. Y cuando llegue la mañana, espero por tu bien encontrarte sobrio y de mejor humor —dejó con fuerza el vaso sobre la mesa, giró sobre sus talones y se marchó.

Caden lo observó mientras se alejaba, sintiendo todas las miradas de la cantina clavadas en él: una cosa más de la que culpar a Maddie. Se sirvió más whisky, pero el trago no le supo tan bien como el último. Todo lo que le había dicho Ace no dejaba de bullir en su cerebro. Maldijo para sus adentros. Lo único que quería era ir a aquella casa y abrazar a su mujer, decirle que la amaba como debió haber hecho desde un principio, cuando todo lo que había hecho era jurar y gritarle... Realmente era un patético canalla.

Capítulo 17

Cuando llamaron a la puerta, el corazón de Maddie dio un absurdo vuelco. Por supuesto que no podía ser Caden. Se había ido a la cantina y evidentemente no iba a regresar tan pronto: ningún hombre lo hacía una vez que tenía una botella en la mano. Simplemente bebía y bebía hasta que no podía más, y quedaba tendido sobre la mesa o en el suelo hasta que alguno de sus amigos lo cargaba hasta su casa.

Se humedeció los labios mientras se preguntaba, no por primera vez, si no debería ir a la cantina. Caden era su marido, le correspondía a ella atenderlo. Pero también era el hombre que la había sacado de quicio. Secándose las manos en la falda, fue a abrir la puerta y se encontró con Ace.

–Maddie –sonrió–. Tengo entendido que este lugar es famoso por sus pastelitos de canela.

La alegría y la decepción batallaron en su interior. Dejó que se impusiera la primera y le sonrió a su vez.

–Ace, me alegro de verte.

–Yo también.

–¿De verdad que quieres un pastelito de canela?

–Mataría por uno.

–Tú matarías por unas galletas mías.

–No, yo rompería cabezas por tus galletas, pero necesitaría además canela y azúcar glaseado para matar a alguien –estiró una mano hacia su oreja y, con un rápido movimiento de sus dedos, hizo aparecer una moneda–. Estoy dispuesto a pagar.

Maddie se echó a reír. Aquel truco de prestidigitación siempre la divertía. Tomó la moneda y la examinó: como siempre, no tenía ni la menor idea de cómo podía hacerla desaparecer y aparecer a voluntad. Cuando le había preguntado al respecto, él le había preguntado a su vez si no le bastaba con que lo disfrutara... Y, decididamente, así era.

–Te invitaría a entrar, pero...

–¿Pero qué?

–Hace un calor de muerte aquí. Con el horno encendido todo el día, creo que podría cocer pasteles en el mostrador.

Ace sonrió.

–¿Tienes algún lugar con sombra detrás?

–Ajá. Incluso me queda algo de café frío.

–Eso suena estupendo –lo invitó a entrar.

–Iré por fuera, rodeando el lateral de la casa. No quiero dar pie a murmuraciones.

Maddie sacudió la cabeza.

–Como si mi reputación no pudiera soportarlo...

Ace se echó a reír.

–Maddie, cariño, no creo que pudiera... El pueblo entero se escandalizaría de saber que metiste a dos hombres en tu casa... que a punto estuvieron de darse de puñetazos por ti.

–Uno de ellos era mi marido.

–Sí, esa es la parte más sabrosa.

–Maravilloso.

Por tercera vez en aquel día, Maddie llenó un plato de pastelillos y sirvió dos tazas de café. Añadió leche y azúcar para Ace, goloso como era.

Se había sentado en la misma silla que antes había ocupado Frank, a la sombra del gran roble. Maddie le preguntó mientras le ponía la bandeja delante:
–¿Qué probabilidades hay de que Caden se presente aquí a causar problemas?
–Por las ganas con que se agarraba a la botella de whisky, yo diría que ninguna.
Suspirando, Maddie se sentó frente a él.
–¿Está bebiendo?
–Ajá. Parece que se siente justificado a hacerlo.
–No entiendo por qué está tan alterado.
–Diablos, a ningún hombre le gusta volver con su mujer para encontrársela con otro.
–Frank acababa de llegar al pueblo y solamente se pasó por aquí para saludarme...
–Tu *tío* Frank.
–No es mi tío –sacudió la cabeza.
–Ya lo sé. Eso es probablemente lo que más le está comiendo la cabeza a Caden, aparte del hecho de que parecías contenta de ver a Frank y descontenta de verlo a él.
Maddie suspiró.
–No pude evitarlo.
–Caden no te abandonó, Maddie. Seguro que ahora podrás entenderlo. Regresó un día tarde, pero regresó.
Ella sacudió la cabeza.
–No, no es eso.
–¿Qué es entonces?
Ace bebió un sorbo de café.
–Te acordaste de cómo me gustaba el café: con leche y azúcar –observó Ace, bebiendo otro sorbo.
–Sí. Lo recuerdo todo del Ocho del Infierno.
–Lo sé.
–¿Sabes algo de Inútil? –inquirió–. ¿Cómo está?
–No sé nada. Aunque en el Ocho del Infierno nunca arriesgarían un jinete por un perro.

No le extrañó. Solamente ella había apreciado a ese perro.

—Eso no es verdad.

Maddie alzó la mirada.

—¿Qué?

—Acabas de decir que solamente tú apreciabas a Inútil.

No se había dado cuenta de que lo había pronunciado en voz alta.

—Inútil significa mucho también para Tucker, y el hecho de que recibiera una bala por defenderte lo convierte en un héroe. Tucker lo usará para reforzar la leyenda de Boone. Todo el mundo quiere un cachorro suyo, por la forma en que rastreó a Desi con una bala en el cuerpo, sangrando durante todo el camino. Se necesita mucho valor para hacer una cosa así.

Maddie asintió con la cabeza.

—Se necesita mucho valor para hacer muchas cosas —añadió Ace.

—Espero que no irás a sermonearme.

—¿Por qué?

—Por no haberme quedado donde me dejasteis.

Ace se echó a reír.

—¡Diablos, no! No puedo culparte por haber abandonado esa habitación de hotel. Yo me habría vuelto loco para el segundo día.

—Caden piensa que debería haberme quedado.

—Caden tiene un montón de nociones absurdas. La mayoría referentes a tu persona.

Maddie volvió a asentir.

—Pero en ninguna de ellas piensa mal de ti —agregó él—. Maddie, Caden se casó contigo.

—Porque no tuvo elección.

—Caden siempre tiene elección. Sabes que puede llegar a ser un gran canalla.

—Pero nunca a propósito.

—Maddie... —sacudió la cabeza.
—¿Qué?
—Se suponía que tenías que estar enfadada con él.
—Lo estoy.
—¿Entonces por qué cuando yo digo algo malo sobre él, tú le das la vuelta y haces que parezca bueno?
—Yo no he hecho eso.
—Sí que lo has hecho.
—No sé cómo hablar con él —le confesó, abrazando su taza con las dos manos.
—Caden es un tipo muy llano. Lo dijiste tú misma.
—No conmigo.
—Quizá deberías preguntarte por qué.
—Lo irrito.
—No seas tonta. Ese hombre se casó contigo.
—A la fuerza.
—Consumó el matrimonio.
De repente se cubrió la cara con las manos.
—Hay algunas cosas que no quiero saber nunca... Una de ellas es cómo es que conoces los íntimos detalles de mi matrimonio...
Ace se echó a reír.
—¿Qué tal si no nos miramos el uno al otro durante un rato?
—Eso estaría bien.
Ace mordió un pastelito de canela. Maddie lo oyó primero masticar, y luego gemir de placer.
—Maldita sea, no exageraban. Son muy buenos.
—Gracias.
—¿Cuántos haces de estos al día?
—Unos cien, quizá ciento cincuenta.
—Y ni siquiera te llega para cubrir la demanda.
—No.
—Es todo un negocio el que te has montado aquí. ¿A cuánto los cobras?

Maddie se lo dijo, y él enarcó las cejas, asombrado.

–Maldita sea, Maddie. Eres toda una mujer de negocios.

–Hay cosas que aprendes... –iba a decir «como prostituta», pero se mordió la lengua– con los años.

–Caden es un hombre afortunado.

–No lo creo –suspiró.

–Sí que lo es. Lo que pasa es que ahora mismo está un poco... afectado.

–¿Por qué?

–Bueno, podría darte alguna idea, pero creo que eso es algo que probablemente deberías preguntárselo tú.

–Lo haré cuando vuelva.

–Sí, tardará algún tiempo en hacerlo. Cuando vuelva a estar sobrio.

–¿Tanto está bebiendo?

–Sí. Y Caden rara vez bebe. Eso también es muy extraño.

Maddie recordó la impresión que había tenido cuando lo vio salir de su casa, como si hubiera herido profundamente sus sentimientos.

–Oh, maldita sea...

–Nunca te había oído jurar antes.

–Estoy probando cosas nuevas.

–Normalmente no aprobaría algo así en una mujer, pero en ti resulta hasta favorecedor –terminó su café y se levantó.

–¿Dónde lo dejaste? –le preguntó ella.

–En la cantina.

Ninguna mujer decente iría a la cantina. De repente se quitó el delantal y se lo entregó a Ace.

–En cinco minutos, saca los pastelitos del horno y espolvoréalos de azúcar.

–¿Quieres que me ponga a hornear? –parecía consternado.

—Quiero que los espolvorees de azúcar. Hay una diferencia. Recuerda: cinco minutos.
—Cinco minutos. Solo sacarlos.
—Sí. Y espolvorearles el azúcar.
—Está bien, pero espero que no vayas a hacerme responsable de cómo salgan.
—Sí, te hago responsable. Estas cosas son caras de hacer.
—¿Y adónde vas?
—A enmendar un error —suspiró.

Maddie se hallaba a medio camino de la cantina cuando vio a Caden avanzando hacia ella. Si no lo hubiera conocido bien, nunca habría adivinado que había estado bebiendo, pero su andar era un poco lento y sus movimientos demasiado controlados. Se detuvo frente a ella.
—Maddie mía.
La gente empezó a arremolinarse a su alrededor. Ace no había bromeado cuando le dijo a Maddie que habían sido la comidilla del pueblo durante toda la mañana. Nunca había concitado tanta atención.
—¿Ibas a verme? —le preguntó él.
—Iba a traerte a casa.
—¿Por qué? No tengo nada allí.
—Lo tienes todo allí —al ver que se tambaleaba levemente, lo acusó—. Has estado bebiendo.
—Y tú horneando.
Maddie le tocó el moratón que tenía en un nudillo a la vez que le descubría una ligera hinchazón debajo de un ojo.
—Y también te has estado peleando.
—Una ligera desavenencia.
—¿Con quién?
—Con tu tío Frank. Teníamos que renegociar un trato.
—¿Qué trato? ¿El potro?
—Sí.

–¿Decidiste no honrar el acuerdo? –le resultaba inconcebible. Los Ocho del Infierno jamás se habían desdicho de la palabra dada.

–Diablos, no. Los Ocho del Infierno no somos así.

–No entiendo –le acarició el nudillo dolorido con el pulgar.

–Se lo entregué como regalo.

–¿Qué diferencia hay?

Deslizando un dedo bajo su barbilla, Caden la obligó a alzar la cabeza y mirarlo.

–Un hombre no podría comprar un tesoro como tú ni con todo el oro del mundo. No quiero que ese canalla crea que puede hacerlo.

Maddie se mordió la lengua para no recordarle la evidente contradicción que suponían sus palabras, dado su pasado como prostituta. Le encantaba la manera que tenía Caden de ignorar su pasado, como si solamente el presente importara.

–Pero sería capaz de vender mi alma con tal de conseguir que volvieras conmigo, Maddie mía –terminó él.

–No se la vendiste a Frank, ¿verdad? –Frank había sido muy bueno con ella, pero era un hombre temerario en muchos aspectos.

Caden le tomó una mano y se la llevó a los labios. Maddie sintió que el corazón se le detenía y se le cerraba el estómago cuando sus labios le quemaron la palma. Vio que sonreía al escuchar su leve jadeo.

–Culbart es ahora un aliado del Ocho del Infierno.

Ella volvió a quedarse sin aliento solo que por una razón bien distinta, e intentó retirar la mano. Él se la retuvo.

–Es demasiado.

Una alianza era un negocio muy serio. Frank podría recurrir al Ocho del Infierno por cualquier razón. En cualquier momento el rancho tendría que acudir en su ayuda, poniendo a toda su gente en peligro: Caden, Tucker, Sam...

Mujeres podrían quedarse sin maridos, niños sin sus padres... por su culpa. Intentó soltarse de nuevo.

—Tienes de deshacer ese pacto.

En lugar de soltarla, Caden la acercó hacia sí. Su cuerpo era duro y cálido. Olía a alcohol, y Maddie en vano intentó recordarse que eso debería repugnarla. Estaba demasiado horrorizada por lo que acababa de hacer. Quería abofetearlo y abrazarlo a la vez.

—No voy a deshacer nada. No quiero ni pensar en lo que pudo haberte sucedido en su rancho. Me guste o no, estaré para siempre en deuda con tu *tío*.

Hablaba en serio. Hablaba realmente en serio. Maddie apoyó las manos sobre su pecho. «Un tesoro», la había llamado. «*Su* tesoro». Le flaquearon las piernas. Ella era el tesoro de Caden Miller.

—Él no es mi tío —logró pronunciar.

—Antes pensabas que sí lo era.

—Fue algo... —se encogió de hombros— necesario en aquel momento.

—Y ahora ya no lo es.

—No. Muchas cosas ya no son necesarias.

—Incluido yo mismo, ahora que ya tienes tu propio negocio.

El tono de su voz le hizo levantar la mirada hacia él.

—¿Por qué te molesta tanto mi negocio?

—¿Por qué te molesta tanto que me moleste?

—¿Haces eso siempre que bebes?

—¿El qué?

—Contestar a una pregunta con otra.

—No lo sé.

—¿Cómo puedes no saberlo?

—Hacía mucho tiempo que no estaba borracho.

—¿Estás borracho ahora?

—Cuando aquellos dos últimos tragos me hicieron ver claro, hacía tiempo que lo estaba.

Maddie pensó que entonces no era aquella la mejor ocasión para hablar. No era la mejor ocasión para hablar de nada, y menos del nudo de terror y de gozo que le apretaba el estómago. Lo agarró del brazo.

—Será mejor que vayamos a casa.
—Me has leído el pensamiento.

Maddie sonrió, sintiéndose más ligera y feliz de lo que se había sentido en mucho tiempo.

—Pero yo no quiero dormir allí.
—¿Por qué no? —le preguntó ella, inquieta.
—No cabrán dos en el sofá.

A Maddie le gustó escuchar eso.

—Cabrás tú, por el momento.
—Sí, supongo que sí.

La siguió dócilmente. Al menos lo dócilmente que Caden podía hacer algo. Fue él quien rompió el silencio.

—¿Por qué no me creíste, Maddie?
—Porque rompiste tu palabra.
—No es verdad.
—Por supuesto que es verdad.

No replicó nada, para concentrarse en llevarlo a casa. Él se empeñaba en ayudarla con los baches del camino, pero su equilibrio no era bueno, así que Maddie fingió dejarse ayudar cuando era ella la que lo sostenía. Para cuando llegaron, Caden se tambaleaba notablemente. No había señal alguna de Ace, pero los pastelitos de canela esperaban sobre el mostrador, perfectamente espolvoreados de azúcar. Con un último empujón, obligó a Caden a entrar.

—Siéntate en el sofá.

Caden se sentó en la silla.

—Eso no es el sofá —le recordó ella.
—¿Y? —su corpachón consiguió empequeñecer la pequeña silla de balancín que había comprado. Estaba hecha para el delicado cuerpo de una mujer, que no para el de un vaquero grandullón.

—Esa silla no te aguantará.
—Lo hará —se echó el sombrero hacia atrás, con lo que fue a parar al suelo. Ni siquiera lo miró, pero Maddie sí. Caden nunca arrojaba su sombrero al suelo—. ¿Por qué te marchaste del hotel, Maddie mía?
—Porque me abandonaste.
—Te dejé dinero para un mes.
—Es verdad.
—Y al final de ese mes, volví.
—No me lo creí.
—No me creo que no te lo creyeras.
Maddie se arrodilló para sacarle las botas, primero una y luego la otra. Cuando terminó, lo oyó gemir de alivio.
—Esas botas están ardiendo.
Sus pies también parecían arder. Estaban colorados y sudorosos. Y, francamente, olían.
Fue a la cocina y sacó la bañera de pies de debajo del armario. La llenó de agua y la llevó de vuelta al salón, con jabón y una toalla. Le metió los pies en ella.
Caden gimió de nuevo.
—Me gusta verte de rodillas.
—A la mayoría de los hombres les gusta.
Caden negó con la cabeza.
—No por esa razón. Yo no quiero que supliques. Bueno... —pareció reflexionar— no de esa manera.
—¿Entonces por qué?
Empezó a lavarle los pies.
—Maddie, yo nunca quise hacerte daño.
—Lo sé.
—Y regresé.
—Lo sé. Tenemos que llevarte a la cama —le secó los pies con delicadeza. Podía estar enfadada con Caden y también podía no querer estar casada con él, pero lo amaba.
Caden le tendió la mano. Maddie la aceptó y dejó que la ayudara a incorporarse. Pero antes de que llegara a le-

vantarse del todo, tiró de ella de forma que la sentó sobre su regazo. La silla crujió. De no haber sido por la pared, se habrían caído ambos para atrás.

Él le acarició una mejilla con los dedos, haciéndole apoyar la cabeza sobre su hombro.

—Maddie mía, ¿te he dicho lo orgulloso que estoy de ti? ¿De la manera en que has levantado tu negocio de la nada y has logrado mantenerte a ti misma sin tener que abrirte de piernas?

Maddie esbozó una mueca mientras se preguntaba por qué tenía que ser tan gráfico.

—No, no me lo has dicho.

—Pues lo estoy. Terriblemente orgulloso.

—¿Entonces por qué te enfadaste tanto?

No respondió inmediatamente. Maddie llegó a pensar que se había quedado dormido. Necesitaba llevarlo al sofá.

—Levántate, Caden.

Él se quedó donde estaba.

—Estoy cómodo.

—Caden —vio que abría un ojo—. Te he dicho que te levantes.

—¿Por qué?

—Porque yo lo quiero.

—Me levantaré si me enseñas un seno.

—Oh, Dios mío... —se interrumpió y, no viendo otra salida, le preguntó—: ¿Cuál de ellos?

—El derecho.

—¿Por qué el derecho?

—Tiene un precioso lunar.

—No tengo ningún lunar ahí.

—Yo digo que sí.

—Pues no.

—En todo caso, es ese el que quiero ver.

Se abrió la camisa, mostrándole el pezón. Caden soltó un ronco gemido.

—He soñado con estos pezones durante todo este último mes. Con la manera en que se fundían con mi lengua antes de ponerse duros, con tus suspiros cada vez que los mordisqueaba, con tus gemidos cada vez que sentía apretarse tu sexo sobre mi miembro y...

A Maddie le flaquearon las piernas, pero uno de los dos tenía que ser fuerte.

—Ya he hecho lo que me decías. Ahora, levántate.

Lo hizo, aunque tambaleándose. Solo le separaban cuatro pasos del sofá, pero Maddie llegó a temer que no llegaría nunca. Finalmente se dejó caer, derrumbándose. El sofá le estaba demasiado pequeño. Borracho como estaba, eso no pareció importarle. Las piernas quedaron en el aire, apoyadas las corvas en un brazo. No parecía muy cómodo.

Tomó una almohada y la colocó debajo de sus corvas, para que no se le clavara la madera.

—Gracias.
—De nada.
—¿Por qué me dejaste, Maddie?

No sabía qué decir. Al ver que no se apartaba, Caden le tomó una mano.

—Tengo que limpiar la cocina.
—Quédate.
—¿Por qué?

Le acarició el dorso de la mano con el pulgar.

—Porque te he echado de menos.

¿Qué se suponía que tenía que decir a eso? No había sitio para ella en el sofá, así que se sentó en el suelo, a su lado, y apoyó la cabeza sobre su pecho, dejando que le acariciara el cabello.

—Eso nunca sucedió antes —le dijo él.
—¿El qué?
—Que yo echara de menos a alguien.
—Soy tu esposa. Se supone que tienes que echarme de menos.

Caden sacudió la cabeza.

—Nunca *creí* que algún día podría echar de menos a alguien.

—¿No te gusta?

—Ahora sí.

—¿Por qué te has emborrachado?

—Me pareció que era lo que tenía que hacer —respondió, soñoliento.

—Bueno, a mí me pareció que lo que tenía que hacer era abrir mi propio negocio.

—Mientes.

—Tú también.

—Estoy demasiado borracho para tener esta conversación —abrió un solo ojo.

En eso Maddie no podía menos que estar de acuerdo.

—Desde luego que lo estás.

Le acarició el dorso de la mano mientras él continuaba acariciándole el cabello con la otra. Maddie pensó que siempre se estaban tocando. De repente recordó las palabras de Bella: «Sé que cuando ves a Caden, tú sonríes, y que él sonríe cuando te ve a ti». Bella tenía razón. Siempre se habían sentido mutuamente atraídos. Fue cuando empezaron a hablar que las cosas comenzaron a estropearse.

—¿Por qué me dejaste en el hotel, Caden?

—Porque eso es lo que pensé que debía hacer —suspiró—. Es lo que hizo mi padre.

—No entiendo.

—Ni yo tampoco lo entendía. Hasta hoy.

—¿Y lo entiendes ahora?

—Tengo una cierta noción —volvió a abrir un ojo—. Ace puede llegar a ser muy directo cuando se enfada.

Maddie no lo dudaba.

—¿Qué es lo que quieres, Maddie?

—Lo mismo que he querido siempre.

–Amor y respeto.
Ella asintió. Le tomó la mano y se la puso sobre su hombro, moviéndose para poder apoyarse sobre su pecho.
–Efectivamente, estás demasiado borracho para tener esta conversación.
–Entonces quédate conmigo hasta que me duerma.
–¿Y luego qué?
–Cuando me despierte, lo intentaremos de nuevo –le acarició la sien con las yemas de los dedos, para luego bajar hasta la mejilla–. No me gusta pelearme contigo.
–Pudiste habérmelo demostrado.
–Lo sé. Tengo tendencia a atacar antes de que me hagan daño –repuso él.
Maddie le dio la razón en silencio.
–¿Te divorciarías si yo te lo pidiera?
–¡Diablos, no! –exclamó él.
–¿Por qué?
–Eres mía, Maddie. Lo fuiste desde el primer día que te vi.
Recordaba bien aquel día. El Ocho del Infierno había estado expuesto a un ataque. Caden había salido de expedición con Caine y con Ace. Las imágenes de aquel día eran borrosas, pero se acordaba muy bien de él: su aspecto, la sensación que tuvo al verlo. Su sonrisa.
–Duérmete, Caden.
Él abrió otra vez un ojo.
–¿Estarás aquí cuando me despierte?
–¿Dónde si no iba a estar? Tengo que trabajar.
–Sí –parecía triste–. Ya me lo figuraba.
Y, una vez más, Maddie tuvo la sensación de que lo había herido. Suspiró. Ese día no parecía capaz de decir ni de hacer nada bien. Lo único que indudablemente sabía hacer bien eran los pastelitos de canela.
Levantándose, le acarició tiernamente una mejilla. Parecía tan relajado, allí tendido... Él le tomó la mano. Lue-

go se llevó la palma a los labios y, con los ojos todavía cerrados, sonriente, depositó un beso en su centro.

Cuando Caden se despertó, estaba oscuro y le dolía la cabeza. Tenía la vaga impresión de que era por la mañana. Lo único que recordaba era haberle preguntado a Maddie si acaso vendía algo más que dulces.

Maldijo para sus adentros.

Se incorporó, gruñendo. Le dolía el cuello, la espalda y la cabeza. Y todavía era poco, para lo que se merecía. ¿Qué diablos le había pasado? ¿Qué tenía Maddie que lo desquiciaba tanto, hasta el punto de hacerle decir cosas desquiciadas que ni siquiera pensaba?

Podía verla en la cocina, apenas a unos metros de distancia de él, espolvoreando azúcar glaseado sobre los pastelitos recién sacados del horno. Tenía ojeras y estaba más delgada de lo que recordaba. Se había recogido el pelo en un moño flojo. Se estaba dejando la vida en aquel negocio.

Se levantó.

—Maddie mía.

—¿Qué?

Podía leer el miedo tras lo agresivo de su tono. Estaba dispuesta a fustigarlo de nuevo.

—Soy un imbécil cuando me enfado.

—Estoy de acuerdo.

—No debí haber dicho lo que dije.

—No puedes evitar pensarlo.

—No lo pienso. Nunca lo pensé.

—¿Entonces por qué lo dijiste?

—Porque estaba enfadado.

—Bueno, ahora yo también estoy enfadada. ¿Estás contento?

—Ni un poquito.

Acercándose, le quitó de las manos el cuchillo con el que estaba partiendo el bloque de azúcar glaseado.

–Déjame. Tengo que terminar de hacer esto.

–Ni hablar. Y no porque no quiera que tengas éxito con tu negocio, sino porque ninguna esposa debería creer que su marido piensa eso de ella.

–La que es prostituta una vez, lo es para siempre.

–Eres mi esposa, y lo serás siempre.

–Tú no me respetas. Vas a divorciarte de mí.

–Y un cuerno. ¿Dónde has oído eso?

–Para un hombre es algo muy sencillo –repuso ella–. Solo tienes que escribir unas pocas acusaciones en un papel. Nadie se asegurará de comprobar que son ciertas.

–Maddie... –ella alzó la mirada–. Debí haberte dicho esto hace mucho tiempo.

–¿Qué?

–Te amo.

–No te creo.

De todas las respuestas que ella habría podido darle, aquella era la única que no se había esperado.

–¿Por qué diablos no?

–Me dejaste.

–Podría señalarte que fuiste *tú* quien me dejó a *mí*. Yo te dejé sana y salva en un hotel. Fuiste tú quien cambió eso por esta... pesadez de trabajo.

–¡No es ninguna pesadez!

Indignada, agarró un puñado de harina y se lo lanzó a la cara. Caden dio un respingo y se apartó.

–Esto es *mío*. Tú ya tienes tu mina, tu reputación, tu respeto. Pero todo esto es mío: yo me lo gané. No tuve que abrirme de piernas para conseguirlo. Fue a base de duro trabajo, de ambición –le arrojó otro puñado de harina–. Puedo comprarme una casa con lo que he ganado. Puedo marcharme a San Francisco cuando quiera.

–Yo podría haberte llevado allí.

–Sí, podrías haberme llevado, podrías haberme salvado y entonces habría estado toda mi vida en deuda contigo.
–¿Qué habría tenido eso de malo?
–Nada, si no te importa arrastrarte.
–¿Cuándo te he pedido yo que te arrastraras?
–Nunca. No necesitas hacerlo.
–¿Maddie?
–¿Qué?
–Ven aquí.
–¿Por qué? –se quedó donde estaba, beligerante, con la cabeza baja y los brazos cruzados.
–Porque quiero abrazarte. Porque lo siento. Porque te amo.
–¡Deja de decirme eso! No necesito que me mientas.
–Me parece muy bien, porque yo no estoy mintiendo.
Maddie alzó la mirada hacia él. Caden esperó, pero al final no fue ella quien dio el par de pasos que los separaban, sino él. Se acercó lo suficiente para poder acariciarle una mejilla. Tenía una mota de harina en la nariz, cubriendo sus pecas. Se la limpió con el pulgar.
–Me gustan tus pecas.
–Gracias.
–¿Maddie? Acércate.
Lo hizo, y él la envolvió en sus brazos para sentarse con ella en la silla de la cocina. La silla crujió bajo el peso de los dos.
–Vamos a terminar en el suelo.
–No te preocupes. Yo amortiguaré tu caída.
Ella le clavó un dedo en el pecho.
–No eres precisamente muy blando.
–Por lo que a ti se refiere, soy de mantequilla.
–No me había dado cuenta hasta ahora... ¿Cómo es posible?
–No lo sé –sacudió la cabeza.
–Quizá deberías irte y volver cuando lo sepas.

—Y quizá tú deberías quedarte sentada aquí y dejar que te abrace mientras lo averiguo. Siempre estás discutiendo conmigo, Maddie mía. ¿Te has preguntado alguna vez por qué?

Ella negó con la cabeza.

—Con todos los demás tienes una paciencia infinita. Solo a mí me echas broncas.

—Eso es porque haces las mayores estupideces del mundo.

—Nadie más piensa que son estupideces.

—Sí que lo piensan.

—Bueno, si lo piensan, no tienen las agallas de decírmelo. Pero tú sí las tienes. Porque yo te importo.

—Ya te dije una vez que te amaba —reconoció Maddie, lisa y llanamente.

—Y yo, en lugar de corresponderte, te traje al pueblo y te dejé en un hotel.

Ella asintió con la cabeza.

—Tuve la estúpida idea, Maddie, de que si no te decía que te amaba... te habría dolido menos en el caso de que yo no hubiera vuelto.

—Me dolió antes incluso de que te marcharas.

—Ahora me doy cuenta de ello.

Maddie tenía los senos apretados contra su pecho y le acariciaba la piel del cuello con su aliento. La había echado tanto de menos...

—Eres una mujer escurridiza, Maddie mía. Me tomaste desprevenido, te apoderaste de mi corazón... y me maniataste de pies y manos hasta conseguir que no pensara en nada más que en estar contigo.

—Lo dices como si hubiera sido una agresión.

—Yo la sentí como tal.

—¿Y ahora?

—Ahora no me gusta que estés planeando abandonarme.

Capítulo 18

–Todavía no he tomado ninguna decisión, Caden.
–¿Te das cuenta de que eso me sirve de poco consuelo?
–Lo siento, pero es la vedad.
Eso lo resumía todo. Caden deslizó los dedos por la espalda de Maddie, fascinado una vez más por las diferencias que había entre ellos. Él era todo músculo, duro, mientras que ella era toda blandura y suavidad. Lo que él siempre había ansiado. ¿Y ella pensaba que él iba a abandonarla, a dejarla marchar? ¿Sería acaso porque deseaba a otra persona?
–Cuéntame lo que sucedió en el rancho de Culbart, Maddie –sintió que ella se ponía inmediatamente tensa–. No te preocupes, que no mataré a ese canalla –«a no ser que me vea obligado a ello», añadió para sus adentros.
Maddie soltó un profundo suspiro.
–Me sorprendieron en el camino.
Caden pudo escuchar el temblor de su voz mientras evocaba el miedo que había sentido.
–Donde no deberías haber estado.
Ella ignoró el comentario. Caden pensó sobre lo muy conveniente que le resultaba siempre ignorar lo que no deseaba escuchar.
–No se me ocurrió otra cosa que hacer... Me refugié en

mi mundo de fantasía, pero esa vez fue para fingir algo que yo ya era... –sacudió la cabeza, confusa.

–Maddie, tú nunca fuiste una prostituta. Realmente no lo fuiste nunca.

–Fingir que algo no es cierto no sirve de nada, Caden. No cambia la realidad –esbozó una sonrisa irónica–. Yo soy una experta en ello.

–Una prostituta es alguien que elige serlo –le acarició una mejilla–. Tú nunca pudiste elegir.

Vio que volvía a sacudir la cabeza, negándolo. Eso no le gustó. Nunca le había gustado y probablemente nunca le gustaría, pero se esforzó por conservar la paciencia.

–Yo pude elegir muchas veces, Caden. Fueron muchas las ocasiones en las que pude haberme fugado para intentar labrar mi propia vida, como al final he terminado haciendo aquí.

–¿Labrar tu propia vida con qué?

–Conmigo misma. ¿Cómo es posible que te cuesta tanto entenderlo? Conmigo misma, la misma persona que hizo esto –con un gesto de su mano, señaló la desordenada cocina repleta de ollas y bandejas.

–De acuerdo. Te entiendo. Tenías elección. Siempre tuviste elección. Simplemente esperaste el momento adecuado para tomarla.

–Tú siempre estás intentando hacer que parezca buena...

–Y tú siempre estás intentando hacerte parecer mala. Tiene que haber un equilibrio.

–No me gustaba ser una prostituta –le confesó de pronto ella, sacudiendo la cabeza.

–A la mayoría les pasará lo mismo, supongo.

–Yo nunca llegué a acostumbrarme del todo a ello. Pero no hay manera de escapar, una vez que empiezas. Eres lo que eres para siempre. Y esa mancha pesa mucho.

–Maddie –la tomó suavemente de la barbilla, levantándole el rostro. Tenía lágrimas en los ojos–. Lo que eres para siempre eres *tú*: Maddie Miller. En cuanto a lo que tuviste que hacer para sobrevivir... eso es solo algo que tuviste que hacer, nada más.

Cerró los dedos sobre su muñeca, hundiéndole las uñas en la piel.

–El resto del mundo no ve las cosas de la misma manera, Caden. Lo sabes perfectamente.

–Al diablo con el resto del mundo.

–Habrá veces en el futuro...

–Sí –la interrumpió–. Termina la frase.

Vio que volvía a sacudir la cabeza. La angustia que veía en su rostro le desgarraba el corazón. Con el aliento contenido, bajó la mirada con expresión avergonzada. La misma expresión que él tanto había odiado la primera vez que llegó al Ocho del Infierno.

–Mírame, Maddie mía –no le dejó otra opción. ¿Te preocupa que, en algún momento del camino, algún palurdo te reconozca?

Asintió con la cabeza.

–Y crees que yo no seré capaz de soportarlo.

–¿Y si eso sucede cuando estemos con nuestros hijos, o con cualquiera de los Ocho del Infierno? –le preguntó ella.

–Entonces despedazaré a ese canalla, si se le ocurre pronunciar una palabra.

–Caden, no puedes pegar a cualquier hombre que me reconozca de mi vida anterior.

–Puedo pegar a cualquier hombre que intente hacerte daño.

–¿Sabes cómo me siento cuando te oigo decir cosas como esas con tanta convicción?

–Feliz, espero.

Maddie sacudió la cabeza.

–Me hace concebir tantas esperanzas... que me entran ganas de salir corriendo.

—¿Por qué?
—Dios mío, Caden. Tú eres el sueño de cualquier mujer. ¡Imagínate lo que serás entonces para una mujer como yo, que nunca ha esperado tener nada y que pensaba que todo era ficción y fantasía! Para mí, tú eres como tocar el sol. Yo no quiero amarte.
—Pero ya me dijiste que sí. No puedes retirar eso. No permitiré que lo retires.
—No quiero amarte —insistió ella.
—¿Porque piensas que soy demasiado bueno para ti?
—No. Por lo mucho que deseo estar contigo.
—Te das cuenta de que lo que estás diciendo es un absurdo, ¿verdad?
—Entiendo que a ti te lo parezca.
—Se lo parecería a cualquiera que te estuviera escuchando, Maddie.
—Cuando una persona se acostumbra a no tener nada, como yo, y de repente se lo dan todo, lo primero que espera y teme es que ese todo desaparezca. Por eso necesito protegerme a mí misma de amarte. Protegerme a mí misma de creer en ti. De confiar en ti.
—¿Por qué diablos habrías de hacer eso?
—Porque soy quien soy.
Caden frunció el ceño, pero no por ello el contacto de su mano en su mejilla fue menos tierno. Apoyó el mentón sobre su coronilla, atrayéndola hacia sí y abrazándola. Maddie podía sentir su confianza envolviéndola con tanta fuerza como sus brazos. Pensó que él creía sinceramente que su pasado no podía herirlos, a la vez que no entendía lo mucho que eso acabaría afectándolo cuando llegara a suceder. Porque sucedería. Una y otra vez.
—Pero yo te amo —insistió—. Y tú me amas a mí. ¿Es que nada de eso importa?
—Yo quiero ser yo misma. Una mujer capaz de sobrevivir sola y de mantenerse sola, que no dependa de nadie.

—¿Y conmigo no puedes serlo?
—No —le acarició tiernamente una mejilla.
—¿Por qué no?
—Porque eres mucho y a la vez demasiado poco para mí. Me sentiría aplastada.
—Es por eso por lo que discutimos tanto.
—Sí. Quiero saber quién soy antes de decidir con quién quiero estar.
—Es demasiado tarde para eso, Maddie. Ya estamos casados.
—Como tú mismo dijiste, eso siempre se puede cambiar. Sé que puede llegar a ser algo incómodo y desagradable, que arruinaría la reputación de una mujer para siempre, pero la verdad es que la mía tampoco es tan buena.
—No te concederé al maldito divorcio.
—¿Lo ves?
—Maldita sea, Maddie, esto es injusto.
—Lo sé —admitió, triste.
—¿Qué es lo que quieres de mí?
—Quiero que te vayas a casa, al Ocho del Infierno, o a tu mina. A donde sea.
—¿Y dejarte a ti aquí?
—Eso es. Me he hecho un lugar en este pueblo. No es importante, ni rico, y requiere mucho trabajo, pero es mío.
—¿Se trata de Culbart?
—¡No! Necesito conocerme a mí misma antes de irme contigo o de volver al Ocho del Infierno. Porque cuando vaya allí, volveré a ser la «loca» Maddie, la «dulce» Maddie, la «pobrecita» Maddie, la «servicial» Maddie... ¿Te preguntaste alguna vez, Caden, por qué siempre estaba tan ocupada ayudando a todo el mundo?
—No.
—Intentaba demostrarte que valía para algo. A ti y a todos. Simplemente pensaba que si me convertía en indispensable, no me abandonaríais.

—Yo nunca te abandoné, Maddie.
—No estoy hablando de cuando me dejaste aquí.
—Solo explícame lo que sucedió con Frank —volvió a las andadas.
—¿Esta mañana?
—No, en el Fallen C.
—En realidad, no ocurrió nada. Cuando me sorprendieron en el camino, les dije que era una prostituta. Me pareció lo más seguro. Frank me ofreció trabajo.
—¿Haciendo qué?
—Haciendo lo que hacen las prostitutas.
—¿Por qué le disparó a Inútil?
—Porque no quería que nos siguiera. Inútil intentó protegerme.
—Ya me lo figuraba. Así que Culbart te secuestró. Te tomó por la fuerza.
—Es difícil de explicar. Sí y no.
—¿Y cuando llegaste al rancho?
El contacto de sus dedos en su mejilla era insoportablemente tierno. La expresión de Caden era seria, pero no furiosa. Se dio cuenta de que se estaba preparando para lo peor.
—Intentó acostarse conmigo.
—¿Y?
—Ya no soy una prostituta, Caden.
—¿Te resististe?
—Sí.
—¿Te forzó?
—No. Se quedó consternado.
—¿Perdón?
—Ya te lo dije. Le pareció injusto que yo le hubiera puesto en situación de violarme.
—El muy canalla se sintió tratado injustamente, ¿eh?
—Por un día o dos, sí.
—¿Y luego qué?

–Se anduvo con pies de plomo conmigo. No me echó del rancho porque yo le dije que no tenía ningún lugar a donde ir. Me dijo que puesto que él me había llevado al rancho, se hacía responsable de mi seguridad.
–¿Qué sucedió entones?
–Durante un tiempo, reinó un ambiente tenso e incómodo en la casa. Yo seguía más fuera que dentro de la realidad, en mis fantasías.
–¿Y qué hacía él mientras tanto?
–Me rehuía. Creo que se sentía avergonzado.
–¿Lo crees?
–No conozco muy bien a Culbart, Caden. Tiene un aspecto muy huraño y es un hombre cerrado en sí mismo –deslizó los dedos por su piel, bajo el cuello de su camisa–. Hasta que un día me aburrí tanto que pensé que si le hacía algo sabroso de comer, dejaría de gruñir. Así que me puse a hacer pastelitos de canela.
–Eso lo cura todo.
Maddie asintió.
–Efectivamente. Funcionó.
Pero Caden todavía necesitaba saber algo.
–¿Funcionó con Culbart?
–Sí. Demostré que los hombres están dispuestos a prescindir del sexo a cambio de saborear buenos dulces –explicó Maddie, riendo.
Caden rio también, y la alzó en vilo para sentarla a horcajadas sobre su regazo. Empezó a desabrocharle la camisa. Era tan ingenua...
–Pues te diré una cosa, Maddie: yo te deseo a ti antes que a tus dulces... Pero... ¿se puede saber quién le metió a Culbart en la cabeza la idea del matrimonio? ¿Lo de casarme a la fuerza contigo?
–La culpa que sentía, supongo. Que yo hubiera temido que pudiera violarme lo dejó traumatizado.
–¿Qué quieres decir?

—Me quedé de piedra cuando me dijo que tú y yo teníamos que casarnos... y que si no era así, te mataría.

—¿Me amenazó? —al ver que asentía, Caden añadió—. Diablos, yo creía que te había amenazado a *ti*. ¿Por qué diablos te prestaste a ello, si era a mí a quien amenazaba?

—Pues porque le creí. Me dijo que no pensaba exponer a una mujer a una situación en la que pudiera ser violada.

—¿No pensó que podría violarte aun cuando estuviera casado contigo?

—Al parecer, no. En ese caso, habría sido algo legal.

—Extraña manera de contemplarlo.

Maddie puso los ojos en blanco.

—Es así como lo contempla todo el mundo, Caden, excepto tú.

—Quizá sea porque yo nunca pensé en casarme.

—Quizá.

Él le desabrochó el cuarto, el quinto, el sexto botón de la camisa. Tiró del cordón de su camisola y se la abrió para revelar sus redondos senos, con aquellos pezones rosados que siempre le hacían salivar.

—¿Así que fingiste haberte refugiado en tus fantasías para seguir adelante con aquello?

—No. Me escapaba y volvía a la realidad, constantemente. Pero, en lo más profundo de mi ser, yo solo quería casarme contigo. Es por eso por lo que me presté a la ceremonia. Es por eso por lo que no te advertí. Y es por eso por lo que tú tenías razón, porque te traicioné.

Caden le deslizó el vestido por los brazos, inmovilizándole las manos a los costados.

—Gracias a Dios.

—¿Qué?

—Yo estuve enfadado contigo todo el tiempo por la manera en que tuvo lugar nuestro matrimonio, pero supongo que notarías que no hice nada al respecto. No mantuve las distancias. Grité, rabié y te acusé... un poco, pero permanecí cerca de ti. Tocándote. Encendiéndote.

–¿Un poco, has dicho?

–Está bien, mucho.

Le acunó los senos en las manos, alzándoselos, frotándole los pezones con los pulgares, sonriendo al verlos endurecerse. Tenía unos senos tan preciosos, y tan sensibles... Sabía que podía arrancarle un gemido con solo pellizcarle el pezón. Así lo hizo, dejando que el dulce sonido inflamara su deseo.

–Pero lo cierto es, Maddie...

–¿Qué?

–Que yo también quería casarme contigo. Así que fuera cual fuera la razón que tuviera Culbart para hacer lo que hizo, terminó redundando en mi favor.

–¿Qué estás haciendo? –le preguntó Maddie, suspirando.

–Por si no lo recuerdas, hice un trabajo bastante bueno la última vez.

Ella negó con la cabeza.

–Por supuesto que sé lo que estás haciendo.

–Bien. Entonces desabróchame el pantalón.

–Esto no va a resolver nada –le dijo ella pese a que se dio prisa en desabotonarle la bragueta y deslizar una mano dentro, para cerrarla sobre su falo en una cálida y aterciopelada caricia.

La alzó entonces en vilo y Maddie tuvo que soltarlo. Sus pies dejaron de tocar el suelo

–Y ahora levántate las faldas.

Así lo hizo. Caden sabía que ella era muy consciente de lo que quería cuando volvió a bajarla, con su miembro deslizándose con toda naturalidad por la ranura de su pantalón. Estaba húmeda y caliente, tanto que la penetración resultó fácil y fluida. Podía sentir la tersura de su sexo cerrándose sobre él mientras acomodaba su peso sobre sus muslos.

–Dios, es maravilloso, Maddie... –gimió.
–Sí.
Le gustó que no le hubiera discutido ese punto.
–Ahora puedes seguir con lo que estabas diciendo.
Durante cinco minutos fue capaz de mantenerse inmóvil. Empezó pellizcándole los pezones. Ella, a su vez, comenzó a mecerse sobre su miembro. Se había quedado sin aliento.
–Así que nos casamos porque ambos lo queríamos... –dijo por fin Maddie.
–Eso me parece a mí.
–Pero no nos conocemos. Yo te conozco, tú me conoces, aparentemente... pero ninguno de nosotros sabe quién soy yo, cómo soy realmente... Ni siquiera yo misma.
–Yo sé quién eres, Maddie mía. Te conozco desde la primera vez que te vi. Conozco tu fuerza, tu carácter, tu generoso corazón.
–Bueno, pero yo no me conozco a mí misma y necesito conocerme.
Comenzó a alzarla y a bajarla lentamente. Vio que echaba la cabeza hacia atrás mientras hundía las uñas en su pecho. Le acarició suavemente los pezones.
–Más fuerte.
–¿Te refieres a mi miembro o a mis manos?
–Las dos cosas.
–Creo que optaré por lo segundo –le gustaba verla desesperada, necesitada. Le pellizcó los pezones con fuerza, incrementando su placer–. Qué pechos más preciosos tienes. Siempre me llamaron la atención.
–¿De veras?
–¿A quién no? –vio que ella sonreía–. Ofrécemelos.
Maddie los acunó en sus manos y se los ofreció, deslizando los dedos de tal modo que entraron en contacto con los de él sobre los pezones. Caden retiró los suyos, y ella se retorció y contorsionó mientras se acariciaba sola las puntas.

—Así, cariño, así... que estén bien duros para mi boca.
Lo complació sin dudarlo. A Caden le gustó aquella respuesta tan instantánea. Aquella excelente disposición era algo a experimentar.
—Buena chica. Quédate quieta un momento.
Se detuvo, tensa y temblando toda ella, con un brillo de anticipación en los ojos. Sosteniéndole la mirada, Caden bajó la cabeza y le lamió un pezón. Maddie gimió mientras echaba la cabeza hacia atrás. Sujetada por la mano que le sostenía la espalda, levantó los pies del suelo para dejarse caer aún más profundamente sobre su falo.
Mientras los labios de Caden se cerraban sobre el pezón, ella tomó nuevo impulso para elevarse y volver a dejarse caer. Y se concentró en cabalgarlo una y otra vez mientras él continuaba lamiendo y mordisqueando sus senos.
—¡Cristo! No voy a poder durar tanto, Maddie —había estado demasiado tiempo sin ella—. Te necesito, cariño.
—Yo también te necesito. ¡Más fuerte!
—Tú primero.
Ella rio con aquella risa tan deliciosa que Caden siempre había querido escuchar. Una risa libre, salvaje, feliz.
—No, tú.
Continuaba elevándose y dejándose caer, manteniendo el ritmo, haciéndole el amor con los ojos, con su cuerpo, con su sonrisa, recibiendo el placer que él le daba y devolviéndoselo multiplicado por diez, con el movimiento de sus caderas y la presión de su sexo. Su sexo: tan ardiente, tan húmedo... Caden empujó hacia arriba mientras retorcía los pezones entre sus dedos, con su falo hundiéndose aun más profundamente, dilatándola...
—¡Maddie!
Contestó con un agudo grito, estremecida toda ella contra él. Caden se sabía cerca. Demasiado.
—Acompáñame, cariño. Dime lo que sientes.

—Sí...

Volvió a empujar, agarrándola de las caderas para incrementar el ritmo y la fuerza. Sintió sus uñas arañándole el pecho: el dolor se fundió con el placer. Con un gruñido, le dio más. Más de su falo. De su pasión. De su amor.

La explosión lo tomó por sorpresa, haciendo trizas su autocontrol. Sintió su cuerpo convulsionándose alrededor del suyo, con su sexo ordeñando su miembro, absorbiendo ávidamente su semilla. Adoró la manera en que lo hizo, en que aceptó todo lo que le ofreció él como un regalo. Y en aquel preciso instante, en medio del orgasmo, tomó conciencia de lo que ella había estado intentando decirle durante todo el tiempo.

—¡Diablos!

—¿Qué pasa? —le preguntó Maddie minutos después con los brazos en torno a su cuello y la cabeza enterrada en su pecho, toda temblorosa.

—Por fin he entendido lo que estabas intentando decirme, Maddie.

—¿Lo has entendido mientras estabas haciendo el amor conmigo?

—Así es.

Hundiendo los dedos en su pelo, ella le hizo ladear la cabeza y se dedicó a estudiar su rostro, memorizándolo para el futuro. Caden la besó entonces en la boca, ya no con pasión sino con amor. Porque, que Dios lo ayudara, la amaba. Y aunque ello fuera en contra de todo lo que había creído en su vida, estaba dispuesto a darle todo lo que decía necesitar.

—Tienes una manera muy rara de decirme que me vaya, cariño —le recordó él.

Apoyando la mejilla sobre su pecho, Maddie suspiró.

—Empezaste tú.

—Pero tú terminaste —alzó las caderas contra las de ella, arrancándole un gemido.

Maddie sonrió al tiempo que le acariciaba una mejilla con las yemas de los dedos.
–Los dos.
–Como recompensa, voy a darte lo que quieres.
El miedo que leyó en su mirada le dolió, pero no tanto como el alivio que vislumbró también en sus ojos.
–¿Qué quieres decir?
–Exactamente lo que he dicho. Tú quieres que me vaya, pues me iré. Pero... –se levantó– enreda las piernas en torno a mi cintura.
Así lo hizo.
–Pero no hasta mañana.
Caden miró a su alrededor, sujetándola en vilo. Solo entonces recordó que no había dormitorio, ni cama.
–Con una sola condición.
–¿Cuál? –preguntó ella.
–Que te harás con una cama para todas las veces que venga.
–No entiendo.
La tendió en el sofá y la cubrió con su cuerpo, deslizando la dura verga profundamente en su sexo, contemplando como ella cerraba los ojos de placer.
–Vamos a hacerlo a tu manera, Maddie. Vas a quedarte aquí para averiguar quién eres, y yo voy a trabajar en la mina, pero volveré. Que ni siquiera se te pase por la cabeza que no vaya a hacerlo. No voy a dejarte. Voy a regresar, pero no porque seas mi esposa, sino porque te necesito: lisa y llanamente. Y haremos el amor y hablaremos y saldremos por ahí y llegaremos a conocernos el uno al otro, y, cuando estés dispuesta, me dirás lo que tanto quiero escuchar.
–¿Que es...?
–Lo sabrás cuando me lo digas.
–Te amo.
Él sacudió la cabeza.

–No es eso lo que quiero escuchar.
–Caden...
Podía ver que estaba asustada. Tomó sus manos entre las suyas y se las llevó a los labios.
–Tienes razón, Maddie. Necesitas tiempo para descubrir quién eres, para descubrir lo que quieres, porque, para ser sincero, yo no te amaré mientras tú misma no estés segura de que tú también me amas. Pero no me voy a divorciar, ni te estoy abandonando. Resolveremos esto como dos adultos.
–¿Vas a vivir aquí?
–Puedo vivir en cualquier parte, Maddie. Lo que no puedo hacer, lo que no quiero hacer, es vivir sin ti –al ver que ella abría la boca para decir algo, le puso un dedo sobre los labios–. No quiero escuchar mentiras, cariño. Así que dime le verdad en cuanto la descubras.

Caden cumplió su palabra. A la mañana siguiente, agotada y dolorida después de la larga sesión amorosa, con el corazón en la garganta, Maddie lo vio marcharse. Salió a caballo de su vida de la misma manera que entró. Un hombre fuerte, tan duro y áspero como aquella tierra. Un hombre que la amaba. Y había sido ella quien lo había hecho. «Dios mío, ¿acaso estoy loca?», se preguntó.
Quiso correr detrás de él y decirle que volviera, pero sabía que no había marcha atrás. No podía cerrar la puerta que ella misma había abierto. No sin haber descubierto antes quién era, porque nunca podría conformarse con menos. Caden se alejó cabalgando hasta perderse de vista, dejando la calle tan vacía como su corazón. A sus pies, maulló Preciosa. Maddie la recogió del suelo.
De repente, un escalofrío le recorrió la espalda. Miró a su alrededor. No vio nada.
–Debo de estar loca –tan loca que tenía la sensación de

que alguien la estaba observando. Tan loca que acababa de dejar marchar a Caden. Pero, por muy aterrada que estuviera, por muy desolada que se hubiera quedado viendo como se alejaba, no había salido tras él. Y quizá eso fuera mucho más importante que el miedo que sentía en aquel momento. Se apoyó en la jamba de la puerta.

Evocó sus palabras: «no te abandonare, Maddie». Esperaba que no lo hiciera. Eran tantas las cosas que necesitaba descubrir y averiguar... Habría preferido hacerlo antes, pero al parecer tendría que hacerlo a su debido tiempo.

Tiempo.

–Oh, Dios mío...

Volvió a entrar como un rayo en casa para sacar la primera bandeja de pastelitos de canela del horno. Al otro lado de la calle podía ver la cola de clientes que ya se había formado, algunos con tazones de café en las manos, haciendo la primera parada del día. La satisfacción que sintió en aquel instante vino a aliviar su pánico, al menos en parte. Y supo sin ninguna sombra de duda que había tomado la decisión correcta. *Los dos* habían tomado la decisión correcta.

Dejó la bandeja sobre la mesa y batió el azúcar glaseado hasta darle una consistencia densa y cremosa. Necesitaba su trabajo. Y necesitaba a Caden. De algún modo, necesitaba cumplir con los dos. No debería ser tan difícil, pero lo era. Un nudo de miedo le cerró el estómago. Procuró dominarlo respirando lenta y profundamente varias veces. Tenía que descubrir qué era lo que temía tanto.

Una semana después, unos golpes en la puerta la sorprendieron. No esperaba a nadie, sobre todo a aquella hora de la tarde. Alzó la mirada para descubrir en el umbral a una mujer que conocía bien:

–¡Lucia! ¿Qué te trae por aquí a estas horas?

—El pan, ¿qué otra cosa si no? —iba vestida con una camisa blanca almidonada y un vestido de paseo azul. Portaba en la mano un par de guantes también azules—. ¿Puedo entrar? —le preguntó con una sonrisa.
—Por supuesto.
La mujer entró y contempló la cocina.
—Eres muy eficaz —le comentó admirada.
—Gracias.
—Necesitaremos tres barras más de pan para mañana. Anoche llegó una tropa fresca de mineros y corremos el riesgo de quedarnos cortos. ¿Podrás hacerlas?
Maddie hizo un rápido cálculo. Ya no debía más pastelitos de canela a la tienda, así que bien podría asumir más barras de pan. Sacaría un beneficio algo menor, pero Lucia era una buena clienta y había sido ella quien le había dado su primera oportunidad.
—Sí que podré.
Lucia se volvía ya para marcharse cuando se detuvo. Por la manera en que jugueteaba con sus guantes, se notaba que algo le rondaba la cabeza.
—Vi marcharse a tu hombre.
Maddie asintió, pero no dijo nada. ¿Cómo podría explicarle su situación?
—¿Se va a menudo?
—Esta vez estará fuera por una buena temporada.
—Os habéis peleado.
No era una pregunta. Maddie negó con la cabeza.
—No, es solo... algo que necesito.
La mujer tomó uno de los pastelitos.
—¿Puedo?
—Claro.
Pellizcó delicadamente un trozo y se lo llevó a la boca.
—Una se olvida fácilmente de cosas cuando está casada.
—¿Como qué?
—¿Tienes madre, Maddie?

Ella sacudió la cabeza.
—Ella... murió.
—¿Nunca te habló del matrimonio, de lo que debías esperar de él?
Maddie volvió a sacudir la cabeza y se ruborizó. Esperaba que no fuera a hablarle de sexo...
—Yo... yo no temo a mi marido.
Esa vez fue Lucia la que se ruborizó. Pellizcó otro trozo de pastelito y se lo llevó rápidamente a la boca, masticándolo pensativa antes de responder. Evidentemente estaba escogiendo sus palabras con mucho cuidado.
—No me refiero en la cama. Me refiero a lo que sucede entre un hombre y una mujer fuera del lecho. Me he fijado en ti, Maddie, y sé que quieres demostrar algo. Me acuerdo muy bien de cuando me casé con Antonio. Fueron tantas las cosas que de repente pasaron a ser de los dos, que empecé a sentir que me perdía a mí misma.
—Yo no puedo perder lo que no tengo.
—¿Qué quieres decir?
—Tuve una infancia difícil, sin familia. Nunca tuve posibilidad de tomar decisión alguna.
—Pero eso es normal en las chicas jóvenes.
—Mi caso fue algo extremo, y si no sé quién soy yo fuera del matrimonio... ¿como podría saberlo dentro?
—Ah, ya lo sospechaba... Cuando te preocupa perderte a ti misma, es fácil olvidar lo que ganas con el matrimonio —acercándose, le dio una cariñosa palmada en la mejilla y sonrió con ternura—. En un matrimonio no te pierdes, Maddie. Ganas tu otra mitad.

Capítulo 19

Ella había ganado su mejor mitad.

Maddie se quedó tan intrigada por la reflexión que, después de la marcha de Lucia, tardó sus buenos diez minutos en reconocer la incómoda e inquietante sensación que volvió a asaltarla. Como si unos ojos la estuvieran espiando. Unos ojos misteriosos, malvados. No los había sentido mientras Caden estuvo allí, pero ahora habían vuelto.

Sintiéndose una estúpida, cerró las cortinas de la cocina. De pie en el centro de la habitación, esperó. La sensación no la abandonaba. Maldijo en silencio: no tenía tiempo para esas cosas. Tanto la puerta delantera como la trasera estaban abiertas, para ventilar la casa. Podía cerrar la primera, pero la otra tendría que permanecer abierta hasta que se enfriara el horno. De lo contrario, se asaría viva.

Se secó el sudor de las manos en el delantal antes de cerrar rápidamente la puerta delantera y echar el cerrojo. Retrocedió un paso mientras reflexionaba sobre la futilidad de aquel acto. Aquel cerrojo no era ni mucho menos tan sólido como el que había tenido en el burdel. Por supuesto, aquel había servido para mantener a las chicas *dentro*, pero mientras contemplaba la puerta, pensó que semejante cerradura no sería capaz ni de impedir la entrada a un ratón.

Sacudió la cabeza, avergonzada de aquellas estúpidas ocurrencias, y abrió de nuevo la puerta, obligándose a dar un paso fuera de la casa y mirar a su alrededor. No vio nada fuera de lo normal: solo el tranquilo ajetreo de la calle, visible al final del callejón, con su gatita cazando un insecto en el trozo de césped que se extendía al pie del escalón de la entrada. Hacía una tranquila noche de verano y ella se estaba comportando como una histérica. Además, Lucia acababa de marcharse y la habría avisado si hubiera descubierto a alguien acechando la casa.

Sacudiendo de nuevo la cabeza, retrocedió el paso que había avanzado antes y volvió a entrar en la casa. Dudó durante un segundo antes de cerrar la puerta y echar el cerrojo. Sola como estaba, no tenía por qué avergonzarse de echar el maldito cerrojo si así le apetecía.

Retrocedió otro paso hacia la cocina, con los ojos fijos en la puerta. Se le erizó el vello de la nuca. Acababa de dar el siguiente paso de espaldas cuando chocó con algo que no debería haber estado allí: *alguien* que no debería haber estado allí. Su grito quedó ahogado por la mano que le tapó la boca... y su forcejeo interrumpido por el cuchillo que sintió en la garganta. Cerró los ojos. No se había estado comportando como una estúpida, después de todo... Lo cual le sirvió de muy poco consuelo en aquel momento.

–Hola, Maddie.

Tardó un minuto en identificar la voz. Dickens. Mientras la arrastraba al interior de la cocina, el calor del horno la golpeó con fuerza, envolviéndola. Olió entonces el acre olor de su propio miedo, que le cortó el aliento. Cuando volvió a respirar, casi se ahogó con el fétido olor del vaquero, solo que este no tenía miedo. Olía a odio y a sudor.

–He venido a recoger lo que me pertenece.

Maddie pensó que aquello era una locura... Dickens era un hombre de Frank.

–¿Te ha enviado Frank?

–Yo ya no trabajo para Culbart.

–Te despidió –sugirió al azar, y resultó que dio en el clavo.

–Por tu culpa, maldita zorra –tiró de ella, volviendo a taparle la boca–. Añadiremos eso a la cuenta pendiente que tengo contigo.

Solo había una cosa que pudiera pensar que ella le debía. Se giró en redondo y, por el rabillo del ojo, vio que cerraba la puerta trasera y echaba el cerrojo. Oyó una risa salvaje mientras tomaba conciencia de que, en lugar de mantener el peligro fuera, ella misma lo había encerrado dentro.

El sudor perlaba su cuerpo, corriendo por sus sienes, por sus mejillas. El terror constreñía sus pulmones. Abrió la boca en un intento por respirar, pero aquella manaza se lo impedía. Con el pulgar le apretaba la nariz, reduciendo el poco aire que podía inhalar. Pese al cuchillo, no tuvo elección: tenía que forcejear y así lo hizo, sintiendo enseguida el pinchazo de dolor del corte y la sangre resbalando y mezclándose con su sudor.

El hombre cambió el ángulo del cuchillo hasta situar la punta justo debajo de su barbilla.

Maddie se quedó quieta, aún más aterrada que antes.

–Así. Buena chica.

Le entraron ganas de propinarle una patada en los testículos.

–Voy a soltarte, pero ten por seguro que te apuñalaré antes de que llegues a gritar.

No lo dudaba. Cuando Dickens retiró su manaza, ella no se movió: simplemente se quedó muy quieta, mirándolo. La luz del quinqué se reflejó en la hoja del cuchillo.

Se llevó una mano al cuello. El corte era pequeño, pero

resultaba fácil pensar que habría podido ser mucho mayor. Miró su cuchillo: tenía sangre en el filo. Había estado cerca de la muerte antes, pero nunca la sensación había sido tan real.

«Ganas tu otra mitad». De pronto las palabras de Lucia asaltaron su mente. Justo cuando estaba empezando a aclarar las cosas, a aclararse a sí misma... corría el riesgo de perderlo todo.

–¿A qué has venido?

Dickens sonrió mientras se quitaba el sombrero y lo colgaba del respaldo de la silla.

–Me lo debías. Allá en el rancho conseguiste engañar al jefe para que no te entregara a nosotros, pero a mí me has tenido caliente desde entonces. Quiero lo que me negaste –la señaló con el cuchillo–. Un buen rato entre tus muslos, para empezar.

–Quieres hacerme el amor.

–Yo no hago el amor con prostitutas.

Lo había sabido. Y debería resultarle fácil darle lo que quería: despojarse del vestido, tenderse en la cama, abrirse de piernas y viajar a aquel lugar donde todo era bueno y bello, y los hombres como aquellos no existían.

–Creo que antes preferiría la muerte.

–Eso que dices es demasiado dramático, viniendo de una vulgar prostituta.

–Lo que es dramático es todo *esto*... –señaló el cuchillo, la habitación, la situación entera– viniendo de un vulgar vaquero.

–Bueno... –dio un paso adelante mientras se soltaba la cartuchera con la pistola–, puede que sea un vulgar vaquero, pero tengo planes, grandes planes. Y se suponía que tú no tenías que marcharte antes de que los pusiera en práctica.

–¿Todo esto es porque quieres tener sexo conmigo?

Pensó en todas las semanas que llevaba sintiendo la

mirada de alguien fija en ella. Tenía que haber estado acechándola desde el principio, siguiéndola, espiándola, estudiándola. Aquello le produjo escalofríos.

–¿Me has estado espiando?

–Sí.

Terminó de desabrocharse la hebilla y colgó la cartuchera en el respaldo de la silla. Maddie experimentó una punzada de excitación al tomar conciencia de lo muy cerca que estaba de aquel revólver. Se humedeció los labios. Prácticamente al alcance de su mano.

–¿Estás loco?

–No.

Lo dijo con un tono tan tranquilo que ella se convenció de que lo estaba. Retrocedió un paso.

–Ese es un paso dado en la buena dirección.

Maddie se dio cuenta de que estaba mirando la gran cama que había comprado Caden esa misma mañana. Sacudió la cabeza. No. No yacería con él allí.

Salió proyectada hacia atrás del empujón que le dio, en el centro del pecho. Tuvo que agarrarse al poste de la cama para no caer al suelo.

–Quítate la ropa y túmbate en esa cama.

–No quiero hacerlo.

–Yo sí. Ya te dije que llevo un calentón encima desde la primera vez que te vi.

–Caden te matará.

–Caden no hará maldita cosa –blandió el cuchillo–. Quítate esa ropa.

Empezó a forcejear con los botones de su pantalón. Y Maddie lo intentó: lo intentó de veras. Había vivido situaciones parecidas y los hombres se relajaban cuando alcanzaban su desahogo... Al principio se mostraban violentos, pero siempre terminaban por bajar la guardia. Era como un juego.

El reflejo rojizo que la luz del quinqué arrancó a la

hoja del cuchillo llamó su atención. Era *su* sangre. Lo miró a los ojos y el estómago se le encogió. No, Dickens no estaba jugando.

Hundió los dedos en la colcha de la cama. Sus ojos seguían clavados en el cuchillo mientras se exprimía el cerebro. Tenía que haber algo que pudiera hacer. Alguna manera de distraerlo. Tenía que seguir haciéndole hablar.

–Dijiste que tenías planes. Grandes planes.

–Quiero el oro, Maddie.

«Oh, Dios mío», exclamó para sus adentros. Ella no tenía ningún oro.

–Tu marido sí, y quiero saber dónde está.

–¿Qué te hace pensar que yo estoy enterada? No soy más que una prostituta.

–Ese hombre cabalgó hasta el Fallen C en tu busca. Eso quiere decir que significabas algo para él. Y todo hombre se sincera con la mujer que le importa.

–Quizá algunos hombres sí, pero él...

Dickens soltó un sordo gruñido que habría podido significar cualquier cosa.

Maddie miró a su alrededor buscando un arma. No encontró nada. El diminuto quinqué de la mesilla no habría hecho la mejor mella en la cabeza de Dickens. No tenía forma alguna de defenderse.

–Quítate el vestido.

Se llevó una mano al cuello y bajó los dedos hasta el primer botón del vestido. Vio que él se humedecía los labios como había visto hacer a tantos hombres, de lascivia y deseo. Habría sido tan fácil desabrocharse esos botones, descubrir sus senos, ofrecérselos con las manos en un intento por distraerlo... Lo había hecho tantas veces, con tantos hombres... Aquella solamente sería una vez más. Pero no conseguía desabrochar el botón, y la rabia que le bullía por dentro parecía imponerse al miedo. Cerrando el puño sobre el botón, le espetó:

–Vete al infierno.

Dickens ni se inmutó.

–Estoy seguro de que los dos acabaremos allí tarde o temprano.

Avanzó un paso, amenazándola con el cuchillo. Maddie se apretó contra la cama. El vaquero sonrió y apoyó la hoja plana justo sobre su estómago.

–Que te zurzan –apretó los dientes.

Cerró los ojos, reprimiendo un sollozo. Las palabras eran las únicas armas que tenía, y las que le estaba lanzando sonaban más a chiste que a amenaza. Pero dado que no se le ocurría ninguna otra cosa, persistió en su actitud de desafío. Ella no era una prostituta: era la mujer de Caden Miller. Si tenía que morir, lo haría como una mujer honrada.

Evocó sus palabras: «en cuanto a lo que tuviste que hacer para sobrevivir... eso es solo algo que tuviste que hacer, nada más». Quizá en aquel entonces hubiera sido cierto, pero no en ese momento. Dio un paso a un lado, pero Dickens se adelantó para impedir que escapara. La punta de su cuchillo empezó a ascender por el frente de su vestido.

–Quítatelo.

Maddie negó con la cabeza.

–Si quieres verme desnuda, tendrás que molestarte tú.

–¿Te das aires de fina, ahora que eres una mujer casada?

–No –simplemente estaba siendo quien era. Finalmente.

Dickens alzó una mano y ella se la apartó de un manotazo. Se llevó una pequeña satisfacción al ver su gesto de sorpresa, pero lamentablemente duró poco, ya que el vaquero le cruzó la cara de un revés. Tambaleándose, fue a caer sobre la cama, precisamente allí donde él deseaba tenerla.

Esperó que se le echara encima. Siempre se le echaban encima, pensando que habían ganado una vez que la tenían tendida de espaldas.

Dickens se subió a la cama, riendo.

—No hay nada peor que una prostituta con ínfulas.

Maddie le pegó y clavó las uñas en la cara, buscando sus ojos, rasgando sus mejillas. Quería que aullara y gritara como estaba haciendo ella con la esperanza de alertar a alguien, fuera quien fuera. Pero lo único que hizo fue gruñir y sujetarle una muñeca mientras le inmovilizaba la otra con el codo, presionándole al mismo tiempo con fuerza la garganta con el antebrazo.

Su fuerza no servía nada contra la de Dickens, su única defensa consistía en arañarlo y atacarlo en las partes más sensibles: los ojos, los testículos, el cuello. Medio estrangulada ya, lo golpeó de nuevo en la cara con su brazo libre, buscando sus ojos. Logró arañarle uno: no tanto como quería, pero fue suficiente.

Dickens se echó bruscamente hacia atrás, soltándola. Maddie rodó hasta el otro lado de la cama, y el vaquero volvió a abalanzarse sobre ella. Consiguió bajar los pies al suelo, pero él la agarró de las faldas justo cuando se incorporaba, y tiró con fuerza.

Maddie terminó desplomándose de bruces en el suelo, a los pies de la cama, derribando la mesilla. El quinqué fue a estrellarse en mil pedazos entre sus dedos. Pudo ver como el petróleo se derramaba sobre el suelo mientras se esforzaba por recuperar el resuello y sobreponerse a la sensación de terror respirando profundamente una, dos, tres veces. A la cuarta inspiración, soltó un grito que esperaba fuera lo suficientemente alto como para despertar a los muertos.

Alguien tenía que oírla. Y si ese alguien la oía, tenía que importarle. Ella era Maddie Miller. Hornera, esposa, mujer. Ella era *alguien*.

—¡Calla la maldita boca!

Dickens la levantó tirándola del pelo y volvió a taparle la boca con su manaza. Maddie tuvo que arquearse hacia atrás: era una posición imposible, indefensa. Al instante se vio proyectada hacia delante, y una vez más se encontró tumbada boca arriba en la cama. La misma cama que Caden le había enviado esa mañana. La cama en la que iban a hacer el amor. Su lecho matrimonial.

Pero Dickens no iba a tomarla en su lecho matrimonial: antes moriría. Abriendo la boca, tomó aire para lanzar otro grito.

—Ah, no.

Su mano se cerró sobre su cuello como una tenaza, ahogando todo sonido. El rostro de Maddie se congestionó y desorbitó los ojos, pero él no aflojó la presión.

—Sigue haciendo eso y te violaré mientras te ahogas.

Hablaba en serio. «¡Caden!», gritó mentalmente su nombre. Lo había echado para vivir sola y él se había marchado. Había sido tan egoísta al pensar que podría ser ella misma sin él... Apartándolo de su lado. Haciéndole daño.

«Caden...» Otra oración se agazapó en aquel silencioso grito. Le pareció escuchar unos jadeos, como viniendo de muy lejos. Un fuerte dolor en el hombro y en la nuca acabó con el poco control que le quedaba. Oyó el sonido de la ropa al rasgarse. Se esforzó por convocar la imagen de la poza en su mente, pero no llegó a formarse, así que buscó algo más poderoso y encontró... a Caden. Rasgo por rasgo fue reconstruyendo su imagen, desde sus preciosos ojos hasta aquel labio inferior que tanto adoraba mordisquear...

—Maldita zorra...

Le resultaba cada vez más difícil moverse, concentrarse en algo. La oscuridad estaba nublando el rostro de Caden. «¡No!». Fue un grito surgido de lo más profundo de su corazón, tan fútil como los otros. Sacudió la cabeza, intentando separar aquella negrura de la belleza de su recuerdo. Caden era lo único bueno de su vida y quería aferrarse a ello, susurrar su nombre hasta su último aliento.

–¡Despierta!

Dickens la sacudió. Sentía su propio cuerpo flojo y desmadejado, como flotando arrastrado por las olas. Dejó caer una mano y el dolor le atravesó el brazo. Se había cortado con algo. Resultaba extraño: el mundo se había vuelto negro, y sin embargo seguía sintiendo dolor.

Movió la mano, y el dolor se intensificó. Una cosa de filo cortante: aquel pensamiento extraviado atravesó el vacío. Sí, tenía una cosa cortante en la mano. Un cristal... un arma. ¡Sí!

Lo blandió con sus últimas fuerzas, guiándose por la voz del agresor, buscando sus ojos: aquellos terribles ojos llenos de lascivia. Detestaba la manera en que la miraban los hombres, detestaba la manera en que *él* la miraba. Solo había belleza cuando Caden la miraba, porque él nunca la había visto como un pedazo de carne que pudiera comprar. Caden la miraba como si su persona importara, como si no fuera una cosa.

Su mano hizo contacto con algo blando antes de tropezar con algo duro. Sonó un grito. Sintió dolor en la palma. Dolor en el grito. Dolor en su corazón. Dolor por todas partes.

Dickens la soltó.

«¡Corre! ¡Levántate! ¡Huye!», le gritaba la voz interior, pero no podía moverse: la vida se le escapaba. Lo único que podía hacer era permanecer allí tendida resollando, esperando poder respirar el oxígeno suficiente para que la mente volviera a funcionarle... antes de que Dickens se recuperara. «Oh, Dios mío... que me recupere yo primero».

De repente, la puerta delantera reventó en una explosión de astillas y cristales. Maddie abrió los ojos. Por un segundo todo fue demasiado luminoso, deslumbrante, pero luego distinguió la silueta de un hombre: de anchas espaldas y caderas estrechas, con una arrogante manera de alzar la babilla que habría reconocido en cualquier parte.

Caden.

Quiso alertarlo sobre Dickens, fuera de su vista al otro lado de la cama, en el suelo. Aunque su garganta hizo el esfuerzo, de ella no salió sonido alguno. Oyó el leve sonido de algo metálico deslizándose sobre cuero... ¡su cartuchera!

—¡Maddie!

Oyó a Dickens cambiar de posición. «¡No! ¡No! ¡No!». Hizo lo único que se le ocurrió: rodar fuera de la cama. Dickens seguía en el suelo. Si había un Dios en el cielo, caería directamente sobre él.

Así sucedió, pero se golpeó también con el suelo, en las costillas. Oyó a Caden jurar y, en seguida, el silbido de una bala justo al lado, seguido de un extraño sonido sordo...

«Oh, Dios», exclamó para sus adentros. ¿Sería acaso el de un proyectil al hundirse en la carne?

Se había quedado encajada entre Dickens y la cama, con su hombro presionado contra su espalda. Lo empujó con todas sus fuerzas, intentando subirse encima para interponerse y proteger a Caden con su cuerpo.

Dickens le propinó un fuerte codazo. Ella se aferró a su brazo, y gritó de dolor cuando el vaquero dio un fuerte tirón y le retorció la muñeca.

—¡Maldita zorra! ¡Suéltame!

No estaba dispuesta a soltarlo. De hecho, se abalanzó sobre él con todas sus fuerzas. Chillando, arañando, haciendo lo que fuera. No lograría matar a Caden.

Intentó arrebatarle el arma y, débil como estaba, no lo consiguió. Vio que alzaba la mano con que la empuñaba: la luz de la cocina arrancó un reflejo a la culata del revólver cuando ya se abatía sobre su rostro. Se cubrió para protegerse, pero el golpe nunca llegó. Dickens la atrajo hacia sí, pegándola a su cuerpo, y se volvió rápidamente hacia la puerta, sin soltarla. Le entraron ganas de vomitar.

–No te muevas –gruñó Caden.

Maddie no sabía si estaba hablando con ella o con Dickens; pero si era con ella, no debería haberse preocupado. El esfuerzo que había hecho al rodar fuera de la cama la había agotado del todo. Le dolía la garganta y le costaba respirar debido a la constricción que sentía en la garganta.

–Súbete a la cama, Maddie.

La voz de Caden se alzó como un remanso de calma en medio del caos. Maddie sacudió la cabeza. De repente, una mano la tiró del pelo con fuerza, arrancándole un grito ronco.

–Si se mueve, le pego un tiro.

–No lo harás.

–¿Que te hace estar tan seguro? –le preguntó Dickens.

–Porque ella sabe dónde están las escrituras de la mina.

–No la necesito. Te tengo a ti.

Maddie se imaginó perfectamente la sonrisa burlona de Caden mientras le oía replicar:

–Sí, pero de mí no conseguirás que te diga nada.

Quiso gritarle que se callara, que no era el momento de provocar a Dickens. ¡Aquel hombre tenía un arma!

Le propinó un fuerte codazo en la entrepierna. El vaquero se dobló sobre sí mismo, soltándola. Maddie aprovechó para incorporarse y todavía le soltó una patada en el mismo lugar con la esperanza de que soltara también el arma, cosa que no hizo. De hecho, se las arregló para continuar apuntando a Caden. A Caden, cuya voz sonaba increíblemente tranquila mientras repetía:

–Maddie, súbete a la cama.

Ahora sí que podía verlo, fragmentada su imagen por el pelo que le caía sobre los ojos. Estaba de pie, con las manos a los costados. Ni siquiera tenía un arma.

Maddie logró levantarse del todo, pero no fue más allá. Dickens acababa de agarrarle un tobillo, apretándoselo como una tenaza. Con la otra mano seguía apuntando directamente a Caden.

–Él quería...
–Sé lo que quería.
–Tiene...
–Sé lo que tiene. Súbete a la cama.
–Me tiene agarrada de un pie.
–Hazlo.

Estaba allí con aquel aspecto tan sereno, tan intimidante... y eso que estaba desarmado.

–Difícilmente podría moverse más rápido que una bala –dijo Dickens.

–¿A quién vas a escuchar, Maddie? ¿A mí o a él?

No había duda alguna.

–A ti.

Dickens tiró entonces de su tobillo, desequilibrándola.

–Pobre de ti si te mueves. Soy yo quien tiene el arma.

Sí, la tenía. Un revólver grande y aparatoso. Podía echarse sobre Dickens, interponerse y proteger a Caden, hacerle desviar el tiro. Se imaginó la bala hundiéndose en su abdomen. Y después se la imaginó hundiéndose en el cuerpo de Caden, con lo que le entró una arcada... y vomitó directamente sobre el vaquero.

Asqueado, Dickens aflojó la fuerza con que la agarraba del tobillo, y Maddie se liberó bruscamente para lanzarse de cabeza sobre la cama. Vio que Caden se preparaba para saltar mientras el vaquero levantaba el arma. Justo cuando se disponía a abalanzarse sobre él al objeto de desviar el tiro, se dobló sobre sí misma y volvió a vomitar.

Pero no sonó tiro alguno. Para cuando Maddie se volvió para mirar, todo había terminado. Dickens yacía en el suelo con un cuchillo en la garganta, emitiendo horribles sonidos, y Caden se acercaba a ella.

—Has estado muy bien. Un buen truco –le comentó mientras se arrodillaba junto a Dickens.

¿Acaso pensaba que había vomitado a propósito?

—Yo solo me imaginé una bala hundiéndose en mi estómago...

Caden alzó la mirada.

—Sé lo que planeabas. Lo vi en tus ojos, y quiero que sepas que si lo hubieras hecho, te habría puesto sobre mis rodillas y te habría estado dando azotes durante una semana. Cuando te digo algo por tu bien, Maddie, espero que lo hagas.

Miró el mango del cuchillo en la garganta de Dickens, con la sangre ensuciando el inmaculado suelo, su camisa manchada con su vómito, ella misma cubierta también de vómito, la cama... Retrocedió cuando Caden fue a abrazarla.

—Estoy hecha un desastre.

—Maddie. Ven aquí, diablos.

Ella sacudió la cabeza y agarró la colcha para limpiarse con ella la cara y el vestido. Se quedó mirando fijamente la sangre que tenía en las manos, diminutas salpicaduras. Había estado a punto de perderlo todo. Su propia vida. La de Caden.

El temblor comenzó sin previo aviso. Poniéndole las manos sobre los hombros, Caden le hizo sentarse en la cama. Con suma delicadeza le desabrochó el vestido y se lo bajó por los hombros. Vertió luego agua en el aguamanil, empapó una toalla y le lavó la cara.

Recogiendo un poco de agua en el cuenco de sus manos, se la acercó a los labios.

—Bebe —no le dejó mucha opción. Acto seguido, sosteniendo una palangana bajo su barbilla, le ordenó–: Escupe.

Se enjuagó la boca y escupió. Se sentía tan sucia, tan manoseada... Siempre habría hombres como Dickens. Hombres que siempre la considerarían suya, para manipularla a su capricho.

El temblor no cedió. Con implacable diligencia, retiró las sábanas de la cama y la obligó a tumbarse. Un «perdona» fue lo único que salió de la garganta de Maddie, ronca.

—No hay nada que perdonar —se irguió—. ¿Tienes sábanas limpias por algún lado?

Negó con la cabeza. Solo tenía un juego.

—Ya nos arreglaremos —recogió la sábana bajera, la que no se había manchado, y se la echó por encima—. Quédate en la cama.

Cuando ya se disponía a volverse, lo miró y le agarró la mano.

—¿Por qué estás aquí?

—Porque te oí llamándome. A gritos.

Maddie dio un respingo y abrió la boca. Él le puso un dedo sobre los labios.

—No hay orgullo que valga. Sin discusiones, Maddie. Te eché de menos terriblemente, y tú... tú no tienes por qué decirme lo mismo, pero sé que también me echaste muchísimo de menos. La verdad es que no pude mantenerme alejado. Fue imposible.

Maddie recordó las palabras de Lucia: «ganas tu otra mitad». Le tomó la mano y depositó un beso en su palma. Las lágrimas que corrían por sus mejillas acabaron humedeciendo también su piel en un beso con sabor a sal.

—¿Te encuentras bien? —le preguntó él.

Asintió con la cabeza.

—Voy a sacar este cuerpo de aquí y te traeré luego toallas frías para el cuello. Y luego... —le apartó delicadamente el cabello de la cara—, hablaremos.

Capítulo 20

La conversación había tenido que esperar. Para cuando Caden regresó con el médico, Maddie tenía la garganta demasiado inflamada para hablar. El médico le prescribió reposo y compresas frías, aunque la verdad era que Caden necesitaba más reposo que ella. El pobre no podía dejar de tocarla, de desvivirse, de preocuparse constantemente por ella. Entre Lucia y él, le habían conseguido hielo para el cuello y sábanas limpias para la cama. Los suelos quedaron fregados a fondo: fueron dos días trabajando sin parar. Aquel era el tercero, cuando podía ya levantarse de la cama.

Deslizándose fuera del lecho, permaneció en pie durante unos segundos, expectante. La habitación no giró a su alrededor y las rodillas no cedieron. Se sintió... dispuesta, preparada. Aquel iba a ser un gran día. Con una sonrisa, se puso su vestido de faena, fue a la ventana de la cocina, descorrió las cortinas y se quedó mirando a Preciosa mientras cazaba un saltamontes. Se llenó los pulmones del leve aroma a canela que se mezclaba con el de la mañana de verano. La brisa transportaba hasta allí los sonidos del pueblo: los crujidos de las carretas que recorrían las calles, la risa distante de los niños, el ajetreo de sus padres.

Llenó la pila de agua, se puso el delantal y se puso a fregar los pocos platos sucios que allí quedaban. Sentía el corazón ligero, más de lo que lo había sentido nunca. Miró a su alrededor, contemplando la diminuta casa, y volvió a sonreír. Aquel era su hogar, levantado de la nada por su propia mano y por su propio esfuerzo. Era allí donde había plantado cara a su pasado, donde se había enfrentado a Dickens. Era allí donde se había encontrado a sí misma, donde había descubierto su coraje. Y cuando regresara Caden, procedente del restaurante de Lucia con la comida para el día, era allí donde quería hablar con él. Habían dejado esperar demasiado tiempo, y la tensión entre ellos era ya tan densa que podía cortarse con un cuchillo.

Oyó pasos en el callejón que corría paralelo a la casa. El corazón le aleteó en el pecho. Caden. Inspiró profundo, se atusó el pelo, se alisó la falda. Se pellizcó las mejillas para sacarse color.

El corazón le dio el vuelco de costumbre cuando lo vio desde la puerta trasera. Vio que se agachaba para recoger un palo que arrastró por el suelo. Preciosa se acercó para curiosear el potencial juguete. Lo dejó allí mientras se levantaba, cambiándose de mano la cesta en la que llevaba la comida, y se detuvo cuando la descubrió de pie en el umbral.

El corazón dejó ya de latirle totalmente mientras lo veía dirigirse hacia ella, con el ala de su sombrero velando sus ojos. Se detuvo a un par de metros de distancia. No le sonrió, pero se quitó el sombrero. No era una mala señal, pensó Maddie. Si la emoción que bullía en su pecho era tan intensa como la que ella sentía, sonreír habría sido imposible.

–¿Seguro que estás en condiciones de abandonar la cama, Maddie mía?

Tenía el pelo húmedo. Debía de haberse bañado en la poza de las afueras antes de ir a buscar la comida. Eso también le gustó. De aquel hombre, decidió, le gustaba todo. Su carácter, su sentido del honor, su ternura, su pasión y su paciencia. De repente se descubrió sonriendo. Dando un paso hacia él, se quitó el delantal y lo dejó caer al suelo.

–Llevo esperando dos días. ¿No tienes una pregunta que hacerme, Caden?

Miró su sonrisa y luego su delantal.

–Pensé en abstenerme durante un mes o así.

–¿Por qué?

Bajó la mirada a los moratones de su cuello.

–Porque han pasado dos semanas desde que estuvimos juntos, dos días desde que fuiste atacada y dos segundos desde la última vez que me imaginé haciéndote el amor.

–Me deseas.

Caden asintió.

–Siempre. Y, ahora mismo, tienes un aspecto excelente.

Maddie apoyó una mano en la cadera y batió pestañas, bromista.

–Estaría todavía mejor desnuda...

Caden dio un paso hacia ella. Maddie avanzó otro. Vio que ladeaba la cabeza, estudiándola.

–No lo dudo.

–Tengo sábanas limpias en la cama –amplió su sonrisa.

–¿De veras?

–Entonces... ¿por qué no me haces la pregunta?

–Tengo miedo.

–¿Caden Miller... tiene miedo? –enarcó las cejas.

–Ha sido una larga espera.

–Fue el mejor regalo que alguien habría podido darme.

–¿Es eso mi respuesta?

Salvó por fin la distancia que los separaba hasta que sus senos quedaron presionados contra su pecho, con sus muslos rozando los suyos.

–No puedes esperar una respuesta cuando aún no has hecho la pregunta.

–¿Ah, no?

—No. Eso sería una suposición.

No pronunció una palabra. Maddie se dio cuenta de que estaba nervioso. Había arrugas de tensión alrededor de sus ojos y de su boca. Había imaginado que habría superado sin problemas el incidente con Dickens, dado lo acostumbrado que estaba a la violencia, pero no era así. Le quitó la cesta de la mano y la dejó en el suelo.

—Lo siento.

Caden alzó una mano para apartarle delicadamente el cabello de la cara, acariciándole una mejilla.

—No quiero que vuelvas a pasar nunca por algo así.

—Entonces supongo que tendrás que asegurarte de quedarte a mi lado.

Habían pasado juntos cada minuto de los dos últimos días, pero no habían hablado: habían tenido buen cuidado de no hacerlo después de los momentos tan terribles que habían vivido. Pero, en ese instante, Maddie no podía esperar más.

—Lo siento —repitió.

—¿Por qué? —inquirió él.

—Por haberte alejado de mi lado.

—Lo necesitabas.

Pero eso era algo que *él* no había necesitado, ni querido. Le quitó el sombrero y lo dejó caer al suelo, al lado de la cesta.

—Me echabas de menos.

—Tanto como habría echado de menos respirar.

—Pero aun así, te fuiste.

—Me lo pediste tú.

Porque la había entendido mejor que ella misma, pensó Maddie. ¿Qué había hecho para merecer un hombre así?

—Caden.

—¿Qué?

Retrocedió un paso hacia el interior de casa, indicándole que se acercara.

—Ven.

—No me invites a entrar, Maddie, si no estás hablando en serio.

Ella retrocedió otro paso.

—¿Estás tú hablando en serio? Si así es, no te quedes ahí.

Fue hacia ella. Por el rabillo del ojo, Maddie pudo ver a los paseantes que se detenían al final del callejón, detrás de la tienda. Se habían quedado mirándolos con curiosidad, pero no le importó. Caden no se detuvo hasta que sus senos quedaron nuevamente presionados contra su pecho y sus caderas contra las suyas.

Maddie fue subiendo las manos por su pecho, le acarició las mejillas y entrelazó los dedos detrás de su cuello. Con firme presión le hizo bajar la cabeza, sosteniendo su mirada y dejando que él viera en la suya el gozo, la pasión. Dejando que viera todo lo que tan estúpidamente había intentado esconderle antes. Dejando que viera, por encima de todo, el amor. Cuando sus labios estaban prácticamente sobre los suyos, mezclándose ya sus alientos, le susurró:

—Hazme tu pregunta, Caden.

Con un gruñido, la abrazó de la cintura y la levantó en vilo.

—Maddie, ¿quieres ser mía?

La respuesta era tan obvia, tan fácil... Brotó directamente de su alma.

—Con todo lo que soy, con todo lo que tengo, con todo lo que pretendo ser... quiero ser tuya, Caden Miller.

La besó. No fue un beso tierno, sino exigente, apasionado... perfecto. Maddie lo atrajo con todas sus fuerzas hacia sí, enredando las piernas en torno a sus caderas mientras se lo devolvía con el mismo ímpetu, la misma pasión.

—Bien que te has hecho esperar... —musitó Caden contra su cuello, mientras entraban en la casa.

—Tenía que saberlo.
—Lo sé —él cerró la puerta con el pie—. ¿Cómo pudiste valorarte tan poco, Maddie? Sobre todo cuando todos los demás te valoraban tanto.
—No me importaba lo que vieran los demás. Yo necesitaba verlo también.
La tumbó en la cama y empezó a quitarse la camisa. Con otra patada, cerró también la puerta delantera. Maddie pensó que realmente necesitaban una casa más grande.
—Desvístete o voy a tomarte vestida...
Ella no quería eso. Quería sentir su piel contra la suya. Quería saborearlo, amarlo. Estando como estaba tan desesperada como él, se desnudó en un tiempo récord.
—Eso también —Caden señaló su pantalón y su camisola—. Quiero verte entera. Quiero sentirte entera...
Estaban, como siempre, en perfecto acuerdo.
Caden se quedó observando cómo se quitaba el pantalón. La mirada de Maddie recorrió a su vez los músculos de su pecho, perfectamente delineados; su estrecha cintura y sus fuertes muslos... para terminar deteniéndose en su falo, grueso y erguido. Él lo tomó entre sus manos y se lo acarició una, dos veces. Tentándola.
—Ven aquí.
Ella lo hizo. Atravesando feliz la habitación, se arrodilló ante él y deslizó la lengua por la cabeza de su miembro, golosa.
Caden soltó un gruñido y estiró un brazo para apoyarse en la pared.
—Maldita sea, Maddie, te he echado de menos.
—Lo sé.
Enterró los dedos en su pelo, buscando su mirada.
—¿Estás segura, Maddie?
Ella lo miró mientras frotaba su mejilla contra su pene, sonriendo.
—Una amiga muy sabia me dijo que, en el matrimonio,

una mujer no se pierde a sí misma, sino que gana su otra mitad. Y yo ya he echado bastante de menos a la mía.
—¿Es por eso por lo que estás haciendo esto? ¿Porque estás sola?
—Estoy haciendo esto porque te amo. Tú eres mi compañero, mi amigo y mi amante. Y te necesito —girando la cabeza, le mordió un muslo—. Todo tú.
—Me gusta esto último...
—Te gusta todo.
Mientras ella lo observaba, Caden sonrió por fin. Le acarició los labios con el pulgar, entreabriéndoselos.
—Sí, me gusta.
Giró de nuevo la cabeza para acercar los labios a su miembro. Caden gimió y la tomó de la nuca, guiándola. Abriendo la boca, Maddie aceptó el regalo, deleitándose en la sensación de su dura verga deslizándose sobre su aterciopelada lengua. Él la hundió un poco más y ella soltó un gemido mientras tomaba todo lo que él podía darle, adorándolo, amándolo, expresándole con cada caricia lo que sentía por dentro.
—Maldita sea, Maddie, te he echado de menos...
Podía sentir su desesperación. Ni él se retiró, ni ella lo animó a ello. Tanto si quería admitirlo como si no, su marido tenía en aquel momento un punto de rabia, de furia contra ella. Esperar tanto no debía de haber sido fácil para un hombre como Caden. Esperar pasivamente... Sacudió mentalmente la cabeza. Eso debía de haber estado a punto de matarlo.
—Maldita sea, Maddie, quiero ser tierno contigo... —gimió pese a la velocidad e intensidad con que seguía percutiendo su falo.
Maddie le acarició las caderas y deslizó los dedos entre sus muslos, para terminar apoderándose de sus testículos. Sabía que quería ser tierno, pero sabía también que, en aquel momento, necesitaba aquello. Su boca lo acogió todo

lo que pudo a aquel ritmo frenético, sintiendo como se endurecía cada vez más. Y continuó animándolo, deslizando los dedos detrás de sus testículos, apretándoselos y levantándoselos con fuerza. Quería que alcanzara el orgasmo.

–Diablos.

Se vertió dulce y caliente sobre su lengua, alimentándola con su rabia, con su dolor, con su amor. Y, cuando todo terminó, la agarró por los hombros para levantarla y besarla con pasión.

–Maldita sea, mujer, ¿por qué me has hecho hacer esto?

Ella le echó los brazos al cuello y lo abrazó, susurrándole al oído:

–Porque te conozco, y sé que te dolió muchísimo darme lo que yo necesitaba. Eso casi acabó contigo. Aparte de que también te enfadó un poco...

–No volverá a ocurrir.

–Bien –se puso a mordisquearle el pecho, juguetona.

Caden bajó una mano hasta su cintura, buscando su sexo. Maddie se abrió de piernas, sabiendo bien lo que iba a encontrar.

–Estás mojada –le comentó, oscurecida su mirada de pasión.

Maddie asintió, encogiéndose de hombros.

–Ha sido excitante.

Caden enarcó las cejas.

–¿Te ha gustado?

–Sí.

–¿Qué parte en concreto?

–La parte en que fuiste sincero conmigo y confiaste en mí para que... manipulara bien todo lo que necesitabas enseñarme.

–Eso también me gustó a mí.

–Creo que me va a gustar mucho la parte siguiente, también –declaró Maddie sonriente mientras empezaba a moverse contra su mano.

—¿Y cuál es esa? —le preguntó él con otra sonrisa.

—Tú y yo alcanzando el orgasmo juntos, como marido y mujer.

Deslizó dos dedos en su interior, firme y lentamente, dilatándola de manera deliciosa.

—Va a ser muy dulce... —añadió un tercer dedo, presionándolo contra la abertura—. Apasionado... —terminó introduciéndolo también, con los demás, en un encaje que resultó perfecto—. Pienso hacerte arder, y cuando creas que no vas a poder soportarlo más, te haré explotar.

Maddie gimió.

—Sí —abriendo más las piernas, lo invitó a profundizar el contacto—. Hazme el amor —jadeó cuando él empezaba a alcanzar un ritmo constante.

—Sí —siseó, dándole lo que quería. Lo que necesitaba.

Y, apretando su sexo en torno a sus dedos, le dio a su vez lo que él necesitaba. Su aceptación. Su amor.

—Y cuando hayamos acabado... —le dijo ella, acariciándole la mejilla y detectando en su mirada aquel minúsculo punto de incertidumbre que sabía que seguía escondiendo en lo más profundo—, me quedaré contigo para siempre, Caden. Yo tampoco te abandonaré.

—Diablos... —detuvo instantáneamente la mano.

Por un momento no se movió: simplemente se la quedó mirando con sus preciosos ojos, y Maddie llegó a temer haber ido demasiado lejos, haber despertado quizá sus miedos. Podía sentir la tensión bullendo en su interior, emocional, sexual... hasta que la estrujó en sus bazos, devorándole la boca con la suya.

—Maldita sea, te amo tanto...

—Yo también te amo —y esa vez, cuando lo dijo, fue perfecto. No hubo incertidumbre ni vacilación alguna, ni el menor resquicio de temor. Esa vez, cuando pronunció la frase, fue como una apertura, un principio.

Caden se apartó, buscando su mirada mientras se instalaba entre sus muslos. Acunándole el rostro entre las manos, Maddie le acarició los labios con los pulgares como él solía hacer con ella, y enredó luego las piernas en torno a sus caderas mientras se entregaba en cuerpo, corazón y alma. Suspirando cuando se fundieron sus cuerpos, saboreando la felicidad del encuentro antes de ofrecerle la única otra cosa que él necesitaba: su promesa.

—Para siempre, Caden.

ÚLTIMOS TÍTULOS PUBLICADOS EN HQN

Romance en la bahía de Sheryl Woods

Amar peligrosamente de Sarah McCarty

La última profecía de Maggie Shayne

Convénceme de Victoria Dahl

Crimen perfecto de Brenda Novak

Tiempos de claroscuro de Deanna Raybourn

Solo para él de Susan Mallery

Chicas con suerte de Kayla Perrin

Tirando del anzuelo de Kristan Higgins

La seducción más oscura de Gena Showalter

Un momento en la vida de Sherryl Woods

Prohibida de Nicola Cornick

Sin culpa de Brenda Novak

En sus manos de Megan Hart

Eso que llaman amor de Susan Andersen

Preludio de un escándalo de Delilah Marvelle

www.ingramcontent.com/pod-product-compliance
Lightning Source LLC
LaVergne TN
LVHW030337070526
838199LV00067B/6327